四川大学哲学社会科学出版基金资助

中国符号学丛书 ◎ 丛书主编 陆正兰 胡易容

符号与传媒
Semiotics & Media

一个人永远是讲故事者
生活在自己的故事和别人的故事之中
通过故事来看所遭遇的一切
也努力像所讲述的那样去生活

广义叙述理论与实践

Narrative Theory and Practice

（修订版）

方小莉 张旭 著

四川大学出版社
SICHUAN UNIVERSITY PRESS

图书在版编目（CIP）数据

广义叙述理论与实践 / 方小莉，张旭著． — 2版（修订版）． — 成都：四川大学出版社，2023.5
（中国符号学丛书 / 陆正兰，胡易容主编）
ISBN 978-7-5690-4166-8

Ⅰ．①广… Ⅱ．①方…②张… Ⅲ．①叙述学 Ⅳ．① I045

中国版本图书馆CIP数据核字（2021）第006679号

书　　　名：	广义叙述理论与实践
	Guangyi Xushu Lilun yu Shijian
著　　　者：	方小莉　张　旭
丛 书 名：	中国符号学丛书
丛书主编：	陆正兰　胡易容

丛书策划：	侯宏虹　陈　蓉
选题策划：	陈　蓉
责任编辑：	陈　蓉
责任校对：	罗永平
装帧设计：	墨创文化
责任印制：	王　炜

出版发行	四川大学出版社有限责任公司
地　址：	成都市一环路南一段24号（610065）
电　话：	（028）85408311（发行部）、85400276（总编室）
电子邮箱：	scupress@vip.163.com
网　址：	https://press.scu.edu.cn

印前制作	四川胜翔数码印务设计有限公司
印刷装订	四川五洲彩印有限责任公司

成品尺寸：	170 mm×240 mm
印　　张：	13.25
插　　页：	1
字　　数：	258千字
版　　次：	2016年6月 第1版
	2023年5月 第2版
印　　次：	2023年5月 第1次印刷
定　　价：	56.00元

本社图书如有印装质量问题，请联系发行部调换

版权所有 ◆ 侵权必究

目 录

绪 论 ………………………………………………………………（1）
第一章　经典叙述学 ……………………………………………（3）
　第一节　重访"聚焦" …………………………………………（3）
　第二节　固定式聚焦：《太阳照常升起》中叙述自我对经验自我的救赎
　　　　 ………………………………………………………（17）
　第三节　多重聚焦：《喧哗与骚动》中的历史、时间、叙述 ………（27）
　第四节　重访叙述分层 …………………………………………（37）
　第五节　叙述分层的文化功能：《他们眼望上苍》的叙述策略 ……（50）
第二章　后经典叙述学 …………………………………………（65）
　第一节　叙述与叙述演变 ………………………………………（65）
　第二节　现代主义的叙述转向：空间形式中的拼图游戏 …………（72）
　第三节　声音与权威：叙述交流模式探析 ………………………（80）
　第四节　奴隶叙事类型研究 ……………………………………（89）
　第五节　女性主义叙事：美国黑人女性文学的口述传统研究 ……（106）
第三章　符号叙述学 ……………………………………………（115）
　第一节　符号叙述学的兴起：赵毅衡先生访谈录 ………………（116）
　第二节　社会符号学视野下的小说体裁研究 ……………………（125）
　第三节　文学史叙事的虚构与真实：评乔国强教授的《叙说的文学史》
　　　　 ………………………………………………………（137）
　第四节　梦叙述研究 ……………………………………………（144）
　第五节　伴随文本：《第二十二条军规》的前文本语境压力 ………（156）
　第六节　区隔：形式"犯框"与伦理"越界" ……………………（169）
结 语 ……………………………………………………………（181）
参考文献 …………………………………………………………（182）

绪　论

叙述学（narratology）作为一门独立的学科产生于西方。中国的叙述学研究一方面继承和发展了西方叙述学的相关理论，另一方面，也建立和发展了具有中国特色的叙述学理论，开创了叙述学发展的新方向。

学界普遍认为叙述学在西方主要经历了两个发展阶段：经典叙述学与后经典叙述学。经典叙述学受到结构主义的影响，以小说为主要研究对象，关注封闭的小说文本，将文本外的因素从叙述学的研究范围排除。后经典叙述学的产生，打破了经典叙述学孤立地关注封闭文本的现状，将文本产生和阐释的语境纳入了研究范围，从而催生了认知叙述学、女性主义叙述学与修辞叙述学等。同时，后经典叙述学的产生还打破了经典叙述学研究的体裁限制，叙述学研究不再局限于小说，而是走向了诗歌、戏剧等不同文类；不仅如此，叙述学研究也打破了媒介限制，不再局限于文学文本研究，而是走向一种跨媒介的叙述学研究。尤其在今天，叙述学研究已经走向各个领域，也引入了大量其他理论或学科的相关知识，从而进一步丰富了叙述学研究的理论体系，我们今天可以看到自然叙述学、非自然叙述学、可能世界叙述学、生物叙述学等研究。值得注意的是，中国的叙述学研究也蓬勃发展起来，其中值得一提的是符号叙述学研究，将符号学的相关理论与叙述学相结合，不仅关注各种不同叙述类型的研究，也打破了门类研究的界限，探讨各种叙述文本共享的规则，比如赵毅衡先生的《广义叙述学》，乔国强的《叙说的文学史》，宗争的《游戏学：符号叙述学研究》，饶广祥的《品牌与广告：符号学叙述学分析》等。同样值得关注的还有"中国叙述学研究"，例如傅修延先生的《中国叙事学》《听觉叙事研究》，陈平原先生的《中国小说叙事模式的转变》等。

随着叙述学的发展，国内出版了越来越多的叙述学专著。传统的叙述学专著多以西方经典叙述学及后经典叙述学的相关理论为基础架构，再以外国文学或中国文学中的小说为例进行说明。当然也有学者建构了自己的理论体系，比如上文提到的赵毅衡先生，他在《广义叙述学》中架构了自己的叙述学体系，将各类叙述纳入讨论范围，不以文学文本为主要研究对象；傅修延先生的《中国叙事学》通过研究中国叙事的起源与演进，系统梳理和解释了中国叙事传统的形成。原有的叙述学专著主要偏向理论阐释、梳理及理论建构，本书则以叙述理论和实践为核心，在重访或拓展叙述学相关理论和关键概念的同时，将这些理论系统应用到叙述文本中，赋予经典文本新的意义。除此之外，本书尝试扩充叙述学理论研究的实践范围，将符号叙述学的相关理论应用到叙述文本分析中。

本书在第一版的基础上做了全新的修订。第一章仍然集中介绍经典叙述学的核心概念，特别是聚焦和叙述分层这两个极为重要又颇有争议的概念。首先，笔者重访了聚焦概念，探讨了《太阳照常升起》中的固定式聚焦及《喧哗与骚动》中的多重聚焦。其次，笔者重访了叙述分层这个关键概念，并探讨了《他们眼望上苍》中叙述分层的文化功能。第二章更加系统全面地讨论了后经典叙述学的相关理论和研究方法，特别强调了社会历史语境的作用。该章第一节首先讨论了西方叙述形式的发展与演变；第二节讨论了现代主义以来的叙述转向及空间形式；第三节结合黑人文学的相关背景与文本展开对叙述交流模式的探析；第四节从叙述文类的研究角度探讨了美国黑人奴隶叙事的文类特征；本章的最后一节从女性主义叙事学的角度探讨了美国黑人女性文学的口述传统。第三章主要关注符号叙述学的相关概念，尝试将符号学的相关理论应用到叙述学中。第一节是笔者对赵毅衡先生的访谈录，讨论了中国符号叙述学的兴起；第二节关注社会符号学视野下的小说体裁研究；第三节以乔国强教授的《叙说的文学史》为主要研究对象，探讨了文学史叙事的虚构与真实；第四节探讨了梦作为一种心像叙事的主要特征。本章的最后两个小节主要关注符号叙述学中的两个关键概念——伴随文本与区隔，并将两个概念运用到具体的文本分析中。

第一章 经典叙述学

经典叙述学主要受到了俄国形式主义及法国结构主义的影响，它以小说为主要研究对象，更多关注的是封闭的文本。小说于18世纪在西方兴起，19世纪逐渐发展成熟至鼎盛，小说理论也随之发展起来。亨利·詹姆斯等人开始进行相关小说理论的探讨及实践，提出了"意识中心"等概念，形成了叙述学关键概念"视角"的雏形。到了20世纪初，小说家们在实践的基础上提出各种理论观点，小说理论日趋成熟。随着20世纪形式主义及结构主义诞生，学者们正式从关注小说理论的探讨走向关注叙述形式的叙述学研究。西方经典叙述学研究在布斯、热奈特、普林斯、查特曼、巴尔等人的推动下，一步步走向成熟，形成了一门独立的学科。经典叙述学关注如何讲故事的形式问题，因此将焦点投向了叙述者的修辞策略或是叙述策略等，从而叙述者、聚焦、叙述层次等成了经典叙述学普遍关注的重要问题。本章重访了经典叙述学中的重要概念，并将其系统应用到文本分析中，尝试探讨经典文本的叙述策略。

第一节 重访"聚焦"

"视角"或"叙述视角"（focalization, point of view, viewpoint, angle of vision, seeing eye, filter, focus of narration, narrative perspective）指叙述时观察故事的角度。[①] 在20世纪70年代以前，"point of view"是最常用的指涉视角之词。热奈特在1972年出版的《叙述话语》一书中，提出用"focalization"（聚焦）取代"point of view"，从而区分了"谁看"和"谁说"

[①] 申丹：《视角》，载赵一凡等主编《西方文论关键词》，北京：外语教学与研究出版社，2006年，第511页。

的问题。① "聚焦"的使用明确地区分了感知者与叙述者，解决了叙述学界长期存在的术语含混不清的问题，因此这一术语备受青睐，得到了人们的认可，从此 focalization and narration（视角与叙述）成了一个常用搭配，以示对感知者和叙述者的明确区分。② 在国外的学者中，巴尔、什洛米斯·里蒙-凯南（Shlomith Rimmon-Kenan）等在热奈特后均十分注意区分"谁看"与"谁说"的问题，在自己的叙述学专著中都辟专章予以讨论；而"聚焦"这一概念在国内也引起了极大的关注。国内的叙述学学者，如申丹、赵毅衡、谭君强、徐岱、王阳等在他们的叙述学专著中均对此有所讨论。虽然他们都使用"聚焦"或"视角"一词，都重视区分感知者与叙述者，但是由于区分的标准不尽相同，因此也自然形成了不同的派别。由于热奈特对聚焦本身所下的定义有含混之处，因此后来的使用者们对他的定义进行了一系列的发展与修正。由于篇幅有限，本小节在详细阐述热奈特聚焦理论概念的基础上，主要讨论三位女性叙述学家——巴尔、里蒙-凯南和申丹对热奈特聚焦概念的误读、修正与发展。说来奇怪，这三位叙述学家的聚焦概念均来自对热奈特的继承，却也与热奈特理论有强烈的冲突。热奈特甚至认为他的概念与巴尔的水火不容，因此对于她对自己理论的修正无从谈起。仔细读来，我们认为这三位叙述学家均受到热奈特的影响，但都有自己独到的见解，无论是发展也好，是误读也好，她们对聚焦概念的讨论的确丰富了叙述学理论，解决了以前没有解决的问题。总的来说，热奈特的聚焦概念是三分法；而巴尔与里蒙-凯南的，虽有细微差别但属同一谱系，是两分法；申丹则综合三者，创造了自己的四分法。

热奈特的"聚焦"

居斯塔夫·福楼拜（Gustave Flaubert）是自觉使用有限叙述角度的第一个作家。20世纪初亨利·詹姆士（Henry James）和马塞尔·普鲁斯特（Marcel Proust）把福楼拜开创的方法发展为小说的美学原则。詹姆斯重视人物胜于小说情节，认为小说中的一切细节必须通过"意识中心"人物思想

---

① 申丹：《视角》，载赵一凡等主编《西方文论关键词》，北京：外语教学与研究出版社，2006年，第514页。

② 申丹：《视角》，载赵一凡等主编《西方文论关键词》，北京：外语教学与研究出版社，2006年，第514页。

的过滤。最早阐述"视角"问题的是珀西·卢伯克（Percy Lubbock）于1921年出版的《小说技巧》。这个术语容易引起误会，但是非常流行。时至今日一般读者、作者依然沿用此术语。而理论家们都不大满意并努力寻找可取而代之的术语。如珍·布依塘（Jean Pouillon）的"视界"（Vision）、艾伦·泰特（Allen Tate）的"观察点"（post of observation）、克利安斯·布鲁克斯（Cleanth Brooks）和罗伯特·潘·沃伦（Robert Penn Warren）的"叙述焦点"（focus of narrative）、茨维坦·托多罗夫（Tzvetan Todorov）的"方位"（aspect）；而热奈特于70年代提出"聚焦"概念引起学界普遍的关注。[①]

热奈特在《视角与聚焦》一文中，首先指出目前对"视角"问题的研究大都混淆了他所说的语式与语态的问题，即混淆了"谁看"与"谁说"，从而将叙述者与感知者混为一谈，是一个很严重的问题。为了说明此问题，他举出了一系列的例子作为证明。虽说他举例是为了树靶子从而逐一攻破，以证明自己的观点，但他也从侧面为我们回顾了聚焦概念的发展简史。

1943年，布鲁克斯和沃伦提出了一个包括四项内容的分类，明确建议用"叙述焦点"（focus of narration）。1955年F. K. 斯坦策尔（F. K. Stanzel）将小说的"叙述情境"分为三种类型：（1）"无所不知"的叙述情境；（2）叙述者为人物之一的叙述情境；（3）依据一个人物的视点所做的"第三人称"叙事。同年，诺尔曼·弗里德曼（Norman Friedman）提出一个八项分类法：两类或有或无"作者闯入"的"无所不知"型叙述；两类"第一人称"叙述；两类"有选择性的无所不知"型叙述；两类纯客观叙述。1961年，布斯的《论距离与视点》也论及这个问题。1962年，贝蒂尔·龙伯格（Bertil Romberg）提出四项分类：（1）无所不知的作者叙事；（2）视点叙事；（3）客观叙事；（4）第一人称叙事。这里，第四项明显与前三类的分类原则不同。[②] 但这些分类都犯了同样的错误，就是混淆了感知者与叙述者的问题，混淆了"谁看"与"谁说"的问题。

在对前人分类的总结、提炼与修正的基础上，热奈特提出了自己的概

[①] 出自赵毅衡叙述学课堂笔记。
[②] 热拉尔·热奈特：《叙事话语 新叙事话语》，王文融译，北京：中国社会科学出版社，1990年，第126—129页。

念——"聚焦"。他认为视角、视野和视点是过于专门的视觉术语,因此采用较为抽象的聚焦一词。①

热奈特的聚焦理论是三分法,划分了三种不同的聚焦模式。(1)"零聚焦"或"无聚焦",即无固定视角的全知叙述,可用"叙述者＞人物"来表示。(2)"内聚焦",其特点为叙述者仅说出某个人或某些人物知道的情况,可用"叙述者＝人物"来表示。内聚焦分为三类:(A)固定式,即叙述者采取单一视点(用同一人物的眼光来描述所有事);(B)转换式,即叙述者采取多视点(用有限数量的不同人物的眼光来描述不同的事);(C)多重式内聚焦,即采用几个不同人物的眼光来描述同一件事。(3)外聚焦,类似一种纯客观叙述,是戏剧式的呈现,永远不让我们知道主人公的思想感情,或是摄像机般地记录,可以用"叙述者＜人物"来表示。②

值得注意的是,在提出这三种聚焦模式的基础上,热奈特还给我们提出了一些特殊情况:

首先,外聚焦并不局限于海明威的《杀人者》或《白象式的群山》这类现代"行为主义"小说中,在"因存在一个谜而饶有趣味"的情节小说或惊险小说中也可以采用。③

其次,聚焦方法不一定在整部叙事作品中保持不变。聚焦方法并不总运用于整部作品,而是运用于一个可能非常短的叙述段。各个视点之间的区别也不总是像仅仅考虑纯类型时那样清晰,对一个人物的外聚焦有时可能被确定为对另一个人物的内聚焦。而不定聚焦和无聚焦之间的分野有时也很难确定。④

再次,不折不扣的所谓内聚焦是十分罕见的,因为这种叙述方式的原则极其严格地要求决不从外部描写甚至提到焦点人物,叙述者也不得客观地分析他

---

① 热拉尔·热奈特:《叙事话语 新叙事话语》,王文融译,北京:中国社会科学出版社,1990年,第129页。
② 热拉尔·热奈特:《叙事话语 新叙事话语》,王文融译,北京:中国社会科学出版社,1990年,第129—130页。
③ 热拉尔·热奈特:《叙事话语 新叙事话语》,王文融译,北京:中国社会科学出版社,1990年,第130页。
④ 热拉尔·热奈特:《叙事话语 新叙事话语》,王文融译,北京:中国社会科学出版社,1990年,第130—131页。

的思想或感受。①

最后，叙述者几乎总比主人公"知道"得多，即使叙述者就是主人公，因而对主人公的聚焦就是对叙述者视野的限制，不论用第一人称还是用第三人称，这种限制都是人为的。②

综上所述，我们可以看到，热奈特聚焦概念的关键是要区分"谁看"与"谁说"。其聚焦主要的关注点是"谁看"，强调聚焦"视野"的限制。因此他的三分法是建立在托多罗夫的"叙述者＞人物"（无限制）、"叙述者＝人物"（自限）、"叙述者＜人物"（自限）的基础之上的。由于很多人忽视热奈特所强调的视野的限制问题，因此出现了不少误读。在热奈特看来聚焦是一个确定的焦点，它有如瓶子的细颈，只让情境允许的信息通过，零聚焦即无确定的焦点；内聚焦中焦点与一个人物重合，于是他变成一切感觉，包括把他当作对象的感觉的虚构"主体"；而在外聚焦中，焦点处于由叙述者选择的故事天地的一个点上，在任何人物之外，因而排除了提供关于任何人的思想的可能性。③

米克·巴尔的"聚焦者"与"聚焦对象"

米克·巴尔、里蒙－凯南和申丹三位女性叙述学家对聚焦概念的讨论是对热奈特概念的进一步细化、发展与修正。当然热奈特从某种意义上来说并不这么认为。三位叙述学家的观点虽有不同，但彼此之间也有承接关系，各自都做出了自己的贡献。

在她们三人中，巴尔是最先讨论聚焦概念的。对于为什么要用"聚焦"取代"视角"，巴尔提出了更详细的理由："视角"的缺点及"聚焦"的优点。

1. 视角的缺点：A. 视角一词在叙述理论传统中既表示叙述者，也表示

---

① 热拉尔·热奈特：《叙事话语 新叙事话语》，王文融译，北京：中国社会科学出版社，1990年，第131页。
② 热拉尔·热奈特：《叙事话语 新叙事话语》，王文融译，北京：中国社会科学出版社，1990年，第133页。
③ 热拉尔·热奈特：《叙事话语 新叙事话语》，王文融译，北京：中国社会科学出版社，1990年，第234页。

视觉。这个词的含混已经影响到它的特定意义。① 也就是说"视角"一词混淆了"谁看"与"谁说"的问题。B. 没有一个出自"视角"的名词可以表明动作的主体，动词"to perspectivize 也并不常用"②，也就是说缺少实用性。

  2. 聚焦的优点：A. 明确区分"谁看"与"谁说"；B. 具有实用性；C. 聚焦是一个像有技术性的术语，源自电影与摄影；其技术性因此得到强化。由于任何呈现的"视觉"可以具有强烈的操纵作用，因而难以与感情相分离，而一个技巧性术语将帮助把注意力集中在这种操纵方式的技巧性方面。③ 也就是说"聚焦"这个看起来更有技术性的词，可以引导我们更多地关注"谁看"的问题，即聚焦所指涉的问题。

  巴尔提出的理由，事实上是直接继承了热奈特的观点，虽然热奈特将自己使用"聚焦"一词的原因表述为"聚焦一词更为抽象"，但从他前面的描述中我们可以看出，他使用"聚焦"最重要的原因就是要区别"谁看"与"谁说"。

  热奈特在《叙事话语》中对于聚焦并没有给出一个明确的定义，只是做出了一系列的描述与分类，直到在《新叙事话语》中他才明确提出："我用聚焦指的是'视野'的限制，实际上就是相对于传统上称作全知的叙述信息的选择……这一（或然）选择的工具是个确定的焦点，它有如瓶子的细颈，只让情境允许的信息通过。"④ 巴尔对聚焦的讨论产生于《叙事话语》出版后、在《新叙事话语》之前。她给聚焦下了明确的定义："所呈现出来的诸成分与视觉（通过这一视觉这些成分被呈现出来）之间的关系称为聚焦。这样，聚焦就是视觉与被'看见'被感知的东西之间的关系。"⑤

  将两人的概念进行对比，我们就可以看出为什么他们会划分出不同的聚焦模式。他们虽然都强调必须区分谁看与谁说的问题，而聚焦所解决的是谁看的

---

  ① 米克·巴尔：《叙述学：叙事理论导论》，谭君强译，北京：中国社会科学出版社，2003 年，第 169 页。

  ② 米克·巴尔：《叙述学：叙事理论导论》，谭君强译，北京：中国社会科学出版社，2003 年，第 169 页。

  ③ 米克·巴尔：《叙述学：叙事理论导论》，谭君强译，北京：中国社会科学出版社，2003 年，第 170 页。

  ④ 热拉尔·热奈特：《叙事话语 新叙事话语》，王文融译，北京：中国社会科学出版社，1990 年，第 234 页。

  ⑤ 米克·巴尔：《叙述学：叙事理论导论》，谭君强译，北京：中国社会科学出版社，2003 年，第 168 页。

问题，但是他们的划分标准却并不相同，身处不同系统。

巴尔的聚焦概念强调的是"视觉"与"被'看见'被感知的东西"之间的关系性。对这种关系性的强调让她提出了两个新概念，即聚焦者（focalizer）与聚焦对象（focalized object）。聚焦者与聚焦对象分别指涉聚焦的主体与客体。聚焦者为聚焦的主体，是"诸成分被观察的视点"①；而聚焦对象指涉的是聚焦者"所表现的对象的形象"②。巴尔这两个概念的提出使我们注意到聚焦者与聚焦对象之间的相互关系。聚焦对象是由聚焦者选择，并呈现出其形象的，因此由聚焦者决定；但反过来，"聚焦者所表现的对象的形象也会表达出聚焦者自身的某些信息"③。在这一聚焦的定义下，巴尔的两分法产生了：聚焦者是诸成分被观察的视点，这一视点可以寓于一个人物之中，或者置身其外；当聚焦与一个作为行为者参与到素材中的人物结合时，则将其归为内在式聚焦，那么则可以用外在式聚焦这一术语表明一个处于素材之外的无名的行为者在起到的聚焦者的作用。④ 可见巴尔的划分前提是聚焦者与聚焦对象关系的提出。它的划分标准是看聚焦者的观察位置是处于故事之内还是故事之外，如处于故事之内则是内聚焦，如处于故事之外则属于外聚焦。那么对于巴尔来说，全知的叙述则不是无聚焦，而是外聚焦，因为聚焦者（叙述者）的观察位置在故事之外。

很多人认为巴尔修正了聚焦类型的定义，但事实上她与热奈特的定义并不完全处于一个系统。热奈特用聚焦指传统全知的叙述者眼光的自限，聚焦是信息选择的一个工具。而它之所以会进行信息选择是因为叙述者由于权力自限而无法知道所有信息。赵毅衡先生也曾说"叙述角度问题，从根本上说是个权力自限问题"⑤。因此他的划分与全知的模式相对，认为全知模式相对来说不存

---

① 米克·巴尔：《叙述学：叙事理论导论》，谭君强译，北京：中国社会科学出版社，2003年，第173页。
② 米克·巴尔：《叙述学：叙事理论导论》，谭君强译，北京：中国社会科学出版社，2003年，第177页。
③ 米克·巴尔：《叙述学：叙事理论导论》，谭君强译，北京：中国社会科学出版社，2003年，第177页。
④ 米克·巴尔：《叙述学：叙事理论导论》，谭君强译，北京：中国社会科学出版社，2003年，第173—176页。
⑤ 赵毅衡：《当说者被说的时候：比较叙述学导论》，北京：中国人民大学出版社，1998年，第125页。

在权力自限的问题，故而定为无聚焦，而内聚焦和外聚焦都是找到一个焦点对信息进行选择。

热奈特在《新叙事话语》中也否定了巴尔对自己理论所谓的修正。他认为巴尔的出发点是用聚焦构成叙述主体的过分愿望，巴尔似乎认为任何叙述陈述都包含一个聚焦（人物）和一个被聚焦（人物）。[①] 从热奈特对巴尔的这一点批判，我们可以看出热奈特认为巴尔没有领会他所说的聚焦是"视野"的限制，因为全知的叙述中不存在聚焦问题。另外，热奈特坚决否定了巴尔的聚焦者与被聚焦者两个概念，认为与自己的观念"水火不容"。对热奈特而言，没有聚焦或被聚焦人物：被聚焦只适用于叙事，如果把聚焦用于一个人，那么只能是对叙事聚焦的人，即叙述者，而如果离开虚构惯例，这人就是作者，他把聚焦或不聚焦的权力授予（或不授予）叙述者。[②] 对于热奈特来说，聚焦可以说是叙述者选择信息的工具，从而不存在聚焦人物和对象。

由此可见，虽同为聚焦，但巴尔与热奈特的划分标准有很大区别，他们的概念要解决的问题也就变得不同。热奈特强调"视野"的限制，解决的是信息选择的方式问题，认为聚焦是叙述者的权力自限，是叙述者信息选择的视觉工具。而巴尔强调"视觉"与"呈现"的关系，则更强调的是传达意义的主体与客体间的关系，除强调视觉外，还强调认识、意识、情感。热奈特的聚焦只关注视觉的限制，自有其缺陷，但是巴尔仅强调聚焦的主体与客体，而完全将热奈特提出聚焦概念的初衷抛于脑后，也是有其弊端的。比如在这样的一个例子里：汤姆看到玛丽看到约翰在看窗外的景色。如果按照巴尔的聚焦主客体理论对这句话进行分析的话，则会出现聚焦主体的不断变化，从汤姆到玛丽再到约翰；但是如果我们确定叙述者是聚焦于汤姆的，则所有后面的成分都是通过汤姆的视角看到的，因此不存在所谓聚焦者的变化。

里蒙-凯南的"聚焦"的各个侧面

里蒙-凯南的聚焦概念直接源于巴尔，也采用了巴尔的聚焦者与聚焦对象

[①] 热拉尔·热奈特：《叙事话语　新叙事话语》，王文融译，北京：中国社会科学出版社，1990年，第233页。

[②] 热拉尔·热奈特：《叙事话语　新叙事话语》，王文融译，北京：中国社会科学出版社，1990年，第233页。

的概念，因此她的聚焦分类同属于两分法，不过她明确提出了不同的划分聚焦类别的两个标准，这使她与巴尔的分类又有些不同。而里蒙－凯南的贡献在于在这种划分标准下，她提出了聚焦的各个侧面，从而丰富了聚焦概念。

里蒙－凯南采用"聚焦"这一术语的原因与热奈特不同。她认为"'聚焦'这一术语仍难以摆脱光学和摄影术的含义，而且——和'观点'一样——这一术语的纯视觉含义也是过于狭窄的，不足以包括认识、情感、意识等各个方面"[①]。她认为使用聚焦有个极大的好处是"消除了使用'观点'或类似术语时常常会出现的透视和叙述这两个概念混淆不清的现象"[②]。正如前文分析巴尔一样，里蒙－凯南使用"聚焦"也是为了区分"谁看"与"谁说"，虽然她们都认为与热奈特不一样，但笔者认为热奈特选择"聚焦"这一概念最重要的原因就是区分"谁看"与"谁说"。

里蒙－凯南继承了巴尔的两分法，认为聚焦者是聚焦的媒介，"聚焦既有主体，也有客体。主体（聚焦者）是根据其感知确定表现方向的媒介，而客体（被聚焦者）是聚焦者所感知的对象"[③]。她用两个标准来讨论聚焦的不同类别，即"相对于故事的位置和持续的程度"[④]。

从相对于故事的位置来看，聚焦可以是外部的也可以是内部的。外部的聚焦给人的感觉是近似于叙述作用，因此其媒介被称为"叙述者－聚焦者"[⑤]。这一划分将热奈特的零聚焦划分到了外聚焦，同时也将第一人称回顾性叙述中的"叙述自我"的眼光称为外聚焦。这将巴尔的划分标准细化了，从而区分了第一人称叙述的聚焦与第三人称叙述的聚焦的细微差别。内部聚焦，"是在所描述的事件内部。这种聚焦一般采用'人物－聚焦者'的形式"[⑥]，除第一人

---

① 里蒙－凯南：《叙事虚构作品》，姚锦清等译，北京：生活·读书·新知三联书店，1989年，第129页。
② 里蒙－凯南：《叙事虚构作品》，姚锦清等译，北京：生活·读书·新知三联书店，1989年，第129页。
③ 里蒙－凯南：《叙事虚构作品》，姚锦清等译，北京：生活·读书·新知三联书店，1989年，第133页。
④ 里蒙－凯南：《叙事虚构作品》，姚锦清等译，北京：生活·读书·新知三联书店，1989年，第133页。
⑤ 里蒙－凯南：《叙事虚构作品》，姚锦清等译，北京：生活·读书·新知三联书店，1989年，第134页。
⑥ 里蒙－凯南：《叙事虚构作品》，姚锦清等译，北京：生活·读书·新知三联书店，1989年，第134页。

称中的"叙述自我"聚焦外,与巴尔的划分一致。

里蒙-凯南所提出的"持续程度"标准指出:"在一篇叙事作品中,聚焦可以始终固定不变……也可以在两个起主导作用的聚焦者之间交替交换……或者在好几个聚焦者中间转换。"[①]她所谓的持续程度,事实上就是热奈特划分的第二类,内聚焦中的三种模式:固定式、变化式和多重式内聚焦。

在讨论的最后,里蒙-凯南提出了聚焦的各个侧面的问题。她认为聚焦这个术语的纯视觉含义过于狭窄,不足以包括认识、情感、意识等各个方面。[②]因此,她分别从感知侧面、心理侧面和意识形态侧面阐释自己的观点。

里蒙-凯南的"感知(运用视觉、听觉、嗅觉等)是由两个坐标确定的:空间和时间"[③]。对于聚焦者的外部/内部位置,其空间的具体说法是"鸟瞰观察/有限观察"。所谓"鸟瞰观察"即聚焦者占据远远高于观察对象的位置[④],能够观察到全景,知道一切信息。这种空间位置是典型的外聚焦。而"有限观察"由一个人物或从故事中内在的一个非人格化的位置来完成[⑤],这是她所说的内聚焦。这一点与巴尔的划分基本一致。另外,里蒙-凯南提到感知还要考虑到"时间"的问题,提出"在非人格化聚焦者的作品里,外部聚焦是泛时的;如果是一个人物对他的过去进行聚焦,外部聚焦就是逆时的。另一方面,内部聚焦同聚焦者所支配的信息是共时的。换句话说,外部聚焦者可以支配故事的所有时间范畴(过去、现在和将来),而内部聚焦者却只限于支配人物的'现在'"[⑥]。这一点,里蒙-凯南应该专指的是第一人称回顾性叙述,那么叙述自我(外聚焦)的眼光所选择的信息包括过去、现在、未来,而经验自我(内聚焦)却只能看到故事中的现在。

[①] 里蒙-凯南:《叙事虚构作品》,姚锦清等译,北京:生活·读书·新知三联书店,1989年,第138页。

[②] 里蒙-凯南:《叙事虚构作品》,姚锦清等译,北京:生活·读书·新知三联书店,1989年,第129页。

[③] 里蒙-凯南:《叙事虚构作品》,姚锦清等译,北京:生活·读书·新知三联书店,1989年,第139页。

[④] 里蒙-凯南:《叙事虚构作品》,姚锦清等译,北京:生活·读书·新知三联书店,1989年,第139页。

[⑤] 里蒙-凯南:《叙事虚构作品》,姚锦清等译,北京:生活·读书·新知三联书店,1989年,第140页。

[⑥] 里蒙-凯南:《叙事虚构作品》,姚锦清等译,北京:生活·读书·新知三联书店,1989年,第141页。

第一章 经典叙述学

里蒙-凯南所指的心理侧面"涉及聚焦者的思想和情感",因此包括"聚焦者对于被聚焦者的认识作用和情感作用"[①]。"外部和内部聚焦的对立表现为不受局限的知识和受局限的知识的对立。"[②] "外部聚焦者(即叙述者-聚焦者)对于所描述的世界是无所不知的,如果他限制自己的知识,那也是为了产生某些特殊效果。"[③] 在某种意义上这是叙述者的权力自限,为了控制信息,以达到某种让读者意想不到的效果等。这在第一人称回顾性叙述的外聚焦中体现出来,而全知的叙述通常不限制自己的知识。"内部聚焦者的知识,从定义上讲,就是受局限的:他本身是被描述的那个世界的一部分,不可能什么都知道。"[④]

从情感的角度来看,"外部/内部"的对立可以转换为"客观"与"主观"聚焦的对立形式。[⑤] 外部聚焦显得相对中立,不介入个人感情;而内部聚焦者因被人格化,会带上人物的个人感情,从而以它的眼光所看到的聚焦对象则相对主观。

里蒙-凯南提到的聚焦的第三个侧面是意识形态侧面,"这一侧面常被称为'本文的规范',是由'一个以观念形式看待世界的一般体系'构成,这个一般体系是评价故事中的事件和人物的依据"。在文本中,"叙述者-聚焦者的意识形态通常被认为是权威的,而本文中的所有其它意识形态都从叙述者-聚焦者这个'更高的'位置得到评价"。在较为复杂的情况下,那个单独的权威外部聚焦者让位于若干个意识形态立场,这些立场相互作用就造成了对作品文本的复调式阅读理解。[⑥]

热奈特的聚焦概念主要关注的是感知的问题,聚焦是选择信息的工具。在他看来,聚焦似乎是一种纯客观的技术性问题,而事实上并非如此,聚焦既然

[①] 里蒙-凯南:《叙事虚构作品》,姚锦清等译,北京:生活·读书·新知三联书店,1989年,第142页。
[②] 里蒙-凯南:《叙事虚构作品》,姚锦清等译,北京:生活·读书·新知三联书店,1989年,第143页。
[③] 里蒙-凯南:《叙事虚构作品》,姚锦清等译,北京:生活·读书·新知三联书店,1989年,第143页。
[④] 里蒙-凯南:《叙事虚构作品》,姚锦清等译,北京:生活·读书·新知三联书店,1989年,第143页。
[⑤] 里蒙-凯南:《叙事虚构作品》,姚锦清等译,北京:生活·读书·新知三联书店,1989年,第144页。
[⑥] 里蒙-凯南:《叙事虚构作品》,姚锦清等译,北京:生活·读书·新知三联书店,1989年,第147页。

是一种选择，那么就无法逃离人为的因素，自然离不开里蒙－凯南所提出的感知、心理和意识形态侧面。因此里蒙－凯南的理论的提出极大地丰富了聚焦概念的内涵，并启发了后来的叙述学家的进一步研究，比如申丹的聚焦四分法。

申丹的聚焦四分法

申丹的聚焦分类主要是在对前人的研究进行批判、总结、归纳、扬弃的基础上建立起来的。她对待热奈特或是对巴尔与里蒙－凯南，都不是采取一刀切的方式，不完全否定，也没有完全肯定。总之，她对前人的理论做了一个综合的考察，取其精华而去其理论中不合理之处，从而构建了自己的理论。当然从她的四分法中，我们可以看出她主要是受到热奈特、巴尔和里蒙－凯南的影响。

跟前面几位叙述学家一样，关于为什么采用"focalization"这一术语，申丹也提出了自己的看法，当然，奇怪的是她也如前两位女性叙述学家一样批判了热奈特所提出的原因。她指出，聚焦一词涉及光学上的焦距调节，很难摆脱专门的视觉含义，这一词的真正优越之处在于："point of view""perspective"这样的词语也可指立场、观点等，不一定指观察角度，具有潜在的模棱两可性，而聚焦可以摆脱这样的模棱两可。[1] 这一原因明显与里蒙－凯南的观点如出一辙；另外，受到巴尔的术语影响，她还提出聚焦一词的另一个长处是可用"focalizer"和"focalized"这两个术语来指涉观察者和被观察对象。[2] 可见申丹与里蒙－凯南一样是接受巴尔的术语建构的。

对于热奈特的聚焦问题，申丹提出了四点批评。

第一，热奈特提出聚焦概念就是为了明确区分叙述声音与叙述眼光。然而将叙述声音与叙述眼光截然分开也容易掩盖这样一种现象，即有些作品倾向于在叙述层上采用聚焦人物的语言，这样一来，叙述声音在一定程度上也就成了聚焦人物自己的声音。[3] 申丹此言看似有理，但是似乎又走回了混淆叙述声音与叙述眼光的死胡同。虽然出现聚焦人物的"抢话"现象，他发出了自己的声音，但是声音与眼光根本是两码事。我们只能说我们不仅看到聚焦人物所看到的东西，还听到了聚焦人物的声音。这两者是可以区分的，并不矛盾。这种视

---

[1] 申丹、王亚丽：《西方叙事学：经典与后经典》，北京：北京大学出版社，2010年，第89页。
[2] 申丹、王亚丽：《西方叙事学：经典与后经典》，北京：北京大学出版社，2010年，第89页。
[3] 申丹：《叙述学与小说文体学研究》，北京：北京大学出版社，2004年，第202页。

角和声音出现在同一个人物身上于叙述中很常见，比如在第一人称外视角中，但我们并不会因此而不将声音与眼光分开。申丹指出，热奈特在区分叙述声音与叙述眼光时，基本将后者局限于"视觉"和"听觉"等感知范畴，但一个人的眼光还应涉及他/她对事物的特定看法、立场观点或感情态度。[①] 申丹的这一观点显然是受到我们前面所讨论的里蒙－凯南的聚焦各个侧面的影响。申丹就曾称赞里蒙－凯南的讨论既"顾及视角的全面性，又避免了理论上的混乱"[②]。

第二，热奈特的三分法以托多罗夫的三个公式为基础："叙述者＞人物""叙述者＝人物""叙述者＜人物"。而申丹认为用于表明内聚焦的"叙述者＝人物"这一公式不成立，它只用于固定式聚焦，而不适用于转换式和多重式聚焦。她提出"转用人物的眼光是内聚焦的实质性特征"，以此来区别转换式聚焦、多重聚焦和全知的叙述中上帝般的叙述眼光。[③] 申丹在此基础上提出了自己的公式——内聚焦："叙述眼光＝（一个或几个）人物的眼光"；零聚焦："叙述眼光＝全知叙述者的眼光"；外聚焦："叙述眼光＝外部观察者的眼光"。[④] 她的公式综合了热奈特的分类法和里蒙－凯南的分类法，这是她的四分法的雏形。我们肯定她的这一公式的明晰和实用性，但不得不指出的是，她自己事实上是将自己所指出的两类划分标准混合起来了：其一，为"对内心活动的观察"与"对外在行为的观察"；其二，为"观察位置处于故事之内"与"观察位置处于故事之外"。[⑤] 这也就是将热奈特与巴尔的划分方法做了一个综合。

第三，申丹认为，热奈特在《叙事话语》中讨论布鲁克斯和沃伦的分类时没有意识到布氏与沃氏在区分时是按第一种对立，而他自己在区分时依据的却是第二种对立。[⑥] 也就是说，申丹简单地将热奈特的区分方法归纳到"观察位置处于故事之内"与"观察位置处于故事之外"。事实上热奈特的观点与巴尔和里蒙－凯南的是有区别的。如果简单将热奈特的方法划分到第二种标准，那么他的零聚焦就该属于外聚焦。热奈特的划分事实上是以"视角的限制"为标准，也就是要确定一个观察的焦点。全知的叙述没有确定的焦点，则划分为零

---

① 申丹：《叙述学与小说文体学研究》，北京：北京大学出版社，2004年，第203页。
② 申丹：《叙述学与小说文体学研究》，北京：北京大学出版社，2004年，第207页。
③ 申丹：《叙述学与小说文体学研究》，北京：北京大学出版社，2004年，第213页。
④ 申丹：《叙述学与小说文体学研究》，北京：北京大学出版社，2004年，第214页。
⑤ 申丹：《叙述学与小说文体学研究》，北京：北京大学出版社，2004年，第214页。
⑥ 申丹：《叙述学与小说文体学研究》，北京：北京大学出版社，2004年，第216页。

聚焦；如果焦点确定在某人或某些人身上，则是内聚焦；如果焦点在任何人物之外，排除为任何人的思想提供信息的可能，那么则是外聚焦。因此热奈特的方法并不能被简单归为第一种还是第二种区别方法。

第四，申丹认为热奈特的三分法对第一人称见证人叙述和第一人称主人公叙述没有做明确的区分。申丹对此进行了详细的划分。对于第一人称见证人叙述，她采用了斯坦策尔的区分方式："见证人的观察位置处于故事中心的为'内视角'，处于故事边缘的则属于'外视角'。"① 对于第一人称主人公回顾性叙述则存在叙述自我（外聚焦）与经验自我（内聚焦）两种眼光。申丹又进一步指出这样的区分模糊了"内聚焦"与"外聚焦"之间在感情态度、可靠性、视觉等方面的界限。她严格区分了第一人称叙述（见证人 & 主人公）与第三人称叙述的区别。申丹强调人物的眼光往往较为主观，带有偏见和感情色彩，而故事外叙述者的眼光则往往较为冷静、客观、可靠。因此第三人称叙述中的"外聚焦"与第一人称见证人和第一人称主人公叙述中的"外聚焦"相比则显得更为客观。另外，第一人称叙述中的外聚焦均将他们限定在自己所见、所闻的范围内，而第三人称叙述中的外聚焦则具有观察自己不在场的事件的特权②。最后由于第一人称叙述中两种外视角的特殊性，她认为处于边缘地位的见证人和回顾往事的主人公的视角是处于"内视角"与"第三人称外视角"之间的中间类型。③ 当然，在这里我们要确定一点，申丹这个分类与巴尔和里蒙－凯南的分类是属同一个谱系的。不过她更细心地注意到了还需要考虑到第一人称叙述中两种外视角的特殊性。这的确是热奈特的分类法没有考虑到的，而他在《新叙事话语》中也做出了补充说明。

在前述分析的基础上，申丹提出了自己的四分法：（1）"零视角或无限制型视角（即传统的全知叙述）"，这是热奈特的标准；（2）内视角，包括热奈特的三类以及第一人称主人公叙述中的"我"正在经历事件时的眼光，和第一人称见证人叙述中观察位置处于故事中心的"我"正在经历事件时的眼光；（3）第一人称外视角，第一人称回顾性叙述中叙述者"我"追忆往事的眼光；以及第一人称见证人叙述中观察位置处于故事边缘的"我"的眼光；（4）第三

---

① 申丹：《叙述学与小说文体学研究》，北京：北京大学出版社，2004年，第216页。
② 申丹：《叙述学与小说文体学研究》，北京：北京大学出版社，2004年，第217页。
③ 申丹：《叙述学与小说文体学研究》，北京：北京大学出版社，2004年，第218页。

16

人称外视角（同热奈特的外聚焦）。①

申丹的分类清晰而明了，将聚焦的各种形式和各个细微的不同都体现出来了。总的来说，她以热奈特的分类为基础，吸取了巴尔和里蒙－凯南对此概念的发展，经过自己的综合考察提出了更细致准确的聚焦划分。但是必须指出的是，申丹虽然总结出了所有的聚焦形式，但明显混合了热奈特、巴尔与里蒙－凯南的划分原则。

结　语

综上所述，聚焦概念严格地区分了"谁看"与"谁说"的问题，这在叙述学的发展中是至关重要的。这一概念在之后得到了广泛的运用和发展，虽然各个叙述学家的观念有些不同，但是都非常重视这一概念对眼光与声音的区别。热奈特提出这一概念时，主要是针对"视野"，没有考虑到感知的其他因素，而将聚焦看作一个纯客观的技术性问题，这是其概念的缺陷。然而后来的一些聚焦概念完全忽视了热奈特提出这个概念时的本意，完全不考虑聚焦是一种视角的限制，是信息的选择问题，从而产生了不少的误读。我们只有将聚焦的各方面都考虑在内，才能够正确地认识和使用它。

第二节　固定式聚焦：《太阳照常升起》中叙述自我对经验自我的救赎

海明威的第一部长篇小说《太阳照常升起》一面世便引起了评论界的普遍关注。西方的评论家们从不同视角、运用不同文艺批评方法对该作品进行了全方位的阐释和研究，其中包括社会历史批评、道德批评、原型批评、文体技巧、人物美学等。② 无论批评家们采用何种方式来阐释和研究该作品，大家基本都认为《太阳照常升起》是迷惘一代反战作品中的上乘之作。然而，评论界主要把精力投注在小说的故事本身，而忽略了小说的叙述方式。詹姆斯·纳吉尔（James Nagel）认为"讲述"已发生的事是叙述者学习如何面对生活的一

---

① 申丹：《叙述学与小说文体学研究》，北京：北京大学出版社，2004年，第218页。
② 赵新、郭海云：《〈太阳照样升起〉文学批评综论》，载《北京交通大学学报》（社会科学版）2009年第3期，第108—112页。

部分。通过"讲述",叙述者可以实现思想上的宣泄与净化,叙述者在感情受到重创、失去生活意义的情况下,通过"讲述"可以重新面对生活。[1] 纳吉尔认为故事情节是围绕杰克因失去布蕾特而受到的巨大伤害展开的,因此从小说的女性人物入手,通过对她们的分析来阐释作品的主题。纳吉尔虽然提出了一个很重要的观点——作品中"讲述"本身意义重大,但他并没有论述叙述者是如何通过"讲述"来实现心灵的救赎的,因此他更多还是注重小说的内容,而不是小说的叙述方法。同时,由于受海明威在战争中与艾格尼丝(Agnes)之间一段无果爱情经历的影响,纳吉尔的研究重点主要是小说中的女性人物,特别是对布蕾特的研究。他认为叙述者是在为爱情疗伤。纳吉尔的观点有一定的道理,因为与艾格尼丝的爱情不只在一部作品中影响了海明威的创作。本·施多茨福斯(Ben Stoltzfus)在研究《永别了,武器》时就曾提到过,海明威的讲述是为了治愈他失去艾格尼丝的痛苦。但同时,我们也应该认识到:事实上,造成这一系列悲剧的根源在于战争,战争让人们饱受摧残,身心受创。这些饱受摧残的心灵只有敢于面对战争,才能再次找到生活的出路。所以,笔者在前人的研究基础上,试图通过对小说叙述方法的研究,去分析叙述者如何通过对战争的讲述来达到情感的宣泄与心灵的救赎。

经验自我与叙述自我

小说的出版似乎就是一个关于"讲述"的故事。据记载,《太阳照常升起》的第一个版本是以斗牛士佩德罗·罗梅罗开始的,第二个版本则是以对布蕾特的描述为开篇,然而最终我们看到的故事却是以罗伯特·科恩为开端。[2] 可见,小说从一开始就是一个关于"讲述"的故事。要以怎样的叙述方式才能达到作者的写作目的,这在一开始就是海明威所关注的问题。小说的最后,布蕾特对杰克说:"哦,杰克,我们如果在一起,一定能过得开心死了。"小说结尾用了虚拟语气,杰克、布蕾特包括我们读者都知道,他们永远都不可能在一起。而这种伤痛要如何治愈呢?杰克的回答耐人寻味:"是呀,这么想想不也

---

[1] James Nagel. "Brett and the Other Women in The Sun Also Rises". Ed. Donaldson, Scott. *The Cambridge Companion to Hemingway*. New York: Cambridge University Press, 1996, pp.105-106.

[2] Linda Wagner-Martin. *New Essays on The Sun Also Rises*. Beijing: Peking University Press, 2007, pp.9-11.

挺好吗?""想想",这个回答虽然充满无奈,但也不失为一种解决方式,而这也成了小说中救赎心灵的方式。小说的主人公杰克经历战争,失去了生命中最重要的一切。为了重新面对生活,他以"想想"的方式,讲述了他痛苦的战争经历,重新面对战争,面对自己失去的一切,从而实现情感的宣泄与心灵的救赎。

小说采用第一人称回顾性叙述:由叙述者"我"——现在的杰克,提供声音;被追忆的"我"——正在经历事件的杰克,提供经历。笔者在这里按照里蒙-凯南的提法,将叙述者"我"称作叙述自我,而将被追忆的"我"称为经验自我。在第一人称回顾性叙述中,通常有两种眼光在交替作用:一为叙述自我的眼光,一为经验自我正在经历事件时的眼光。① 这样,叙述自我则可以用现在的眼光去观察往事,同时也可以用现在的眼光去审视被追忆的"我"。叙述自我通过"想想"与回忆来重组经验自我曾经的经历,通过叙述将其重新展现,并在叙述中获得反思,从而达到情感宣泄与心灵救赎的目的。

小说中的叙述者在叙述过程中不断显身,以不同的方式留下叙述痕迹,造成一种叙述干预,从而时刻提醒读者叙述者的"叙述"行为,让我们时刻感觉到叙述自我和经验自我的并存。

叙述者在故事的开篇就显露了自己的身份,他通过叙述中的时态变化来展现叙述自我和经验自我的存在:"Robert Cohn was once middleweight boxing champion of Princeton. Do not think that I am very much impressed by that as a boxing title, but it meant a lot to Cohn."② 在这段引文中,我们可以看到两个时态,一个是过去时"was",另一个是一般现在时"do not"和"am"。很明显,第一句话是对过去的人物和事件的叙述,而后一句话用现在时则是叙述自我现在的想法。同样的用法,我们在第二段开头又能看到:"I mistrust all frank and simple people, especially when their stories hold together, and I always had a suspicion that perhaps Robert Cohn had never been middleweight boxing champion…"③ 这段引文同样采用了两种时态,前半句用一般现在时,表达了叙述自我的态度和看法,而后半句则是经验自我的观点和态度。很明

---

① 申丹:《叙述学与小说文体学研究》,北京:北京大学出版社,2004年,第238页。
② 欧内斯特·海明威:《太阳照常升起》,冯涛译,南京:译林出版社,2009年,第195页。
③ 欧内斯特·海明威:《太阳照常升起》,冯涛译,南京:译林出版社,2009年,第195页。

显，经验自我曾经怀疑科恩是否得过中量级拳击冠军，而叙述自我现在已经不怀疑了。从故事的后续发展我们可以得知，科恩的确有可能得过拳击冠军。

叙述者不仅通过时态的变化来对比现在和当时经历中的"我"的异同，还通过时态的变化突然跳出来抒发自己对事件的看法，发表自己的评论。例如，在回忆到科恩不喜欢巴黎时，小说中写道："I wondered where Cohn got that incapacity to enjoy Paris. Possibly from Menken. Menken hates Paris, I believe. So many young men get their likes and dislikes from Menken."[1] 从"I wondered"这个过去时，我们可以推测经历中的我并不知道个中原因，但后面一句，叙述者突然出现并对这件事加以评论，给出了叙述自我现在的答案。

另外，当叙述自我在对叙述进行一些细节性或概念性的补充时，也会出现时态的变化。例如，当被追忆的"我"在咖啡馆喝东西，提到一种饮品叫"佩尔诺"时，叙述自我又现身，暂时偏离了叙述主线，来为读者讲解什么叫作"佩尔诺"："Pernod is greenish imitation absinthe. When you add water it turns milky. It tastes like licorice and it has a good uplift, but it drops you just as far."[2]

从前述对时态的分析我们可以看到，叙述者不断通过时态的变化来提醒读者叙述自我的存在。这样的例子在文中俯拾即是。根据笔者粗略的统计，小说中出现时态变化的地方接近 40 次，其中第一部分约 18 次，第二部分约 17 次，第三部分约 5 次。由此可见叙述者处处显身，时刻提醒我们叙述自我与经验自我的存在。

伴随着时态的变化，叙述自我还通过人称的滑动从"I"滑动到"you"和"we"，以此方式直接与读者交流，从而更加凸显自己的存在："The music hit you as you went in. Brett and I danced. It was so crowded we could barely move."[3] 引文中，人称从前文中的"I"滑动到"you"，再滑动到"we"。很明显这是叙述者故意显身在与读者交流。这种叙述干预的方式在现代小说中常见。不过，为了小说叙述的流畅性，让读者完全融入情节中，这种叙述者直接

---

[1] 欧内斯特·海明威：《太阳照常升起》，冯涛译，南京：译林出版社，2009 年，第 223 页。
[2] 欧内斯特·海明威：《太阳照常升起》，冯涛译，南京：译林出版社，2009 年，第 203 页。
[3] 欧内斯特·海明威：《太阳照常升起》，冯涛译，南京：译林出版社，2009 年，第 240 页。

跟读者交流的方式没有前面间接的时态变化的方式的使用次数多。据笔者的粗略统计，人称滑动的方式共出现了 6 次，其中第一部分 4 次，第三部分 2 次。

最后叙述者还采取了一种比人称滑动更加直接的方式来告诉读者，有一个叙述自我正在讲述："Somehow I feel I have not shown Robert Cohn clearly."从这句话我们可以看出，叙述者一边讲述故事，一边对自己的叙述行为进行评论。叙述者通过这种超表述行为直接告诉我们，他正在向我们讲述故事，这个故事及故事中的人物都是由他以他的方式向读者讲述。当然这种元小说的痕迹在文中就更是罕见了。

综上所述，笔者认为叙述者通过各种方式为我们留下他的叙述痕迹，目的就是要让读者意识到叙述自我与经验自我的存在，时刻提醒读者他在"讲述"。前面我们已经提到过第一人称回顾性叙述中通常有两种眼光在交替作用。"这两种眼光可体现出'我'在不同时期对事件的不同看法或对事件的不同认识程度，它们之间的对比常常是成熟与幼稚、了解事情的真相与被蒙在鼓里之间的对比。"[①] 叙述自我因为是经历了事件后进行叙述，理论上会比经验自我知道得更多，更加成熟。因此在这个基础上，叙述自我（现在的杰克）在叙述中可以用更加成熟的思想和眼光去观察过去发生的一切，同时可以审视当时事件中的"我"的眼光和想法，由此重新认识过去，重新认识自己。

在证明了叙述自我对经验自我救赎的可能性后，下一部分中，笔者将通过进一步的文本细读来证明叙述自我如何通过叙述来救赎经验自我。

战争的阴影

小说主要讲述杰克因参加第一次世界大战受重伤而丧失性爱功能，导致其男性身份的缺失，身心俱损。为了从悲剧中解脱出来，杰克通过回忆和想象将自己曾经的战争经历叙述出来，以此来宣泄情感，救赎自己的心灵。

在第一部分，叙述者"我"从现在的角度去追忆往事，用现在的眼光去观察小说主要人物的战后生活，从而揭示了战争给人们造成的巨大伤害。这一部分中语言不断出现时态的变换，同时伴随人称的多次转换。叙述者以此来强调自己的存在，阐述自己对战争的观点：战争是一切痛苦的根源，无论是参加过

---

① 申丹：《叙述学与小说文体学研究》，北京：北京大学出版社，2004 年，第 238 页。

还是未参加过的人们都在这场苦痛中遭受到了巨大的伤害。

在整部小说中,人物没有正面谈论战争,战争却无处不在,如幽灵般纠缠着每一个参加过战争的人,给他们打上了永久的烙印。仔细阅读叙述者的叙述,笔者发现,在小说的第一部分,叙述者提到跟战争有关的字眼共5次:第一次是杰克说他在战争中受伤失去了性爱功能[1];第二次是杰克回忆在意大利前线养伤,那里有很多人跟他有同样的遭遇[2];第三次是杰克在战地医院遇到布蕾特[3];第四次是杰克讲述布蕾特在战争中失去了真爱[4];第五次是伯爵说他经历过7次战争和4场革命,身上还有箭伤[5]。我们可以看到,叙述者每次提到战争的时候,它都是与受伤或死亡联系在一起的。杰克因为在战争中受伤失去了性爱功能,这不仅是身体上的伤害,更是心灵上的伤害。他不仅失去了与布蕾特的爱情,还对自己丧失了信心,甚至对自己的男性身份都感到不确定而需要从别人那里得到证实与肯定。可以说,战争从身体和心理上都阉割了他的男性气质。布蕾特也有相同的遭遇。她在战争中失去了自己的真爱;虽然与杰克相爱,但又是一段没有结果的爱情;其夫因为经历过战争,连睡觉都带着枪,并经常虐待她。因此,她只能从不同的男人那里去寻找慰藉,过着空虚的生活。总的来说,以杰克和布蕾特为代表的参加过第一次世界大战的人,无论男女都遭受了战争的摧残,身心俱损。

不仅是参加过战争的人会受到战争的摧残,就算是没有参加过战争的人也同样难逃战争的影响。从叙述者将科恩安排在小说开头,即可见科恩在文中的重要性。该人物为文中异类,似乎永远也融入不了杰克等人的团体当中,而他最大的不同就是没有参加过大战。如果说杰克在战争中身体上受到了重创,那么科恩则是被战争实行了精神阉割的典型代表。在人们还没有来得及适应的情况下,战争瞬间就破坏了一切传统的价值观念。战后,像科恩这样的人固守着传统的价值观,无法适应战后的社会,在战后世界找不到位置,因此也成了水中的浮萍,四处漂泊。正如迈克尔所说,科恩处处碰壁,处处不招人待见。[6]

---

[1] 欧内斯特·海明威:《太阳照常升起》,冯涛译,南京:译林出版社,2009年,第12页。
[2] 欧内斯特·海明威:《太阳照常升起》,冯涛译,南京:译林出版社,2009年,第23页。
[3] 欧内斯特·海明威:《太阳照常升起》,冯涛译,南京:译林出版社,2009年,第29页。
[4] 欧内斯特·海明威:《太阳照常升起》,冯涛译,南京:译林出版社,2009年,第29页。
[5] 欧内斯特·海明威:《太阳照常升起》,冯涛译,南京:译林出版社,2009年,第45页。
[6] 欧内斯特·海明威:《太阳照常升起》,冯涛译,南京:译林出版社,2009年,第107页。

可见战争给无论参战还是没有参战的人都带来了巨大的伤害，它是一切悲剧的根源。经过战争的杰克在身心受伤的情况下无法摆脱命运的悲剧去积极地面对生活，因此在小说第二部分，叙述者"我"通过叙述让自我面对战争，面对战争中的自己，重新找到生活的出路。

叙述的救赎

笔者在前面提到过，小说开头更改了好几次，可见叙述者对叙述进行了精心的布局。小说第一部分讲述了战争所造成的悲剧，在第二部分中叙述者通过对战争的叙述获得救赎。饱受战争摧残的杰克在对战争有清醒的认识后终于可以开始新的生活。

在第二部分，叙述自我通过想象与经验自我一起模拟还原了人们的战争经历，从而强迫自己面对战争，面对现实，认清战争的真面目，也对自己进行新的审视，从而获得情感的宣泄与心灵的救赎。第二部分与第一部分相比加入了更多的场景描写，从而让读者通过经验自我的眼光去感受战争，同时叙述自我也可以以现在的眼光去观察经历中的"我"以获得反思，变得更加成熟。因此这部分中的时态变化不如第一部分多，也没有发生人称的变化。叙述者想还原一个真实的战场，因此选择暂时隐退，让读者随着经验自我的眼光去观察。

叙述者在小说的第二部分通过西班牙斗牛节将战争重新展现在我们面前。

经验自我参加斗牛节、观看斗牛的经历，其实就是他参战经历的再现。通过叙述，叙述自我重新认识了战争和战争中的自己。

笔者首先需要证明叙述者是如何将战争与西班牙斗牛节联系在一起的，也就是它们的相同之处。首先是杰克他们一伙人带着跟参加战争一样的心情去观看斗牛节："兴奋、自豪、置身事外和好奇。"[1] 但他们在奔赴"战场"的过程中又带着旅行的心情，有欧洲的青山绿水做伴，甚至可以在半路停下来钓鱼，怡然自得，抱着做客的友好态度，就如《流放者的归来》中提道："我们的工作，就其本身的情况而言，几乎是理想的。我们的工作为我们提供还不坏的伙食、愉快的消遣、在巴黎的休假和一身军装，这身军装使我们能住进最好的旅

---

[1] 马尔科姆·考利：《流放者的归来：二十年代的文学流浪生涯》，张承谟译，上海：上海外语教育出版社，1986年，第3页。

馆。我们的工作使我们能欣赏到一生难得见到的西线奇景。"① 与观看斗牛一样,当年去参加战争的美国青年也是带着一种旅行的心情。由于威尔逊政府鼓吹战争的正义性及其重大意义,许多参战的美国青年受到蛊惑,认为战场带有浪漫的英雄主义色彩。战争可以激起他们的热情,可以造就英雄,让他们享受刺激的生活。但是,作为救护队的一员,作为来访的客人,他们更多的是被灌输且持有被称为旁观者的态度。似乎战争就是一场表演,而参战的这些美国青年则是观众。他们很难真正融入战争。马尔科姆·考利就曾戏说海明威是在观察哨所做客时被炸伤,就像一名观众被邀请到后台去和演员们聊天一样。② 而西班牙斗牛也是如此,它如战场一般血腥、残酷,可以激起观众的激情,满足人们的好奇心。杰克他们作为观众能够像在战争中一样激情澎湃,享受刺激,欣赏斗牛英雄的精彩表演。无论斗牛场上战况如何激烈,他们都只是旁观者。因此在第二部分中,斗牛节开始之前,当叙述者偶尔提到"战争"时,所持的是一种怀念的感情,正如迈克尔所说:"多么令人难忘的岁月。我多希望时光能倒流,再回到当初那些日子。"③ 杰克也同样提道:

> 这情形就跟我记忆中的几次战时的晚餐挺像的。有大量的酒,有一种故意置之不理的张力,还有一种要发生的事终究会发生的预感。酒醉之余,我那种厌烦的情绪也终究烟消云散,我终于也快活起来了。醉眼望去,大家也都显得可亲可爱了。④

然而随着"战势"的发展,通过对"战争"的叙述和梳理,叙述自我渐渐认清了事实的真相:战争并不像他们曾经以为的那么具有浪漫主义色彩,他们一步步走向战争的深渊,再也不能悠闲地做旁观者。战争对人类造成了伤害,给世界带来了毁灭。

潘普洛纳的斗牛节热闹非凡,来自四面八方的人们个个激情饱满地加入节日的狂欢。在这样热烈的气氛中,却发生了有人惨死的悲剧。虽然对于被追忆

---

① 马尔科姆·考利:《流放者的归来:二十年代的文学流浪生涯》,张承谟译,上海:上海外语教育出版社,1986年,第35页。
② 马尔科姆·考利:《流放者的归来:二十年代的文学流浪生涯》,张承谟译,上海:上海外语教育出版社,1986年,第36—37页。
③ 欧内斯特·海明威:《太阳照常升起》,冯涛译,南京:译林出版社,2009年,第101页。
④ 欧内斯特·海明威:《太阳照常升起》,冯涛译,南京:译林出版社,2009年,第110页。

的"我"和当时参加斗牛节的人来说,这只是个小插曲,但是可以从"我"的叙述中看到,叙述者的思想已经发生变化,对战争已经有了新认识。斗牛开始前疯狂的人群与暴怒的公牛在街上狂奔乱跑,导致一人不幸遇难。"一头公牛往前一顶,犄角挑中了人群中一个人的背部,把他整个给挑到空中。牛角扎入的时候,那个人的两条胳膊耷拉着,头向后仰去,那头牛把他给挑起来,然后又摔到地上。"① 对于如此惨烈的一幕,叙述者却一直用一种客观冷漠的口吻来描述,没有给任何的心理描写和评论。从后面他兴奋地去观看斗牛比赛可以看出,这个小插曲完全没有对他造成任何影响。这正好符合经验自我当时的心理状态:虽然危险随时会发生,人随时可能丧生,但由于他们抱有那种临时做客的态度,正在发生的事仍然跟他们没干系。② 读者一直追随经验自我的眼光去观察这些场景,直到咖啡馆的服务生一语道破天机,才恍然大悟:"'伤得这么重,'他说,'全都是为了消遣。全都是为了取乐。'"③ "'这么重的伤。只不过为了好玩。'""'扎了个透心儿凉,被牛犄角扎了个透心儿凉,只是为了好玩。'" "'您听见了? Muerto。死了,给牛角扎穿了,都是为了一早晨的开心。'"④ 同样的意思,服务生重复了四次,这不得不引起读者的注意。在这里,叙述者将评论的权利让渡给了服务生,因为被追忆的"我"为战争所惑,还没有认识到其残酷性。从侧面也可以反映出经验自我当时的麻木和旁观者心态,同时也反映出叙述自我现在对战争的认识:服务生不断重复"all for fun"(完全为了取乐),"just for fun"(只是为了取乐),可见,他认为这个人死得不值,死得没有意义,那么参加斗牛节当然在他眼中也失去了意义,从而从侧面反映出叙述自我此时对战争的态度——他们参加战争没有意义。

叙述自我用经验自我的眼光向读者展现了维森特·吉罗内斯的葬礼,跟前面描写他死的场面一样。经验自我同样作为一个旁观者客观记录了这场葬礼,没有心理描写,没有任何的评价。但是我们从这段描写葬礼的语言风格可以看出,叙述自我在向读者透露自己不一样的感情。在对这段葬礼的细节描写中,

---

① 欧内斯特·海明威:《太阳照常升起》,冯涛译,南京:译林出版社,2009年,第148页。
② 李公昭:《从〈太阳照样升起〉中的细节描写看形式与内容的关系》,载《解放军外国语学院学报》1992年第2期,第74页。
③ 欧内斯特·海明威:《太阳照常升起》,冯涛译,南京:译林出版社,2009年,第148页。
④ 欧内斯特·海明威:《太阳照常升起》,冯涛译,南京:译林出版社,2009年,第149页。

虽然经历由经验自我提供，语言却由叙述自我提供。我们可以看到，与前面的文章相比，作者的语言风格明显发生了转变。"海明威一反过去善用短句，或短长交替句式的惯例，连续用了五个长句，以迟缓的节奏表达出行葬队伍的沉重与肃穆。"① 也许更精确地说，这种语言风格的变换透露了叙述自我的真实想法，既是哀悼死者，也是为被战争所惑的经验自我感到难过。他们当时并不明白参加战争是如此没有意义。他们就像犍牛一样，唯一的作用是安抚参加战斗的公牛，它们成天围着公牛转却不招人待见，永远参加不了真正的战斗。正如考利所说："我们自己，作为在前线的美国代表，被用来缓和不满情绪，被作为胜利的最初象征而展览，可是我们没有意识到我们是在为一种政治目的服务。"②

本以为可以一直保持这种旁观者的态度，但是杰克最终也难逃被卷入战争的命运。而认识罗梅罗，则是他被卷入战争的开端。罗梅罗是典型的战争中的英雄，他赢得了杰克、布蕾特等人的喜爱。特别是布蕾特，居然爱上了这个几乎只有自己一半大的小伙子。小说中，杰克将罗梅罗介绍给布蕾特，引起科恩的不满，致使多人卷入暴力事件而受伤。科恩打晕了杰克，打伤了迈克尔，打伤了罗梅罗，最后罗梅罗又打伤了科恩。我们可以看到，在小说第二部分快结束时，杰克失去了布蕾特，失去了科恩的友谊，由于他将罗梅罗介绍给布蕾特，他也失去了蒙托亚的友谊和信任，也许以后也失去了来观看斗牛比赛的机会。总之，战争让他身体受伤，同时也让他失去了生命里很重要的东西。

结　语

小说第二部分结尾处写道："我从床上爬起来，走到阳台，望着广场上跳舞的人群。这个世界已不再喧嚣，恢复了平静。一切都非常清晰、明亮，只是边缘有点模糊。我洗了脸，梳了梳头发。镜中的自己看着有点陌生，然后就下楼来到餐厅。"虽然还没有完全清楚，"边缘还有点模糊"，但一切慢慢变得"非常清晰"，经验自我慢慢看清楚了这个战后归于平淡的世界。看着镜子中的

---

① 李公昭：《从〈太阳照样升起〉中的细节描写看形式与内容的关系》，载《解放军外国语学院学报》1992 年第 2 期，第 77 页。

② 马尔科姆·考利：《流放者的归来：二十年代的文学流浪生涯》，张承谟译，上海：上海外语教育出版社，1986 年，第 34 页。

自己，他觉得有点陌生，这是因为他的思想认识已经有了变化，他已经不再是以前那个幼稚的，受战争蛊惑的自己了。当他和他的另外两个朋友坐在桌边时，他们"感觉就像少了六个人似的"①。他们一行本有六个人，但现在只剩下他们三个坐在一起，他们不仅感觉失去了另外三个伙伴，同时也感受不到自己的存在，他们终于认识到战争让人失去了一切，包括迷失了自己。

叙述自我在清醒地认识战争后，终于不再对战争耿耿于怀，开始努力去开创自己新的生活。在这一部分，叙述者再也没有提到关于"战争"的字眼。

杰克在挥别了朋友后，开始了自己新的人生旅程。他独自来到圣塞瓦斯蒂安，在这广阔的大海里接受了身心的洗礼，重拾了对生活的信心，并对一切感到释然。当他解救了布蕾特后，布蕾特说："我们如果在一起，一定能过得开心死了。"如今的杰克虽然清醒地认识到他们不能在一起，却可以豁达地给出自己的回答："这么想想不也挺好吗？"

综上所述，"讲述"在小说中具有重大的意义。叙述自我通过讲述，用现在的眼光去观察和审视战争与经验自我，从而对战争和自己有了新的认识；通过"讲述"，他得到了情感上的宣泄，获得了心灵上的救赎，重拾了对生活的信心。

第三节　多重聚焦：《喧哗与骚动》中的历史、时间、叙述

"美国文学在很长一段时间里显得缺乏历史感，而福克纳提携了整个美国文学，因为他写出了年轻的美国的沧桑，唤醒了美国文学的历史意识。"② 作为一个南方作家，福克纳有着"对故土深深的爱，这块土地养育了他，被他选中要在这上面度过自己的一生"③。书写他所热爱的土地的历史，也成了他永恒不变的主题，为此福克纳创造了他的约克纳帕塌法王国。这个王国是整个南方的缩影，他在这里书写南方的寓言和传奇，使南方的历史永远活在人们心

---

① 欧内斯特·海明威：《太阳照常升起》，冯涛译，南京：译林出版社，2009年，第169页。
② 易晓明：《碎片化与整体性：〈喧哗与骚动〉的历史感之建构》，载《外国文学评论》2003年第1期，第56页。
③ 马尔科姆·考利：《福克纳：约克纳帕塌法的故事》，载李文俊编选《福克纳评论集》，北京：中国社会科学出版社，1980年，第42—43页。

中。战后，南方在政治、经济、文化方面都一步步走向衰落。福克纳的大部分作品都记录了这一段令人痛苦的历史。在他的约克纳帕塌法系列中，很多小说都是以一个家族的衰亡史为蓝本来隐喻整个南部地区的没落与衰败。

《喧哗与骚动》——南方的衰亡史

《喧哗与骚动》是"福克纳第一部受到广泛评论的小说"[①]。评论界基本达成了共识：马尔科姆·考利认为《喧哗与骚动》主要描写了康普生一家的没落，作为约克纳帕塌法系列中的一部分，康普生家族的分崩离析则隐喻整个南部的衰落。[②] 国内的学者对《喧哗与骚动》的解读也基本如是。粟培田认为，福克纳的第一部成熟作品是《喧哗与骚动》，该书以意识流的手法通过一个旧家庭的分崩离析和趋于死亡，真实地呈现美国南方历史性变化的一个侧面，南方正如康普生家庭一样分崩离析。[③] 余民顺指出，《喧哗与骚动》写的是美国南方旧贵族康普生家族的精神衰亡史。[④] 钱中丽也认为福克纳巧妙运用意识流表现手法，通过四个人的叙述展示了南方豪门大户康普生家族的衰亡史。[⑤] 总之，对《喧哗与骚动》的主题来说，评论界普遍认为小说通过对康普生一家人命运和家族历史的叙述，揭示了南方衰败的历史。

小说一共分为五章，前三章分别由班吉、昆丁和杰生以第一人称来叙述家族的历史，第四章和第五章则由全知的叙述者来补充对康普生家族历史的叙述。所有的叙述都围绕一个中心事件：康普生的女儿凯蒂失去贞操，从"南方淑女""大家闺秀"走向了"堕落"。[⑥] 凯蒂不仅是康普生家族荣誉的象征，同时也是南方传统价值观的象征，她的"堕落"预示了康普生家族的没落以及整

[①] 马尔科姆·考利：《福克纳：约克纳帕塌法的故事》，载李文俊编选《福克纳评论集》，北京：中国社会科学出版社，1980年，第27页。

[②] 马尔科姆·考利：《福克纳：约克纳帕塌法的故事》，载李文俊编选《福克纳评论集》，北京：中国社会科学出版社，1980年，第30页。

[③] 粟培田：《多重批评理论视野下的〈喧哗与骚动〉》，载《广西民族大学学报》2006年第S2期，第139页。

[④] 余民顺：《时序倒错手法在〈喧哗与骚动〉中的独特意义》，载《湘潭大学社会科学学报》2001年第6期，第14页。

[⑤] 钱中丽：《〈喧哗与骚动〉中时间的意义》，载《外国文学研究》2004年第1期，第115页。

[⑥] 李玉颖：《从凯蒂透视美国南方的失落：解读福克纳的〈喧哗与骚动〉》，载《作家》2009年第16期，第72页。

个南方价值体系的崩塌，南方在文化及意识形态上已走向衰败。在三兄弟的叙述中，班吉主要回顾了凯蒂的童年时代，昆丁主要叙述了凯蒂的青年时代，而杰生主要涉及凯蒂的成年并延续到其后代小昆丁。① 从童年到青年再到成年，凯蒂的成长史及"堕落"的过程也就是康普生家族的衰败史，隐喻南方一步步走向衰亡。

除了不断回忆凯蒂的失贞，小说人物还不断提到班吉的那块土地。家族为了维持体面，将班吉的土地出售以换取凯蒂的一场光鲜的婚礼，同时可以把昆丁送到哈佛去读书。这件事让凯蒂、昆丁和杰生都耿耿于怀。对于凯蒂和昆丁来说，那是对班吉深深的歉疚，而杰生则是对家族的仇恨，因为他没有享有同等的机会。土地的出售，揭示了康普生家族经济上破产，却还想努力维持体面。然而这一切是徒劳的，凯蒂结婚并没有获得幸福，反而让康普生家族更加蒙羞；而昆丁到了哈佛并没有取得成就，反而以自杀结束了自己的生命；班吉这个贡献土地的人最后却落到杰生这个对他充满仇恨的人手里，命运可想而知。

南方在经济、政治和文化上都趋于瓦解和崩塌，人们想要重构南方秩序的挣扎注定是徒劳的。《喧哗与骚动》中对康普生家族没落的描写深刻地体现了南方衰亡的不可逆性。如果笔者就此停笔，那么所做的研究将是对前人研究简单的重复。希利斯·米勒指出，一部特定的小说最重要的主题可能不在于它直截了当明确表述的东西之中，而在于讲述这个故事的方式所衍生的种种意义之中。因此笔者试图在前人的研究基础上，通过对文本叙述方式的再研究，进一步找出文本的潜藏意义。

福克纳在他的大部分小说中都描述了南方家族衰亡的历史，以此来隐射整个南方历史的衰败。《喧哗与骚动》叙述了康普生一家分崩离析的情形，《我弥留之际》写的是爱迪·本特伦的死亡与殡葬，《没有被征服的》是关于沙多里斯家几代人的一组短篇小说，《村子》则是关于斯诺普家族的一部小说。② 那么为什么他要不断地重复这个主题呢？他是如此深爱美国南部这方热土。他认为："这片土地，这个南方，得天独厚，它有森林向人们提供猎物，有河流提

---

① 钱中丽：《〈喧哗与骚动〉中时间的意义》，载《外国文学研究》2004年第1期，第115页。
② 马尔科姆·考利：《福克纳：约克纳帕塌法的故事》，载李文俊编选《福克纳评论集》，北京：中国社会科学出版社，1980年，第27页。

供鱼群，有深厚肥沃的土地让人们播种，有滋润的春天使庄稼得以发芽，有漫长的夏季让庄稼成熟，有宁静的秋天可以收割，有短暂温和的冬天让人畜休憩。"① 在如此美好的地方，他为什么偏偏就提炼出这么一个悲观的主题而且还无数次重复地讲述呢？难道无数次地将衰败的南方展现在读者面前就是他的目的吗？当然不是！南方的衰败是南部人民无法逃避而必须面对的历史。中国有句老话说得好："前事不忘，后事之师。"人们只有勇于面对历史，记住历史，才能勇敢向前。而要记住历史，我们唯一的方法就是把记忆写成文字，永远留存于后世。时间摧毁一切，让一切最终走向死亡，只有记忆书写的历史能够对抗时间，"所以历史是抵抗遗忘的最有力的武器"。古希腊历史学家希罗多德说他之所以记叙历史，是为了保存记忆，抗拒遗忘。有历史的叙述，时间才不致使人们创造的一切失色暗淡。② 因此福克纳对历史的书写，目的是对抗时间，对抗遗忘，对抗死亡，让人们永远记住南方的历史，因为忘记历史，抹杀历史就等于谋杀一个民族的精神生命。③

叙述者与接受者：时间的主题

讲述事件是我们把握时间的唯一方法，我们通过事件来抓住时间。人们将事件变成叙述后，可以将其保存在时间里。因此，对历史的书写可以将历史保存在绵延不断的时间里，让人们永远记住它，让其永远不消亡。在《喧哗与骚动》中，福克纳正是邀请读者一起来建构南方的历史，书写南方的历史，让人们永远记住历史。

文本意义的产生依赖读者的合作。叙述由两个叙述化构成，包括叙述者的叙述与接受者的叙述。叙述者用一系列事件构成文本。由于叙述者的叙述具有高度选择性，因此他赋予故事时间性、意义性。而接受者在对文本的阅读中读出其时序与因果，这样就将叙事补充完整。《喧哗与骚动》中作者正是这样精心设计自己的文本，让叙述者邀请接受者一起来对抗时间，记录历史。我们来看一下作者是如何编排小说的情节，从而邀请接受者一起来补充

---

① 马尔科姆·考利：《福克纳：约克纳帕塌法的故事》，载李文俊编选《福克纳评论集》，北京：中国社会科学出版社，1980年，第43页。
② 张隆溪：《记忆、历史、文学》，载《外国文学》2008年第1期，第66页。
③ 张隆溪：《记忆、历史、文学》，载《外国文学》2008年第1期，第66页。

第一章 经典叙述学

叙述的。

小说最初出版时由四章构成，第五章是作者在1946年增补的一个附录。谈到小说的创作过程，福克纳曾说："我让第一个兄弟讲述这个故事，但还不够，那就是第一章。我又让第二个兄弟讲，但还是不够，那是第二章。我又让第三个兄弟讲故事。第三章不够，我就自己出马来讲述发生的一切——那就是第四章。但我也讲不好！"[①] 这也许就是第五章出现的原因，因为第四章的讲述依然不够。从这段话里，我们可以发现两个问题：第一，同一个故事为什么讲了四遍还不够？第二，第五遍是不是就够了呢？

因此笔者的研究焦点首先放在前四章，看作者是如何编排小说的人物与情节，邀请读者一起来完成叙述的，从而探索叙述者为何会觉得将同一个故事讲述四遍还不够。

按照小说的常规顺序读完一遍后，读者会发现作者的情节编排并不是按时间顺序。除了每一个故事中不断出现的意识流，各个大章节的时间也是混乱的。而作者将这一混乱明显地告诉了读者——文本中每一章节的标题全是日期：第一章，"April Seventh, 1928"；第二章，"June Second, 1910"；第三章，"April Sixth, 1928"；第四章，"April Eighth, 1928"。这一点不得不引起我们的高度警觉。小说中情节编排的时间次序是"CABD"，而不是按照顺序"ABCD"。福克纳说他分别让每个兄弟依次讲述完后，他再来讲，但是摆在读者面前的是文本，他完全可以在小说完成后进行顺序调整，然而他并没有。可见他是有意打乱顺序来讲述这个故事的。在福克纳的短篇小说《献给艾米丽的玫瑰》中也出现了大量时间顺序的混乱，而读者（包括专业的学者）在读此小说时，基本遵循了同一个规律：将原本混乱的顺序重新梳理一遍，结果发现短短的几页小说，叙述者所讲的故事却横跨了接近四分之三个世纪。小说讲述了自1863年到1937年的小镇历史，而读者在梳理的过程中自然是又一次回顾了南方战后一步步走向衰亡的历史，加深了对历史的印象。在此基础上我们再来看《喧哗与骚动》，小说的每一个章节之间既相互独立又彼此联系。由于每一章都在讲述同一个故事，因此小说基本可以采取扑克牌式的阅读方法。

[①] Frederick L. Gwynn and Joseph L. Blotner, eds., *Faulkner in the University*. New York: Vintage Books, A Division of Random House, 1965, p.1. 本书中外文资料引文若未特别注明译者，则均为笔者译，特此说明，后文不作赘述。

我们无论从哪章开始读小说，基本都可以读懂它。由于读者都有一种心理，那就是要从小说中读出一种时间序和意义序，而作者将日期标在每章的开头，因此读者很有可能随着作者的引导，按照故事发生的顺序重新再读小说。与读《献给艾米丽的玫瑰》一样，当我们按照时间的顺序再次读小说时，我们在作者的操控下不仅又回顾了一遍康普生家族的衰亡史，同时还会发现更多隐藏在表层文本后面的东西。在作者的指引下，笔者按照故事发生的顺序重新读了一遍文本，果然发现了与以前不一样的答案。一直以来评论界都认为，小说是关于凯蒂的故事，是关于康普生家族衰败的故事，是关于南方衰亡的故事。然而通过新的阅读，笔者认为小说是关于时间的故事，一个用叙述对抗时间、对抗死亡的故事。

萨特说："小说家的美学观点总是要我们追溯到他的哲学上去。"显然，福克纳的哲学是时间的哲学。[①] 小说每一章的标题都是时间，都以不同的时间开始。由于标题之于章节的重要性，这不得不引起读者对小说主题的再思考。当读者按新的顺序重新阅读小说后会发现，以昆丁作为叙述者的这一章，一开始就是对时间的描述："窗框的影子显现在窗帘上，时间是七点到八点之间，我又回到时间里来了，听见表在嘀嗒嘀嗒地响。"[②] 而小说接下来就是对时间的一大段议论：

> 我把表给你，不是要让你记住时间，而是让你可以偶尔忘掉时间，不把心力全部用在征服时间上面。因为时间反正是征服不了的，他说。甚至根本没有人跟时间较量过。这个战场不过向人显示了他自己的愚蠢与失望，而胜利，也仅仅是哲人与傻子的一种幻想而已。[③]

接下来在整个第二章中，我们会看到文中关于时间的意象反复出现。昆丁的影子、表的声音、钟声、工厂的汽笛声等无时无刻不在提醒人们时间的存在，人类是无法逃脱时间的。

时间可以毁灭一切，甚至基督也是被钟表的那些小齿轮的"喀嚓喀嚓声折

---

① 让－保罗·萨特：《福克纳小说中的时间：〈喧嚣与骚动〉》，载李文俊编选《福克纳评论集》，北京：中国社会科学出版社，1980年，第159页。
② 威廉·福克纳：《喧哗与骚动》，李文俊译，上海：上海译文出版社，2007年，第77页。
③ 威廉·福克纳：《喧哗与骚动》，李文俊译，上海：上海译文出版社，2007年，第77页。

磨死的"①。人毕生都在和时间斗争，但时间就像酸一样腐蚀着人，把人带向死亡。死亡似乎就是时间对人的终结，是战争的结束。面对这场人类注定要输的战争，作为人物的昆丁以及叙述者都没有放弃。

叙述对抗时间

在小说第二章，读者可以看到昆丁一直在与时间做斗争。小说第二章主要讲述了昆丁自杀当天所发生的事。如前文所说，第二章处处充满了时间的意象，文本中的影子、表、钟都时时刻刻在提醒昆丁时间的存在，而昆丁则是通过与这些意象的斗争向时间宣战。

在第二章，当表一直提醒昆丁时间在流逝时，昆丁选择把它翻过来面朝下。但是这样他还是能听到表的声音，因此他把"玻璃蒙子往台角上一磕，用手把碎玻璃碴接住，把它们放在烟灰缸里，把表针拧下来也扔进了烟灰缸"。他企图将时间打得粉碎，但结果是自己付出了血的代价，然而"表还在嘀嗒嘀嗒地走。我把表翻过来，空白表后面那些小齿轮还在卡嗒卡嗒地转"②。他原本到了钟表店，想要修表。然而看到钟表店里的钟时间各异，没有一个是准的，似乎将时间撕得支离破碎，他又放弃了修表的念头，继续与时间抗争。虽然他跟老板说"我待会儿再拿来修吧"③，但是直到故事的结尾，我们都没有看到他再去修表。

昆丁与影子的战争同样也是与时间的战争。由于他"差不多能根据影子移动的情形，说出现在是几点几分"④，因此影子一直作为时间的意象缠绕着他。根据统计，在第二章中影子一共出现了 49 次之多。⑤ 昆丁一直企图跟影子对抗。他欺骗影子，甚至想将影子杀死。"桥的影子、一条条栏杆的影子以及我的影子都平躺在河面上，我那么容易地欺骗了它，使它和我形影不离。这影子至少有五十英尺长，但愿我能用什么东西把它按到水里去，按住它直到它给淹死。"⑥

---

① 威廉·福克纳：《喧哗与骚动》，李文俊译，上海：上海译文出版社，2007 年，第 78 页。
② 威廉·福克纳：《喧哗与骚动》，李文俊译，上海：上海译文出版社，2007 年，第 81 页。
③ 威廉·福克纳：《喧哗与骚动》，李文俊译，上海：上海译文出版社，2007 年，第 85 页。
④ 威廉·福克纳：《喧哗与骚动》，李文俊译，上海：上海译文出版社，2007 年，第 78 页。
⑤ Martin Robert. "The Words of *The Sound and the Fury*". *Southern Literary Journal* (Fall 1999), p. 50.
⑥ 威廉·福克纳：《喧哗与骚动》，李文俊译，上海：上海译文出版社，2007 年，第 90 页。

然而影子却始终挥之不去。

在与钟表、影子的斗争失败后，昆丁采取了最极端的方法。他最终以自杀的形式企图使时间停滞，终止时间的进程。然而时间没有源头，也没有尽头。他能终止的只是自己的生命，却影响不了时间的进程。他与时间的斗争最终被时间含纳。

这个故事如果就此结束，那么就是宣布人与时间的斗争以失败告终。然而虽然昆丁已死，叙述者却没有让故事停止，叙述仍在继续，因为叙述者也在做着跟昆丁一样的事，那就是对抗时间，对抗死亡。如杰瑞米·坦布林（Jeremy Tambling）所说，叙事是与死亡的一场游戏。在这场游戏中叙述者扮演着双重角色：一方面他邀请死亡的来临，要给予小说一个结尾；另一方面他又抵制死亡，不想让叙述走到结尾，走向死亡。[①]

我们从第二章的叙述方式可以看出叙述者一直在与死亡，也就是与时间做斗争（时间带来死亡）。在叙述中，如果叙述的事件越多，那么叙述的时间就越长，小说的篇幅也就相应越长。从小说各部分的篇幅就可以看出，虽然跟其他部分一样，小说的第二章也是只讲述了一天的事，但是第二部分的篇幅却大大地超过其他几个部分。小说第二章写的是昆丁自杀当天的故事。叙述早就设定了昆丁自杀的结局，但是我们看到叙述者采取了阻滞与延缓的手段，一直在推迟昆丁的死亡时间。叙述者通过对大量事件的叙述，拒绝走向结尾，拒绝死亡的来临。读者可以很明显地发现，本章与其他章节相比多了很多跟昆丁家族不相干的事情，也就是说虽然昆丁一直在回忆凯蒂，但是他在这一章所经历的事情并不是完全跟凯蒂有关。我们可以来看看在这一章主要发生了什么事：

1. 昆丁砸坏表。
2. 昆丁去修表。
3. 昆丁去见斯波特。
4. 昆丁看到车窗外的黑人并给他钱。
5. 昆丁遇到三个男孩儿，听他们谈论钓鳟鱼。
6. 昆丁买面包遇到小女孩并送她回家。
7. 昆丁被捕。

---

① Jeremy Tambling. *Narrative and Ideology*. Philodelphia：Open University Press，1991，p. 77.

8. 昆丁跟同学打架。
9. 昆丁回到寝室后做了一系列琐事。

以上就是本章发生的事。对于一个即将自杀的人来说，上面的这一系列事情对他都不算重要，然而叙述者却不辞辛劳地——叙述，特别是听小男孩儿谈论钓鳟鱼和送小女孩回家这两件事，作者更是不惜浓墨重彩，可见他对生命的眷念。当然不仅如此，在叙述过程中，昆丁还不断回忆自己的过去，这就更加延缓了叙事走向终点的步伐，加大了叙事的篇幅。虽然我们一直知道昆丁要自杀，但是直到本章的最后，我们也没有真正看到他的自杀行为。让我们来看一下本章的最后一段话：

> 我穿上外衣。给施里夫的那封信在衣服里格拉格拉地响，我把它拿出来再检查一遍地址，把它放在我侧面的口袋里。接着我把表拿到施里夫的房间里去，放在他的抽斗里，我走进自己的房间取了一块干净的手帕，走到门边，把手伸到电灯开关上。这时我记起了我还没刷牙，因此得重新打开旅行袋。我找到了我的牙刷，往上面挤了些施里夫的牙膏，便走出去刷牙。我尽量把牙刷上的水挤干，把它放回到旅行袋里去，关上袋子，重新走到门口。我关灯之前先环顾了一下房间，看看还漏了什么没有，这时我发现忘了戴帽子了。我须经过邮局，肯定会碰到个把熟人，他们会以为我明明是个住在哈佛四方院子宿舍里的一年级生，却要冒充四年级生。我也忘掉刷帽子了，不过施里夫也有一把帽刷，因此我也不必再去打开旅行袋了。①

以上这一段是叙述者告诉我们的昆丁自杀前的最后信息。叙述者在不断地推迟昆丁自杀的时间，告诉了读者一系列琐事：穿上外衣，检查信，放表，取手帕，关灯，刷牙，戴帽，刷帽子……这些事的每一个细节都被交代得很清楚，甚至包括"走到门边，把手伸到电灯开关上"。而最后叙述者给了我们一个开放性的结尾，我们知道昆丁应该去刷帽子了，也许帽子刷完后还有别的事情会发生。总之叙述者一直在拒绝写故事的结尾，拒绝死亡的到来。这就是他

---

① 威廉·福克纳：《喧哗与骚动》，李文俊译，上海：上海译文出版社，2007年，第176—177页。

与时间的对抗。以上与时间的对抗发生在第二章,从第二章出发,我们来看整本小说,会发现整个故事都是叙述者与时间的对抗。

从整本小说来看,小说的每一章都跟第二章一样拒绝结尾。第一章结尾是:"接着黑暗又跟每天晚上一样,像一团团滑溜、明亮的东西那样退了开去,这时候凯蒂说我已经睡着了。"① 第三章的结尾是:"我只求给我一个公平的机会,让我把自己的钱赚回来。等我赚回来了,那就让整条比尔街和整个疯人院都搬到我家里来好了,让其中的两位到我床上去睡,再让另一位坐到我餐桌的位子上去大吃大喝好了。"② 第四章小昆丁逃走了,不知去向,小说在班吉的吼声中结束。而最后补上去的第五章以迪尔西的一句意味深长的话"他们在苦熬"③ 结尾,意味着故事还在继续,没有走到终点。这是与时间的对抗,对死亡的拒绝,因为结尾意味着死亡。

除了拒绝结尾,叙述者还通过打破时间顺序的方式来对抗时间。时间最大的特点就是具有不可逆性。叙述者在叙述过程中打破了传统的线性叙事规则,打乱了事件发生的顺序。就如笔者在前文中所提到的一样,故事的编排遵循CABD 的时间次序。这样,小说的叙事自由地在现在与过去之间穿梭。同时在每一个章节,叙述者班吉、昆丁、杰生都不断通过意识流回到过去,这是过去以回忆的方式在现在不断再现。时间的进程是过去、现在、未来,而小说打破了时间这一规则,表现为现在、过去、未来。因此这也是叙述者在与时间做斗争。

除了以上两点,小说还通过叙述不断重复的方式来对抗时间,对抗死亡。如坦布林所说重复是为了叙事不走向结尾,不走向死亡。④ 小说从第一章开始就不断在重复讲同一个故事,那就是通过讲述凯蒂的故事来讲述康普生一家的衰亡史,从而隐射南方的衰败。凯蒂对于文本来说是一个缺失的在场,她代表过去,代表历史。她是通过其他人的回忆和反复叙述才使自己的形象完整并保存在读者的记忆里。可以说,读者之所以能记住凯蒂是因为叙述者将同一个故事反复讲了五遍,最终让我们记住她。小说为什么讲了四遍还不够,是因为叙

---

① 威廉·福克纳:《喧哗与骚动》,李文俊译,上海:上海译文出版社,2007 年,第 75 页。
② 威廉·福克纳:《喧哗与骚动》,李文俊译,上海:上海译文出版社,2007 年,第 256 页。
③ 威廉·福克纳:《喧哗与骚动》,李文俊译,上海:上海译文出版社,2007 年,第 326 页。
④ Jeremy Tambling. *Narrative and Ideology*. Philodelphia:Open University Press,1991,p.77.

述者拒绝结尾，因为结尾意味着死亡。

由此可见叙述者一直在与时间做斗争，通过各种方式拒绝时间带来的死亡。然而所有的对抗最终似乎都会以人类的失败而告终。小说的第四章，叙述者突然风格大变，采用了传统的线性叙事结束了小说。是妥协还是无奈，我们不得而知。这也许就是作者认为自己也讲不好的原因，因为他也战胜不了时间。但是多年以后，小说又增加了第五章。这是叙述者的归来。第五章的出现同时激活了第四章，因为这意味着叙述没有走到尾声，没有走到死亡。

结　语

多年以后，在1946年，《喧哗与骚动》又增添了一个关于康普生家族历史的附录。这个家族历史的叙述是由客观而具有高度权威性的全知的叙述者来承担，这显示了叙述者高度的自信。附录回顾了康普生一家两百多年的历史，并对许多小说中不清楚的地方做了补充。一方面，读者再一次回顾了康普生的家族史，加深了对于其历史的印象。另一方面，我们也发现作者最终找到了与时间相处的方法：把握时间的方式并不是跟它做斗争，而是去面对它，去了解它。时间摧毁一切，带来死亡，但是同时我们也可以将历史，将已发生的事情通过叙述储存在永恒的时间里，让它们不朽。死亡并不意味着一切的结束。正如凯蒂作为回忆一直被人记住一样，其实昆丁的死也不意味着他的消亡。虽然昆丁1910年死于自杀，但由于时间不停向前，小说在叙述1928年的故事时，昆丁又出现在了其他叙述者的记忆中，我们又一次看到了他。可以说，叙述又让昆丁复活了。因此在小说的第五章中，叙述者用叙述将康普生家的历史保存在了时间的记忆里，同时也将南方的历史保存在了时间的记忆里，只要时间一直向前，历史就不会终结。正如莎士比亚可以用诗歌让少年永葆青春一样，福克纳也可以用叙述让南方历史永远不朽。

第四节　重访叙述分层

叙述分层由著名叙述学家热奈特首先提出。此概念最初并没有引起学界足够的重视，国外只有少数几个学者在自己的叙述学专著或文章中讨论叙述分层的问题。例如，里蒙-凯南的《叙事虚构作品》、米克·巴尔的《叙述学：叙事理论导论》、苏珊·兰瑟的论文《走向女性主义叙述诗学》。国内讨论叙述分层理论的学者更加罕见。国内最先在这方面做出贡献的学者是赵毅衡先生，他在早期的一本叙述学专著《当说者被说的时候：比较叙述学导论》中用整整一章详细讨论了叙述分层；王阳的《小说艺术形式分析：叙事学研究》有一节介绍了小说叙述层的变换；谭君强的《叙事学导论：从经典叙事学到后经典叙事学》也有一小节介绍了叙述分层的基本概念。也就是说，国内仅少数几人关注叙述分层，此概念基本乏人问津。

叙述分层这个概念没有引起更多的讨论，是学界都默许了热奈特的定义呢，还是认为这个概念本身并不重要？事实上叙述分层这个概念的提出在叙述学的发展中举足轻重，然而热奈特没有给叙述分层本身下一个明确的定义，没有提出判别叙述分层的标准，从而造成了这个术语在讨论和使用中的混乱，形成了各执一理的局面。叙述分层的概念在发展中逐渐变得清晰，而不同的学者在讨论这一概念的过程中由于无意或有意的误读，虽说一方面混淆了叙述分层的概念，但另外一方面也发展并丰富了叙述学的新概念。本小节试图通过比较热奈特与兰瑟对叙述分层的阐释，结合其他叙述学家对叙述分层概念的探讨，给叙述分层下一个明确的定义。同时也需要指出，兰瑟虽然误读了热奈特的"叙述分层"，但也因此发展了自己新的叙述学成果，提出了"公开叙述"和"私下叙述"的叙述学新概念，从而丰富了叙述学的术语建设，拓宽了其研究领域，功不可没。

热奈特的叙述分层：判别标准的缺失

叙述分层概念由热奈特于1972年在其《叙事话语》中提出。但是，他并没有给叙述分层下一个明确的定义，只是给出了一系列描述：

> 格里厄结束叙事时声称他刚乘船从新奥尔良到勒阿弗尔－德格拉斯，又从勒阿弗尔到加莱，去和正在数法里外等他的兄弟会面，这时，被讲述的行动和叙述行为之间一直存在着的时（空）距离逐渐缩小，最后到零：叙事到达此时此地，故事与叙述相接。不过，在骑士爱情的最后这些插曲和他在晚餐后，向勒侬古侯爵讲述这些插曲的"金狮"旅店的餐厅和就餐者（其中包括他本人与他的客人）之间仍存在着距离，这不是时间和空间上的距离，而是二者因与格里厄的叙事关系不同所造成的差距。我们笼而

统之而且必然不大恰当地把这些关系分为在内和在外两类。二者间与其说有距离，倒不如说有一条由叙述本身表示的界线，有不同层次。对我们来说，"金狮"旅店，侯爵和作为叙述者的骑士存在于某个叙事中，这不是格里厄的，而是侯爵的叙事，即《一位贵人的回忆录》；从路易斯安那的回程，从勒阿弗尔到加莱的旅行和作为主人公的骑士存在于另一个叙事，即格里厄的叙事中，它包含在第一个叙事里，不仅仅因为第一个叙事为它添上序言和结尾，而且因为它的叙述者已经是第一个叙事中的人物，产生它的叙述行为是第一个叙事中讲述的一件事。①

从以上的描述中我们可以看出，在热奈特对叙述分层的描述中，有三点值得注意：（1）在不同的叙事间有叙述本身表示的界线，有不同的层次；（2）热奈特认为在叙述分层中第二个叙事的叙述者是第一个叙事中的人物；（3）产生第二个叙事的叙述行为是第一个叙事中讲述的一件事。

在以上基础上，热奈特给"层次区别"下了个定义："叙事讲述的事件（event）所处的叙述层高于产生这一叙事的叙述行为所处的叙述层。"这一定义本身较为晦涩，因此热奈特给出了进一步描述，并提出了叙述分层的三个术语：故事外叙事（extragiegetic）、内叙事（intradiegetic）和元叙事（metadiegetic）。② 勒侬先生撰写虚构的《回忆录》是在第一层完成的行为，可称为故事外层；《回忆录》中讲述的事件（包括格里厄的叙述行为）是包含在第一叙事内的，因此称为内叙事；格里厄的叙事中所讲述的事件又包含在内叙事（第二叙事）中，因此称为元叙事。③

热奈特的叙述分层主要有以下几个缺陷：

首先，对于这个新术语，热奈特没有给出明确的定义，仅是给出一系列描述，从而使得叙述分层的概念具有不确定性，因此后人在判定叙述分层的时候缺乏一个统一的标准，造成了叙述分层概念的使用混乱。

---

① 热拉尔·热奈特：《叙事话语　新叙事话语》，王文融译，北京：中国社会科学出版社，1990年，第157—158页。
② 热拉尔·热奈特：《叙事话语　新叙事话语》，王文融译，北京：中国社会科学出版社，1990年，第158页。
③ 热拉尔·热奈特：《叙事话语　新叙事话语》，王文融译，北京：中国社会科学出版社，1990年，第158页。

其次，热奈特提出的所谓"层次区别"的定义，即"叙事讲述的事件所处的叙述层高于产生这一叙事的叙述行为所处的叙述层"[①] 也模棱两可。一方面，他没有给出判别叙述分层的标准，因此我们无法鉴别小说是否分层，如何分层；另一方面，关于何为"叙述的事件高于叙述行为"，"高于"如何定义，他也没有给出明确的阐释。因此，他的层次区别晦涩难懂。在他的定义中，叙述行为与叙述的事件属于不同层次，但是如何判定叙述分层却不得而知。事实上，热奈特的一系列描述中有一个最重要的信息："第二个叙事的叙述者是第一个叙事中的人物。"也就是说小说出现叙述分层是因为出现了叙述者的变化，低一层的人物变成了高一层的叙述者，从而才产生了热奈特所说的叙述的事件与叙述行为处于不同层次。然而热奈特却只注意到现象，而没有意识到产生这一现象的本质原因是叙述者的变化。因此热奈特没能给出明确的判别叙述分层的标准。

为了进一步使热奈特的概念清晰化，在此我们补充一个详细的说明：在《呼啸山庄》中，洛克伍德的叙述及经历是小说的第一叙事；在第一叙事中包含耐丽叙述的希斯克利夫和凯瑟琳的故事，这一层则是第二叙事；而在耐丽的叙述中又包含伊丽莎白的一封信，这则是第三叙事。我们可以看到由于洛克伍德的叙述是在第一层完成的，没有被包含在任何的叙事中，因此第一叙事为外叙述层；而耐丽是洛克伍德所叙述的故事中的人物，她开始讲故事，因此她的叙述是被包含在洛克伍德的叙述中的，她的叙述行为是第一叙事中的一件事，所以耐丽的叙述为内叙述；而伊丽莎白又是耐丽的叙述中的一个人物，因此她的叙述被包含在耐丽的叙述中，她的叙述行为是耐丽的叙述中的一件事，因此被称为元叙述。那么小说则有三个叙述层：洛克伍德的叙事在第一层；耐丽的叙事在第二层；伊丽莎白的叙事在第三层。从一个叙述层到另一个叙述层的过渡是低一层的人物变成高一层的叙述者。那么热奈特所说的"叙事讲述的事件（event）所处的叙述层高于产生这一叙事的叙述行为所处的叙述层"的具体意思，用上面的例子来说就是：耐丽的叙述所讲的事件处在内叙述层（第二层），而产生耐丽的叙事的叙述行为因为是外叙事中的一件事，因此属于第一层，这

---

① 热拉尔·热奈特：《叙事话语　新叙事话语》，王文融译，北京：中国社会科学出版社，1990年，第158页。

第一章 经典叙述学

样事件所处的第二层就高于叙述行为所处的第一层。因此从定义来讲，内叙事的叙述主体属于外叙事层，而元叙事的叙述主体则属于内叙事层。

再者，热奈特提出的三个术语"故事外叙事""内叙事"和"元叙事"，在使用中也容易让人产生误解。产生误解的主要原因也是他没有明确指出区分叙述分层的标准是叙述者的变化，因此容易将叙述分层的问题与同故事叙述、异故事叙述等与人称相关的概念相混淆。这一点，他自己在《新叙事话语》中也意识到了。在这本书中，他提出如何区分故事外性质和异故事性质的问题：故事外是个层次问题，而异故事是与人称相关的问题，但是叙述分层标准的不确定性和其术语的含混性，引发很多误解。我们同样用《呼啸山庄》来举例：洛克伍德是故事外（extradigetic）叙述者，因为作为叙述者，他没有被包括在任何叙事中，即他的叙事是初始层；耐丽则是内叙事叙述者，因为在成为叙述者之前她已经是初始叙事的人物；但洛克伍德又讲述的是自己经历的故事，是同故事叙述，因此把讲述自己故事的洛克伍德定义为故事外叙述者，实在令人费解和矛盾。虽然热奈特不断提醒我们，叙述分层和人称是两个问题，并不矛盾，但由于他没有给出明确的标准来划分叙述分层，再加上术语使用上的歧义，这很难让人不感到混乱。事实上，如果他明确提出判别叙述分层的标准不是人称的变化，而是叙述者的变化，即从低一层的人物转化为高一层的叙述者，那么这个错误就能够避免。

最后，他提出的这三个概念使用起来也极不方便，因为如果将内叙事中的叙事称为"元叙事"，那么元叙事中的叙事又该被称作什么呢？对于这个问题，"人们有时用不同的术语来称呼它们：'第一叙事'/'第二叙事'，'第一叙述层'/'第二叙述层'，'母体叙述'/'次叙述'，'初始叙述'/'第二叙述'"[①]。这几对术语表达的都是同一个意思，笔者倾向于使用"初始叙述"与"第二叙述"。一方面，这一套术语方便使用，如果元叙事中还有叙述，我们则可以用第四叙述、第五叙述……直到无穷；另一方面，这一套术语也避免了谈论叙述层的主、次关系，而强调其包含关系。如果出现"次叙述"则似乎是强调"主叙述"更为重要，用数字则可以避免这种歧义。

---

① 谭君强：《叙事学导论：从经典叙事学到后经典叙事学》，北京：高等教育出版社，2008年，第48页。

在《新叙事话语》中，热奈特补充了叙述分层的相关信息，但是他仍然没有提出明确的划分标准。热奈特提出："叙述层理论不过是对传统'嵌入'概念的系统化，其主要缺陷是没有充分表明两个故事间的界限，该界限表现为第二个故事由第一个故事中所做的叙事承担。"[①] 热奈特的这一补充说明有利于我们理解叙述层之间的相互包含关系。另外，他"用连环画里在肥皂泡中讲话的小人来表示叙事的嵌入"[②]，形象地说明了叙述层之间是相互包含关系。

事实上，热奈特在叙述分层中一直强调的是"叙述的事件"与"叙述行为"属于不同层次，而没有意识到叙述者的变化使叙事分为不同层次。因此他没有能够给叙述分层下一个准确的定义。然而由于没有统一的标准，大家也只能按照自己对热奈特概念的阐释使用。有的叙述学家在热奈特的叙述分层理论的基础上将此概念进一步细化，让辨别叙述分层的标准更加清晰、明确，比如里蒙-凯南和赵毅衡；而有的叙述学家也因其概念的不确定性而产生了对其理论的有意义的误读，从而延伸出新的叙述学概念，比如苏珊·兰瑟。

里蒙-凯南与赵毅衡对叙述分层理论的发展

里蒙-凯南在自己的叙述学专著《叙事虚构作品》中也用一定的篇幅介绍了叙述分层。从里蒙-凯南的介绍来看，她对叙述分层的定义直接源于热奈特。不过她对叙述分层的见解比热奈特更加清晰。

首先，里蒙-凯南认为"故事里面也可能含有叙述。一个人物的行动是叙述的对象，可是这个人物也可以反过来叙述另一个故事。在他讲的故事里，当然还可以有另一个人物叙述另外一个故事"[③]。在这里我们可以看到，与热奈特相比，里蒙-凯南明确提出故事里面也可能含有叙述，作为叙述对象的人物，也可以反过来叙述另一个故事。也就是说，虽然里蒙-凯南也是在描述，但是她看到了叙述者与人物之间的关系，并明确指出人物叙述故事。热奈特强调"叙述行为"和"叙述的事件"的关系，而里蒙-凯南在描述中主要强调了"作为叙述对

---

① 热拉尔·热奈特：《叙事话语 新叙事话语》，王文融译，北京：中国社会科学出版社，1990年，第239—240页。
② 热拉尔·热奈特：《叙事话语 新叙事话语》，王文融译，北京：中国社会科学出版社，1990年，第241页。
③ 里蒙-凯南：《叙事虚构作品》，姚锦清等译，北京：生活·读书·新知三联书店，1989年，第164页。

象的人物反过来叙述另一个故事"。她看到了叙述分层中更为本质的因素。

其次，里蒙－凯南提出故事中的故事形成层次，"每个内部的叙述故事都从属于使它得以存在的那个外围的叙述故事"①。从这一点我们可以看出里蒙－凯南在热奈特的概念的基础上，明确提出了"故事中的故事形成层次"。这一点包含两个重要信息：第一，"故事中的故事"意味着故事与故事之间是包含关系；第二，里蒙－凯南明确强调了"故事"，强调了人物叙述故事，可见她所指的叙述分层中，每一个故事层是相对完整的较大的意义单元，而并不是话语层面的。

最后，在叙述分层的辨识中，里蒙－凯南还提出"叙述总是处于所叙述的故事之上的那个层次"，"故事层由超故事层的叙述者叙述，次故事层由故事层（'内故事层'intradiagetic）的叙述者叙述"。② 这里需要注意：里蒙－凯南的"上一层"等于热奈特的"低一层"（是表述的不同）。对于里蒙－凯南来说，超故事层是故事层得以存在的外围故事，它包含故事层，因此属于上一层，而故事层被包含在内，所以属于下一层。从阅读习惯来看，里蒙－凯南对"高""低"的定义更容易理解。从这一点，我们可以明确看出，在里蒙－凯南的定义中叙述者是极为重要的因素。里蒙－凯南的这一定义一方面强调了不同叙述层的包含关系，另一方面也表明了高（热奈特的"低"）一层叙述对低（热奈特的"高"）一层叙述产生的作用。她的提法跟热奈特一脉相承，他们的意思具体说来就是产生故事层（内叙述）的叙述者是超叙述层的人物，而产生次故事层的叙述者是故事层的人物。例如，耐丽是故事层的叙述者，但她是超故事层的人物；伊丽莎白是次故事层的叙述者，同时她是故事层的人物。里蒙－凯南的超故事层对应热奈特的外叙事，故事层对应热奈特的内叙事，次故事对应热奈特的元叙事。值得注意的是里蒙－凯南用的"主"与"次"并没有强调哪个叙事层更重要的意思，而是指叙述层之间是包含关系。

里蒙－凯南的叙述分层与热奈特的相比更为清晰。然而遗憾的是，虽然里蒙－凯南发现了叙述者在叙述分层中的重要性，但是她与热奈特一样，也没有明确提出叙述分层的定义。赵毅衡先生在热奈特的基础上进一步发展并明确提

---

① 里蒙－凯南：《叙事虚构作品》，姚锦清等译，北京：生活·读书·新知三联书店，1989年，第164页。
② 里蒙－凯南：《叙事虚构作品》，姚锦清等译，北京：生活·读书·新知三联书店，1989年，第165页。

出了叙述分层的标准：叙述分层以叙述者身份为判别标准，"叙述分层的标准是上一层次的人物成为下一层次的叙述者"①。这里要注意的是，与里蒙－凯南一样，赵毅衡的"上一层"对等于热奈特的"低一层"。也就是说，依赵毅衡的理论，外叙述因包含内叙述而比内叙述高一层。虽然表述不同，但与热奈特的意义一致。赵毅衡明确提出：叙述分层的标准是高（热奈特的"低"）一层的人物成为低（热奈特的"高"）一层的叙述者。他最终真正找到了叙述分层产生的原因，明确了其划分标准。而热奈特是强调叙述行为与叙述事件在不同层次，里蒙－凯南则是强调故事中的故事形成层次。当我们将叙述者看作划分层次的标准时，识别叙述分层就变得非常容易了。当上一层的人物转变为下一层的叙述者讲起故事来，小说就出现了叙述分层。当然，这里所指的叙述者的变化不仅是指人物变为叙述者亲口讲起故事来，另外如《小镇畸人》中老人的手稿记录了畸人的故事，或是《红楼梦》中空空道人抄录石头的故事，抑或是书信、回忆录、日记等，也属于明显的叙述者变化。同时，赵毅衡先生还提出了判别叙述层次的辅助方法："由于叙述行为总是在被叙述事件之后发生的，所以叙述层次越高，时间越后，因为高层次为低层次提供叙述行为的具体背景。"② 有了上述两个方法，我们可以更加准确地判定叙述分层，比如"贾宝玉游太虚幻境，不是他做了梦以后叙述出来的，不可能是次叙述"③。这虽然是个故事中的故事，但由于叙述者没有变化，叙述并非发生在被叙述事件之后，所以不能判定为分层。

赵毅衡的叙述分层定义是以叙述者的转换为标准的，即人物与叙述者之间的切换，高一层的人物变成低一层的叙述者。这一定义的提出，使叙述分层的识别变得简单明了。当然在这里需要指出，赵毅衡虽然提出了叙述分层最重要的标准，但他没有明确提出人物叙述者要讲述意义相对完整的故事单元才被称作叙述分层。这也是一个不容忽视的因素。

有了里蒙－凯南和赵毅衡对叙述分层的进一步阐释和补充后，我们对叙述分

---

① 赵毅衡：《当说者被说的时候：比较叙述学导论》，北京：中国人民大学出版社，1998年，第62页。

② 赵毅衡：《当说者被说的时候：比较叙述学导论》，北京：中国人民大学出版社，1998年，第59页。

③ 赵毅衡：《当说者被说的时候：比较叙述学导论》，北京：中国人民大学出版社，1998年，第59页。

层的概念有了更清晰的理解。将热奈特、里蒙－凯南、赵毅衡的概念综合起来则可以得出判定叙述分层的一个较完整的标准：叙述分层是一个文本内的形式问题，是对传统"嵌入"概念的系统化，不同的叙事可分为不同层次。其判定主要是以叙述者的变化为标准，低一层次的人物成为高一层次的叙述者；同时，叙述层之间是包含与被包含的关系，叙述者讲述的是一个相对完整的意义单元，是一种故事中的故事的结构。在这个理论框架下，我们再来审视苏珊·兰瑟所谓的叙述分层问题，就会发现她虽然发展了叙述学的理论，提出了"公开叙述"和"私下叙述"，但她的立论基础并非一个叙述分层的问题，事实上她误读了叙述分层。

苏珊·兰瑟的误读

由于热奈特没有明确提出判别叙述分层的标准是叙述者的变化，因此兰瑟对此概念产生了误读。她认为热奈特的叙述分层概念无法解决她提出的新问题，因此她补充了"私下叙述"（private narration）和"公开叙述"（public narration）两个术语。很明显，兰瑟与热奈特讨论的不是同一个问题。由于受到叙述分层概念的启发，兰瑟的误读也滋生出了叙述学的新概念，从而解决了叙述学研究中出现的新问题。

在《走向女性主义叙事学》中，兰瑟提出女性由于生活在男性主宰的社会里，声音遭到拒斥和压制，因此，女性的文本通常会是双声（double voice）性的。女性文本的这种双声性产生了文本的不同层次，有表层文本、潜层文本。有的文本甚至具有更多层意义，而这些是热奈特的叙述分层无法解决的问题。兰瑟举了个生动形象的例子：《埃特金森的匣子》中所引用的一封信。由于篇幅过长，笔者在这里仅摘录部分：

> I cannot be satisfied, my dearest Friend!
> blest as I am in the matrimonial state,
> unless I pour into your friendly bosom,
> which has ever been in unison with mine,
> the various deep sensations which swell
> with the liveliest emotions of pleasure
> my almost bursting heart. I tell you my dear
> husband is one of the most amiable of men,

  I have been married seven weeks, and

  have never found the least reason to repent the day that joined us, my husband is

  in person and manners far from resembling ugly, crass, old, disagreeable, and jealous

  monsters, who think by confining to secure;①

  这是一个新娘写给自己朋友的一封信。这位新娘有义务让丈夫读到这封信,因此她便不能对自己的朋友畅所欲言,而只能采取特殊的形式偷偷将秘密告诉自己的朋友。经过兰瑟的分析,此文本具有三层意义:表层文本显然是给丈夫看的,因为充满了对丈夫的赞美,但是阅读上述书信的秘密在于先读第一行,然后依次隔行往下读。② 这样我们可以读到潜层文本的另一种意义:"隐含文本谴责一个丈夫,为一位新娘的不幸鸣冤叫屈,意思是说作者完全嫁'错'了人。"③ 当读者发现这封书信内有乾坤后,再重新细读文本,就会发现表面文本与隐含文本之间的连接话语部分,即支配并最终转换全文意义的句法衔接点,实际上是一组否定的结构:

  I [... have never found the least reason to] repent

  my husband is... [far from resembling] ugly, crass, old...

  a wife, it is his maxim to treat... [not] as a playing...④

  这种否定不仅起到连接两种文本的作用,同时可以看出,表面文本不仅是一个女性对婚姻幸福的公开表达,而且还意味着她对婚姻本身间接的怨恨。⑤

  兰瑟认为热奈特提出叙述分层的概念以区分叙述中的不同层次,是一个巨

---

  ① 苏珊·S. 兰瑟:《虚构的权威:女性作家与叙述声音》,黄必康译,北京:北京大学出版社,2002年,第8页。
  ② 苏珊·S. 兰瑟:《虚构的权威:女性作家与叙述声音》,黄必康译,北京:北京大学出版社,2002年,第11页。
  ③ 苏珊·S. 兰瑟:《虚构的权威:女性作家与叙述声音》,黄必康译,北京:北京大学出版社,2002年,第14页。
  ④ 苏珊·S. 兰瑟:《虚构的权威:女性作家与叙述声音》,黄必康译,北京:北京大学出版社,2002年,第14页。
  ⑤ 苏珊·S. 兰瑟:《虚构的权威:女性作家与叙述声音》,黄必康译,北京:北京大学出版社,2002年,第14页。

大的贡献。然而热奈特的叙述分层没有办法解决她所提出的问题，即表层文本与潜层文本的问题。因此，为了更好地解决叙述分层的问题，她补充了两个概念：公开叙述与私下叙述。公开叙述是指此叙述的接受对象存在于文本世界之外，可以等同于公众读者；而私下叙述则指此叙述的接受对象存在于文本之内，是一个显身的受述者。[①] 兰瑟将公开叙述的叙述者与受述者的关系定义为近似于作者与读者，而私下叙述的叙述者与受述者是文本内虚构世界的故事讲述者与听者（人物）。[②] 有了兰瑟的这两个概念后，《埃特金森的匣子》中的这封信的难题迎刃而解。这封信有两个表层文本，属于公开叙述；一个潜层文本，属于私下叙述。第一层，一个女性对婚姻幸福的公开表达，这一层的受述者是丈夫（公开叙述）；第二层，新娘谴责丈夫，为自己的不幸鸣冤叫屈，这一层的受述者是新娘的朋友（私下叙述）；第三层，表达了对婚姻的无情拒斥，控诉现存的婚姻制度，谴责婚姻关系本身，这一层的受述者是公众读者（公开叙述）。兰瑟所补充的两个概念为我们做文本分析开拓了另一个全新的视角。她所提出的这个问题的确是热奈特的叙述分层不能解决的。然而，热奈特的叙述分层不能解决这个问题是无可厚非的，因为兰瑟的概念跟热奈特所提出的叙述分层根本是两个不同的概念，意在解决不同的问题，是不能混淆的。

从兰瑟对公开叙述与私下叙述的定义，我们可以看出：兰瑟概念的出发点是受述者，识别公开叙述和私下叙述的标准是受述者。同时，从兰瑟举的例子我们明显可以看出，她所说的三个层次事实上是指此信具有三层意义，而并非叙述分层。叙述分层是文本本身的一个形式问题，它根据叙述者的变化而判定，是一个文本内的问题，是一种故事中的故事。如果按照叙述分层的标准来判断，《埃特金森的匣子》有两个叙述层。这封信由于是新娘叙述，属于次叙述，表层文本与潜层文本属于同一个叙述层，因为它们是同一个叙述者叙述出来的。兰瑟所说的三层意义并非一个叙述分层的问题，而是文本的阐释问题，是关于内容的问题。要得出第一层意义必须依靠丈夫只读表层文本；要得出潜层文本得靠朋友够聪明，知道隔行阅读；而这第三层意义的获得靠文本外的大

---

① 苏珊·S. 兰瑟：《虚构的权威：女性作家与叙述声音》，黄必康译，北京：北京大学出版社，2002年，第17页。
② 苏珊·S. 兰瑟：《虚构的权威：女性作家与叙述声音》，黄必康译，北京：北京大学出版社，2002年，第17页。

众读者在读懂前两层意义后，再做进一步的研究。因此兰瑟的概念与热奈特的概念是不同的。热奈特的叙述分层是个文本内的形式问题，是有关叙述的问题，叙述分层依靠叙述者的变化来判定；而兰瑟的公开叙述与私下叙述更多的是一个意义阐释的问题，判别公开叙述与私下叙述的标准是受述者。

虽然兰瑟与热奈特讨论的并非同一个叙述学问题，但是兰瑟在叙述分层的启发下发展了公开叙述与私下叙述两个新概念，从而丰富了叙述学的术语，也为我们的研究提供了新的重要思路，其重要性绝不亚于叙述分层概念的提出。当然，这也算叙述分层概念的副产品吧。

分层的叙述学功能

关于小说叙述分层的叙述学功能的问题，以上提到的叙述学家基本都有所涉猎，他们主要关注叙述的不同层次的作用。

热奈特主要关注第二叙事的功能。他结合巴斯的理论，将第二叙事的功能归纳为六点：解释功能；元故事预叙的预言功能；纯主题功能；说服功能；消遣功能；阻塞功能。[①]

里蒙－凯南的讨论与热奈特一脉相承，她主要强调了次故事层（第二叙事）的三个作用："行动的作用"，包含在热奈特的"说服功能"中；"解释作用"；"为主题服务的作用"[②]，也包含在热奈特所提出的功能中。可见里蒙－凯南的讨论与热奈特理论是相一致的。

赵毅衡的讨论与热奈特和里蒙－凯南有些不同，他对叙述分层的叙述学功能的关注由低一层（热奈特的"高"）转移到高一层（热奈特的"低"），即第一叙事对第二叙事的作用，指出："叙述分层的主要功用是给下一层次叙述者一个实体……叙述分层能使这抽象的叙述者在高叙述层次中变成一个似乎是'有血有肉的真实人物'，使叙述信息不至于来自一个令人无法捉摸的虚空。"[③]另外，"叙述分层经常能使上叙述层次变成一种评论手段，这样的评论，比一

[①] 热拉尔·热奈特：《叙事话语　新叙事话语》，王文融译，北京：中国社会科学出版社，1990年，第246页。
[②] 里蒙－凯南：《叙事虚构作品》，姚锦清等译，北京：生活·读书·新知三联书店，1989年，第165－166页。
[③] 赵毅衡：《当说者被说的时候：比较叙述学导论》，北京：中国人民大学出版社，1998年，第75页。

般的叙述评论自然得多"[①]。这样，在原有的基础上，赵毅衡对低一层的叙述功能的讨论丰富了叙述分层的功能。

从上述观点可以看出，大家讨论的焦点都是叙述分层中不同层次的作用，而忽略了叙述分层本身的作用。

叙述分层本身就具有很重要的意义。现实主义的作品基本无叙述分层，因为强调反映现实，如果小说中产生叙述分层，从而产生新的叙述者，那么就会有叙述加工的痕迹[②]，从而削弱了小说表现现实的能力。而对于现代主义的作品来说，由于他们强调写作技巧，叙述分层可以使文本的叙述者复杂化，使文章的结构复杂化；另外，现代主义者从客观现实转向刻画心理，强调以人物为中心，那么自然强调从人物的视角叙述自己的故事，叙述分层可以让不同的叙述者以不同的视角来讲述自己的故事。而后现代的作品则强调没有客观存在的事实，一切都是叙述，那么叙述分层中产生的这种叙述加工的痕迹自然正中后现代作家的下怀，约翰·巴斯在其小说《梅内勒斯记》中对层次的操纵也不足为怪了。可见叙述分层本身具有自己独特的作用，采用叙述分层背后也不仅是一个纯形式问题。

叙述分层的提出跨越了形式与内容的界限，叙述行为本身成了内容，那么低一层叙事中的叙述者如何讲故事，即叙述的视角、声音、语言等一系列技巧问题都成了高一层叙述的内容问题，因为低一层的叙述行为本身成了高一层叙述的故事内容（一件事）。

由于我们通过叙述者的变化来判别是否产生叙述分层，那么在对文本叙述分层的分析中，叙述者自然也不容忽视：由于高一层的叙述者是低一层叙述的人物，那么也可以说，低一层叙述的叙述者将话语权临时或是长久地让渡给了自己叙述中的人物，由此我们也可以窥探叙述者与人物叙述者间的微妙关系。

一方面，人物叙述者可以是叙述者的面具，或是说人物叙述者是戴着面具的叙述者。作者通过叙述分层将叙述者（时常被等同于作者）与人物叙述者划清界限，从而让人物叙述者言自己不敢或是不能之言，以此逃避主流意识形态的监管。比如在《红楼梦》中，或是在《狂人日记》中，石头叙述的故事和狂

---

① 赵毅衡：《当说者被说的时候：比较叙述学导论》，北京：中国人民大学出版社，1998年，第77页。

② 出自赵毅衡教授叙述学课堂笔记。

人叙述的故事才是作者真正要表达的中心意义。

另一方面，在不同的语境中，叙述者让渡自己的话语权这一行为也可以产生不同意义。一种情况是可以显示出叙述者对某个人物的偏爱、同情等感情。他非常重视此人物，因此将话语权临时让渡给他。叙述者的这一做法自然是对读者的一种操控，操控读者的阐释行为，因为当我们在了解此人物叙述者的经历、心理后很容易对其产生同情与共鸣。那么研究并解决为什么叙述者要让这个人物讲故事，而不让另一个人物讲故事这个问题，对阐释文本的意义也有重要作用。另一种情况也可能是叙述者与人物的话语不相容，从而拒绝转述。叙述者有可能与此人物由于身份、语言、情感、道德、智力等各方面的差异而话语不相容，因此不愿或是不能转述对方的故事。例如，在《呼啸山庄》中，洛克伍德无法或是不愿转述耐丽（女仆）的叙述，而耐丽不能转述伊丽莎白（女主人）的叙述，因此引用她的一封长长的信。这种拒绝转述也标示出一种强烈的阶级划分，与小说的主题是相符的。

因此叙述分层概念的提出丰富了对文本的研究，为我们的研究打开了新的思路。

结　语

叙述分层的概念自提出以来，一直处于一种旅行状态，长时期没有定论。在这一过程中它得到发展，概念变得更为清晰，内涵更为丰富；同时它也遭到误读，产生了一些谬误，当然其中一些误读也孕育出新的叙述学概念，从而丰富了叙述学本身的发展。总的来说，叙述分层问题的研究对叙述学的理论研究和文本分析的实践均有不可忽视的作用。

第五节　叙述分层的文化功能：《他们眼望上苍》的叙述策略

《他们眼望上苍》"是一部被誉为黑人妇女文学经典、女性主义文学经典和20世纪美国文学经典的作品"[①]。美国黑人文学著名评论家芭芭拉·克莉斯琴（Barbara Christian）高度评价《他们眼望上苍》，指出它是"60和70年代黑

---

① 引自程锡麟：《赫斯顿研究》，上海：上海外语教育出版社，2005年，第112页。

人文学的先行者"。《诺顿美国黑人文选》将这部作品列为"哈莱姆文艺复兴时期最伟大的作品之一"[1]。自小说发表以来,评论界在对主人翁珍妮的声音获得和身份建构问题上主要有两种观点:女性主义批评家认为它标志着黑人女性叙述声音的开端;小说记录了珍妮·克劳福德为获得个人的声音进而获得自我身份的奋斗历程,这个问题在批评界已备述累议。持这一观点的学者包括:温迪·J. 麦克格雷迪(Wendy J. McCredie)、玛丽亚·泰·沃尔夫(Maria Tai Wolff)、巴巴拉·约翰逊(Barbara Johnson)、亨利·路易斯·盖茨(Henry Louis Gates)、小伊丽莎白·A. 米斯(Elizabeth A. Meese Jr.)、玛丽·海伦·华盛顿(Mary Helen Washington)等。而苏珊·兰瑟、罗伯特·斯坦普多(Robert Stepto)等一些批评家同时指出,小说终未把叙述声音赋予小说中似乎正在讲故事的人物[2],这暗示珍妮从某种意义上并没有完全获得自己的声音,建立自己的身份。这两种看似相反的观点实则讨论的是小说中的同一个问题,那就是《他们眼望上苍》主要体现珍妮通过奋斗试图获得话语权并建立自己身份的主题。珍妮作为一个被压迫的失语者,试图争取自己的话语权,建立自己声音的权威。大家普遍认为珍妮是父权制下的牺牲品,想要通过声音的获得而摆脱这种命运。

持以上观点的学者自是有其道理,从小说文本来看,经过三次婚姻后,终于在法庭于众目睽睽之下,她成功地为自己进行了辩护,这既申明了她的个人声音也标志着她身份的确立。[3] 然而,笔者经过对小说的整体细读,听到了作品发出的不一样的声音。

哈莱姆文艺复兴是黑人文化复兴和黑人自我意识苏醒的辉煌时期,在这个时期,涌现出大量的黑人作家及作品。作家们通过作品抒发自己作为黑人的骄傲,宣告自己的黑人性,声明自己有能力用自己的语言自我定义并建构自己的黑人身份;同时,哈莱姆文艺复兴也为黑人知识分子和领袖们提供了一个唤醒黑人种族意识和种族骄傲的机会。赫斯顿是哈莱姆文艺复兴时期最伟大的作家

---

[1] Henry Louis Gates, Jr., and Nellie Mckay, eds. *The Norton Anthology of African American Literature*. New York: W. W. Norton & Company, 1997, p. 996.
[2] 苏珊·S. 兰瑟:《虚构的权威:女性作家与叙述声音》,黄必康译,北京:北京大学出版社,2002年,第230—231页。
[3] 苏珊·S. 兰瑟:《虚构的权威:女性作家与叙述声音》,黄必康译,北京:北京大学出版社,2002年,第230—231页。

之一，她自然也受到了这种思潮的影响。虽然黑人女性作家没有得到与黑人男性同等的重视，但是赫斯顿依然发出了自己黑人女性自信的呼声。她的作品不仅是对黑人女性所受的压迫的揭示，更重要的是要唤醒黑人女性的思想意识，让她们明白面对父权制社会的压迫，她们有能力进行反抗。因此笔者认为在《他们眼望上苍》中，赫斯顿的目的并不是简单地书写一个黑人女性如何从受害的失语者转变成拥有话语权的独立女性，更重要的是要向大家展示黑人女性声音的力量及权威，试图唤醒黑人女性，宣告黑人女性必须自己讲述自己的故事，她们有能力通过讲述自己的故事来自我定义，从而获得声音的权威并建构自己的黑人女性身份。

叙述必要：自己的故事自己讲述

很长一段时间以来，黑人女性都是作为叙述的客体展现在读者面前的。她们的身份主要由男性作家用他们的语言来定义，因此产生了一系列僵化的负面的黑人女性形象。如芭芭拉·克莉斯琴所说："如果黑人女性不自己讲述自己是谁，那么她们的机会就会被不怀好意的人窃取，并发出对她们不利的言论。"[①] 因此"讲述"本身至关重要，因为只有通过自我讲述，黑人女性才能从被叙述的客体转变为叙述的主体，用自己的声音讲述自己的故事，通过对自己的正确定义，摆脱传统僵化的负面形象，从而构建自己的真实身份。《他们眼望上苍》首先是关于"讲述"的故事，从中我们可以看到，赫斯顿通过珍妮告诉读者：黑人女性的故事必须由自己来叙述，这样才能还给她们一个真实的自我。她们的"叙述"就是对真实自我的见证，是在用自己的声音定义自己的身份。

在通本小说中，我们都可以看到，珍妮一直处在一种因担心自己的叙述权利被剥夺而丧失真实自我的焦虑中。文本从一开篇就向大家表明了黑人女性放弃叙述的危害。一旦自己放弃叙述的机会，自己就会成为别人叙述的客体，那么别有用心的人将置事实于不顾。小说开篇，珍妮回到镇上，她没有"停下

---

① Barbara Christian. *Black Feminist Criticism: Perspectives on Black Women Writers*. New York: Pergamon Press, 1985, p. xii.

来，让人知道她过得怎么样"①，也就是她没有向人们讲述自己的经历，因此镇上的人们产生了很多无端的揣测：

> 这个四十岁的老太婆干吗要像个年轻姑娘那样让头发披到后背上一甩一甩的？——她把和她一起离开这里的那个年轻小伙子扔在哪儿了？——还以为她要结婚呢？——他在哪儿扔下她了？——他把她那么些钱怎么着了？——打赌他和哪个小得还没长毛的妞儿跑了——她干吗不保持自己的身份地位？——②

如费奥比所说："你知道要是你走过某些人身边而不按他们的心意和他们谈谈，他们就会追溯你的过去，看你干过些什么。他们知道的有关你的事比你自己知道的都要多。心存妒忌听话走样。他们希望你出什么事，就'听到'了这些事。"③ 可见，如果你不自己讲述自己的经历，那么当别人替你讲的时候，他们只会讲述自己愿意听的，不管它是否是事实。"只要他们能逮住一个名字来嚼舌，他们才不在乎是谁的名字，是什么事情呢，尤其是如果他们能把它说成是坏事的话。"④ 这样被叙述者的形象将被扭曲，造成自我真实身份的缺失。

珍妮深知这一危害，她知道"全能的嘴巴还在某处发威，而且我猜现在他们嘴里说的就是我"⑤。然而"我不想烦神对他们说什么，费奥比，不值得费这个事。你要是想说，可以把我的话告诉他们，这和我自己去说一样，因为我的舌头在我朋友的嘴里"。珍妮知道费奥比是一个理想可靠的倾听者，她亲自将自己的故事讲述给费奥比听，费奥比会将这个故事真实地转述给镇上的其他人，以此恢复其缺失的自我身份。

在小说的后续发展中，珍妮一直在努力争取一切机会讲述自己的故事，告

---

① 佐拉·尼尔·赫斯顿：《他们眼望上苍》，王家湘译，北京：北京十月文艺出版社，2000年，第3页。
② 佐拉·尼尔·赫斯顿：《他们眼望上苍》，王家湘译，北京：北京十月文艺出版社，2000年，第2页。
③ 佐拉·尼尔·赫斯顿：《他们眼望上苍》，王家湘译，北京：北京十月文艺出版社，2000年，第6页。
④ 佐拉·尼尔·赫斯顿：《他们眼望上苍》，王家湘译，北京：北京十月文艺出版社，2000年，第7页。
⑤ 佐拉·尼尔·赫斯顿：《他们眼望上苍》，王家湘译，北京：北京十月文艺出版社，2000年，第6页。

诉人们真相，因为她知道一旦别人窃取了自己的机会，真实的自己将不复存在。

她的第二任丈夫——乔迪因为珍妮的反抗而在众人面前尊严尽丧，之后一病不起。"自从店里那桩事发生后，人们就在说乔给'斗败了'，是珍妮干的事。"[1] 她"和乔迪一起过了二十年了，现在还得担上要毒死他的恶名！"[2] 镇上的人们对她产生了一系列的误会，真相将因她的沉默而被掩盖。"这简直要她的命。她的心里是一阵接一阵地悲痛。"[3] 为了给自己正名，"那天早上她起床时下定决心要到病室去和乔迪好好谈谈"[4]。她"知道乔迪不会听她说，但是她就是不走出这个房间，也不闭嘴。就要让乔在死之前听她这么一次，要让他知道珍妮是什么样的一个人，不然就来不及了"[5]。因此无论乔迪如何赶她出去，她坚持"来这里是要和乔谈谈，她就是要谈"[6]。立场何其坚定！她在乔死之前唯一要做的事情，就是要用自己的声音让乔知道自己是什么样的人，事实上更是要向大家还原一个真实的自己，攻破那些不实的谣言和对自己的刻意扭曲。

同样，珍妮对失去叙述权利的焦虑也体现在第三段婚姻中。迪·凯克死后，珍妮在审判的过程中一直担心的就是真相被掩盖，自己会被误解。因此在法庭上，她最想做的事情就是要讲出事情的真相，对此她小心翼翼，万分重视。站在法庭上面对那些和她敌对的人，"她感到他们以肮脏的思想对她痛加质问，他们的舌头已装好子弹上好扳机"[7]，随时可能将她打得体无完肤。然

---

[1] 佐拉·尼尔·赫斯顿：《他们眼望上苍》，王家湘译，北京：北京十月文艺出版社，2000年，第89页。
[2] 佐拉·尼尔·赫斯顿：《他们眼望上苍》，王家湘译，北京：北京十月文艺出版社，2000年，第89—90页。
[3] 佐拉·尼尔·赫斯顿：《他们眼望上苍》，王家湘译，北京：北京十月文艺出版社，2000年，第90页。
[4] 佐拉·尼尔·赫斯顿：《他们眼望上苍》，王家湘译，北京：北京十月文艺出版社，2000年，第91页。
[5] 佐拉·尼尔·赫斯顿：《他们眼望上苍》，王家湘译，北京：北京十月文艺出版社，2000年，第93页。
[6] 佐拉·尼尔·赫斯顿：《他们眼望上苍》，王家湘译，北京：北京十月文艺出版社，2000年，第92页。
[7] 佐拉·尼尔·赫斯顿：《他们眼望上苍》，王家湘译，北京：北京十月文艺出版社，2000年，第200页。

而"她惧怕的不是死,而是误解。如果他们裁决她不要甜点心,要他死,那么这就是真正的罪孽,是可耻的。这比谋杀还要糟"[1]。因为这完全扭曲了真相,是对珍妮与迪·凯克爱情的否定,也是对珍妮人生的否定、人格的玷污。所以"她在审判室中,和某样东西斗争着,而这样东西并不是死神。它比死神更糟。是错误的想法。她不得不追溯到很早的时候,好让他们知道她和甜点心之间是怎样的关系"[2]。而这一追溯自然是用自己的声音回顾了自己真实的经历,以证明"她永远也不会出于恶意而向甜点心开枪"[3]。

由上述分析可以看出珍妮对叙述的重视,因为如果失去自我叙述的权利,那么真实的自我将消失在别人的叙述中。只有自己拥有话语权,用自己的语言、自己的声音去讲述自己的故事,才能向外界展示一个真实的自我,给自己下一个正确的定义,从而建立自己的身份。明确了小说中对叙述行为本身的重视后,笔者接下来将探讨,赫斯顿如何向读者展示黑人女性声音的力量,宣告黑人女性有能力自我讲述、自我定义,建构自我真实的身份。

叙述可能:女性个体声音的力量

学者们在研究珍妮这个人物时,主要将重点放在她如何反抗男权社会,从失语走向拥有话语权的过程,也就是说学者们更多是关注男权社会对女性的压迫以及女性的反抗。然而当把焦点锁定在珍妮本人时,笔者发现珍妮一方面的确如学者们所说,其声音遭到了男权社会的压制,但更重要的是珍妮本身所具有的那种巨大的反抗力量,而这种强大的力量主要就体现在她个体声音的发出。从第一段婚姻开始,她就处处显示了自己声音的力量。无论是私下的声音还是公共的声音,都是如此之强烈。这种力量让读者明白黑人女性跟男性一样拥有声音的权威,她们有能力用自己的声音讲述自己的故事,有能力自我定义,从而建构自己黑人女性的真实身份。在此笔者试图从权力和话轮转换的角度入手,来分析珍妮如何用自己黑人女性的声音捍卫了自己的个人权力,从而

---

[1] 佐拉·尼尔·赫斯顿:《他们眼望上苍》,王家湘译,北京:北京十月文艺出版社,2000年,第203页。

[2] 佐拉·尼尔·赫斯顿:《他们眼望上苍》,王家湘译,北京:北京十月文艺出版社,2000年,第202页。

[3] 佐拉·尼尔·赫斯顿:《他们眼望上苍》,王家湘译,北京:北京十月文艺出版社,2000年,第202页。

证明黑人女性声音的巨大力量。

从珍妮的第一段婚姻我们可以看到，珍妮私下的声音，即在家庭内部的声音是具有权威的。在她与洛根的话语交战中，我们明显能看到珍妮占上风。在此我们选择文本中她与洛根的最后一次对话[①]作为研究对象，通过对话中话轮转换引起的权力转换来分析珍妮是怎样用声音显示了自己的话语权力。一般认为，话轮转换是指发话者与受话者不断交换所扮演的角色而形成的，即"发话者变为受话者，受话者变为发话者"。权力关系和人物之间的话轮转换关系十分密切。[②]（见表 1-1，由于篇幅有限，笔者将原文的引用省略，请读者自行参照文本，下文同）

表 1-1 珍妮 VS. 洛根

	话轮数	词数	平均
总数	19	474	25
珍妮	9	157	17
洛根	10	317	32

从表 1-1 中，我们可以清晰地看到在珍妮与洛根的对话中，他们一共说了 474 个词，组成 19 个话轮，平均每一个话轮的词数是 25 个。珍妮在 19 个话轮中占 9 个，而洛根占 10 个，数量基本相等。从词数来看，洛根总共说了 317 个词，平均每个话轮的词数多达 32 个，大大超过珍妮。而珍妮在这 9 个话轮中只说了 157 个词，不仅总词数大大低于洛根的词数，平均话轮词数也大大低于两人的平均话轮词数。从话轮长度来看，珍妮好像在对话中处于劣势，但当我们仔细地分析他们的对话，具体考察对话的内容时，我们则可以看出洛根只是在话轮长度上占了优势，真正掌握话语主动权的是珍妮，并且在对话的过程中珍妮的话语对洛根具有巨大的杀伤力。

首先，对话是由珍妮开始的。在对话中，她不断提出新的话题。而洛根很少提出新的话题，他虽然一直用凶狠的语言在反对珍妮，却总是跟着珍妮的话题走。珍妮总是能够主动发话，掌握了话题的控制权，而洛根则总是被动回

---

① Zora Neale Hurston. *Their Eyes Were Watching God*. Chicago：University of Illinois Press，1978，pp. 50—53.

② 刘世生、朱瑞青：《文体学概论》，北京：北京大学出版社，2006 年，第 175 页。

应。而且在整个对话过程中，珍妮的话具有很大的伤害力。珍妮说"要是有一天会离开你逃跑呢？"时，洛根觉得"珍妮说出了他压抑在心中的恐惧。她很可能会逃跑的。这个念头使他身上产生了巨大的痛楚"①。于是他采取了逃避的方式，想要结束话题："我困了，珍妮，咱们别再谈了。"② 然而珍妮坚持继续，并告诉他"我可能会找到一个相信我的人，和他一起离开你"③。虽然洛根表面上说着狠话，认为"不会再有像我这样的傻瓜"，会去干活养活珍妮，但他还是采取了逃避的方式："'我困了，不想拿假如把自己的肚肠愁得细成琴弦。'他翻转身去假装睡着，她伤害了他，他希望自己使她也受到了伤害。"④ 由此可见，洛根看似在对话中处于优势地位，但是无论洛根怎么打断对话，或是企图结束对话，珍妮总是坚持说完自己想说的话。同时她的语言虽简短，却总能一语中的，直刺洛根的痛处。洛根则一直处于"被动挨打"的地位，无论他说了多少话，话语听起来如何凶狠，却没有"力量"，只是被动回应珍妮的话题。由此可见，在第一段婚姻中珍妮虽然对洛根处于一种依附状态，话语时常受到压制，但是她具有强大的反抗能力。她有能力用自己的声音、自己的话语来建构声音的权威，争取自己的权利。

如果说珍妮在第一段婚姻中所表现出的是一种私下声音的权威，那么在第二段婚姻中赫斯顿向我们展示的则是珍妮公开声音的权威。乔迪本身是一个非常善于言辞的人。从第一次见面，他就不断告诉珍妮他要成为一个大人物。虽然珍妮知道他不是她心目中所要寻找的爱人，但是乔迪用语言勾勒出了她心目中那远方的地平线，因此她愿意跟他走。从某种程度上来讲，珍妮最初是被乔迪话语的力量征服的。他们到了新的镇上以后，乔迪成了那里的镇长，拥有最高的决策权，他的确成了名副其实的大人物。然而就是这么一个看似声音充满巨大力量的大人物，最终在与珍妮的话语交战中也败下阵来。当珍妮在公开场

---

① 佐拉·尼尔·赫斯顿：《他们眼望上苍》，王家湘译，北京：北京十月文艺出版社，2000年，第32页。
② 佐拉·尼尔·赫斯顿：《他们眼望上苍》，王家湘译，北京：北京十月文艺出版社，2000年，第32页。
③ 佐拉·尼尔·赫斯顿：《他们眼望上苍》，王家湘译，北京：北京十月文艺出版社，2000年，第33页。
④ 佐拉·尼尔·赫斯顿：《他们眼望上苍》，王家湘译，北京：北京十月文艺出版社，2000年，第35页。

合反抗乔迪，发出自己作为黑人女性的声音时，乔迪不堪一击，从此一蹶不振，卧床不起进而走向死亡。她对"乔迪的反驳是对他致命的一击，严重地刺伤了他的虚荣心，打碎了他在家庭和在该镇的权威"[①]。我们再来看珍妮与乔迪的最后一次对话。[②] 与前面跟洛根的对话相比，珍妮此时已经在各方面都占有了话语的优势。她的声音已经从私下走向了公开，力量变得更为强大（见表1-2）：

表1-2 珍妮 VS. 乔迪

	话轮数	词数	平均
总数	21	544	26
珍妮	11	411	37
乔迪	10	133	13

从表1-2中，我们可以看到：跟表1-1相比，珍妮的话轮长度发生了质的飞跃。她和乔迪的对话总共包含544个词，其中411个都出自珍妮之口，占总词数的76%左右。而她的每个话轮的平均长度达到37个词，是乔迪的话轮长度的近3倍。我们再来考察话题的提出和控制：在这组对话里乔迪从一开始就拒绝谈话，因为珍妮在前面已经用话语将他打倒。因此当珍妮进屋跟乔迪谈话时，乔迪的反应是："我到这间屋子里来为的是躲开你，可是看来没有用。出去，我需要休息。"[③] 接下来，在话轮16中乔迪让珍妮"离开这儿，珍妮，别上这儿来——"[④] 在话轮18中，他让珍妮"闭嘴！"[⑤] 在话轮20中他让珍妮"滚出去"[⑥]。他不断打断对话不想继续下去，然而珍妮对此充耳不闻，依然坚

[①] 程锡麟：《赫斯顿研究》，上海：上海外语教育出版社，2005年，第118页。

[②] Zora Neale Hurston. *Their Eyes Were Watching God*. Chicago：University of Illinois Press, 1978，pp. 131—134.

[③] 佐拉·尼尔·赫斯顿：《他们眼望上苍》，王家湘译，北京：北京十月文艺出版社，2000年，第92页。

[④] 佐拉·尼尔·赫斯顿：《他们眼望上苍》，王家湘译，北京：北京十月文艺出版社，2000年，第93页。

[⑤] 佐拉·尼尔·赫斯顿：《他们眼望上苍》，王家湘译，北京：北京十月文艺出版社，2000年，第94页。

[⑥] 佐拉·尼尔·赫斯顿：《他们眼望上苍》，王家湘译，北京：北京十月文艺出版社，2000年，第94页。

持讲完了自己要说的话，坚持让大家知道她是一个什么样的人，直到乔迪死方肯罢休。难怪黛安娜·萨多夫（Dianne Sadoff）认为珍妮是个危险的女人，因为从某种意义上来说她用自己的声音杀死了乔迪。① 可见珍妮声音的力量巨大无比。

而对于珍妮的第三段婚姻，评论界普遍认为珍妮在遇到迪·凯克后获得了话语权，发出了自己作为黑人女性的声音。因此，笔者无须赘言。

由此可见黑人女性声音的力量何其强大。虽然在当时的社会背景下黑人女性的声音必然遭到压制，但这并不表明她们没有能力反抗。拥有如此强大的声音力量，她们完全有能力自我定义，用自己的声音建构自己真实的身份。这个事实是当时处在被压迫地位的黑人女性们所看不到的，而赫斯顿正是要通过珍妮的声音力量唤醒黑人女性大众，告诉她们黑人女性有能力讲述自己的故事，建构自己的女性身份。因此接下来笔者将探讨，赫斯顿是采用什么样的方法来呼唤黑人女性集体的声音的。

叙述目的：对黑人女性集体声音的呼唤

从前面一部分，我们已经看到在《他们眼望上苍》中，珍妮私下的声音和公共的声音都获得了权威。然而，正如批评家玛丽·海伦·华盛顿（Mary Helen Washington）指出："在《他们眼望上苍》中，在需要听到珍妮声音并且我们期望她作为故事的主体讲话的关键之处，却听不到她的声音。"②

文本中最令人吃惊的沉默发生在迪·凯克打了珍妮后。读者对此震惊之余，也必然期待珍妮的反应，然而，让我们更为吃惊的是作者在文章的后续部分没有向读者作任何的交代，我们读不到珍妮对此的任何反应。这样，文本叙事就出现了断裂：在小说第 17 章中，迪·凯克粗鲁地动手打了珍妮，但是在接下来的章节中，读者并没有看到迪·凯克有任何的内疚之情及抱歉之意，更没有如期待中一样看到珍妮的反抗。最让人奇怪的是，在随后的第 18 章中他们两个奇迹般地就和好了，似乎打人事件从未发生过，没有对两人的关系产生

---

① Yvonne Johnson. *The Voices of African American Women: The Use of Narrative and Authorial Voice in the Works of Harriet Jacobs, Zora Neale Hurston, and Alice Walker*. New York: Peter Lang, 1998, p. 52.

② 程锡麟：《赫斯顿研究》，上海：上海外语教育出版社，2005 年，第 121 页。

任何影响。文本在这里的矛盾是显而易见的。珍妮在前两次婚姻中显示了如此强大的声音力量，面对如此不公的对待她却保持沉默，这的确是匪夷所思的。难道这是作家的失误吗？赫斯顿在小说的第一页早已给出了答案：女人"忘掉一切不愿意记起的事物，记住不愿忘掉的一切"①。也就是说这是叙述者故意为之。她为什么记住前面所有的一切，却忘掉她和迪·凯克的这部分经历，而在叙述中留下这么大的空白呢？当进一步来考察文本中的这一缺失和沉默时，我们可以看到这是作者的精心设计，因为所谓的"矛盾"在文章中俯拾即是。

从文本的整体叙事框架来看，《他们眼望上苍》是一种故事中套故事的结构。全书共20章，第1章和第20章的最后3页构成了一个大的叙事框架，它是由一位全知的第三人称叙述者来讲述的。小说的主体部分——从第2章到第20章的前2页，则是由主人公珍妮作为第三人称叙述者向她最亲密的朋友口述的。②正如我们前面所提到的那样，如果珍妮的声音如此有力量，那么为什么作者并没有采用珍妮作为第一人称来直接叙述自己的故事，让其完全拥有话语权，而是把叙述的权利交给了第三人称叙述者呢？

另外，在小说的高潮部分，当珍妮站在法庭上时，读者本期待听到她发出自己的声音为自己辩护，然而作者在这里却没有让珍妮自己开口说话，而采用了第三人称全知叙述的声音来概括珍妮在法庭上的言语：

> 她竭力要他们明白，命中注定，甜点心摆脱不了身上的那只疯狗就不可能恢复神智，而摆脱了那只狗他就不会活在世上，这是多么可怕的事。他不得不以死来摆脱疯狗。但是她并没有要杀死他，一个人如果必须用生命换取胜利，他面临的是一场艰难的比赛。她使他们明白她永远也不可能想要摆脱他。她没有向任何人祈求，她就坐在那里讲述着，说完就闭上嘴。③

在这个最能显示珍妮公开叙述声音的地方，为什么作者却不将话语权交给珍妮呢？如此之多的矛盾的确让我们不能将其看作小说的失误或是巧合。伊格

---

① 佐拉·尼尔·赫斯顿：《他们眼望上苍》，王家湘译，北京：北京十月文艺出版社，2000年，第1页。

② 程锡麟：《赫斯顿研究》，上海：上海外语教育出版社，2005年，第126页。

③ 佐拉·尼尔·赫斯顿：《他们眼望上苍》，王家湘译，北京：北京十月文艺出版社，2000年，第202页。

第一章 经典叙述学

尔顿等一批马克思主义者认为,"作品没有说出的东西,以及它如何不说这些东西可能与它所清晰表达的东西同样重要;看来像是作品的天窗、空白或矛盾心理的地方可能会为作品的意义提供集中的暗示"①。当进一步来研究这些缺失和矛盾时,笔者发现这些矛盾是文本为接受者提供的参与空间,希望接受者能从这些缺席、空白或矛盾入手,在字里行间读出叙述者的真实意义,产生共鸣。赫斯顿借助自己特殊的叙述策略想要呼唤整个黑人女性集体的声音,唤醒她们的自我意识,让她们团结起来为建构自己的身份而斗争。

首先我们来看小说中珍妮的叙述。珍妮的叙述有一个很重要的目的就是要将自己的故事传播出去,让听到的人了解她,并产生共鸣。

小说的第一章,我们看到珍妮是以胜利者的姿态归来的,因为她告诉费奥比:"You must think Ah brought yuh somethin'. When Ah ain't brought home a thing but myself."②(你一定以为我给你带了什么来,可我除自己之外一样东西也没带回家来。③)从引文中,我们可以看到珍妮对"myself"的强调。这意味着珍妮经过冒险,带回了一个完整的自己。而费奥比的回答也意味深长:"那就足够啦,你的朋友们不会想要更好的东西。"④可见其他的一切都不如拥有真实的自己。珍妮已经不是以前那个自己,她现在已经成长为一个独立的黑人女性,因此她可以向其他的黑人女性讲述自己的经历以唤起大家的共鸣。

小说在这个叙述框架内为我们展现了一个非常理想的对话条件,一个理想的对话空间:门廊下面,那是一个曾经只属于男人们谈话的地方;一个渴望分享的叙述者和一个渴望倾听的受述者,她们两个几十年的友谊是她们能够彼此信任和彼此理解的坚实基础。珍妮希望费奥比将自己的故事告诉其他人,这跟

---

① 特雷·伊格尔顿:《二十世纪西方文学理论》,西安:陕西师范大学出版社,1986 年,第 223 页。
② Zora Neale Hurston. *Their Eyes Were Watching God*. Chicago:University of Illinois Press,1978,p. 14.
③ 佐拉·尼尔·赫斯顿:《他们眼望上苍》,王家湘译,北京:北京十月文艺出版社,2000 年,第 5 页。
④ 佐拉·尼尔·赫斯顿:《他们眼望上苍》,王家湘译,北京:北京十月文艺出版社,2000 年,第 5 页。

她自己去说一样,因为她的舌头在朋友的嘴里。① 而费奥比也承诺:要是你有这个愿望,我就把你要我告诉她们的告诉她们。② 如果说在小说的第一部分,珍妮还没有明显地表现出要让费奥比去传播她的故事的强烈愿望,那么在故事讲述完之后,我们看到了珍妮赤裸裸的渴望,因为她明白地告诉费奥比:"费奥比,你告诉她们……""你一定要告诉她们……"③ 而费奥比一定会将珍妮的故事告诉常聚集在她家门廊边的那些黑人女性。

  小说的主体部分是由第三人称叙述者来叙述的。费奥比在小说的叙述框架内是属于显身的受述者。然而在小说的主体叙述部分,她却一直隐身,再也没有显过身,直到小说回到珍妮的叙述。由于她是黑人女性,所以当黑人女性读者在阅读小说时,容易产生一种身份认同,无意识地将自己等同于小说中的受述者,认为叙述者是在向自己直接讲述故事,因此容易产生共鸣。这种共鸣是在其他读者群体中无法获得的。这也是为什么小说在主体部分要采取第三人称叙述,因为叙述者的目标并非只是费奥比,而是全体黑人女性,她认为她们需要被唤醒,正如在小说结尾珍妮说:"那些人由于无知都干瘪了。"④ 所以她们需要被唤醒。

  所以当受述者(黑人女性们)看到珍妮在被打后保持沉默,将会坐立难安。因为当故事叙述到这里,大家已经看到珍妮巨大的声音力量。安妮·威廉姆斯(Anne Williams)曾经说:"在珍妮显示服从的地方,就是佐拉奋起反抗的时候。"⑤ 在这里我们读到了珍妮的沉默,同时也听到了沉默的声音在说话。作者为读者预留了分享的空间,期待他们置身于作品的裂缝中,解释作品没有说出的话,也就是作品中那种不可言说的沉默,使那些只可意会而无法言传的

---

  ① 佐拉·尼尔·赫斯顿:《他们眼望上苍》,王家湘译,北京:北京十月文艺出版社,2000年,第7页。
  ② 佐拉·尼尔·赫斯顿:《他们眼望上苍》,王家湘译,北京:北京十月文艺出版社,2000年,第7页。
  ③ 佐拉·尼尔·赫斯顿:《他们眼望上苍》,王家湘译,北京:北京十月文艺出版社,2000年,第207页。
  ④ 佐拉·尼尔·赫斯顿:《他们眼望上苍》,王家湘译,北京:北京十月文艺出版社,2000年,第208页。
  ⑤ Zora Neale Hurston. *Their Eyes Were Watching God*. Chicago:University of Illinois Press,1978,p. x.

"沉默"说话。① 作者在这里用沉默代替声音是因为她相信她的女性读者们能够如肖沃尔特所说的一样,由于彼此的默契,能够读出字里行间隐藏的意义,能够解开她的密码。② 珍妮的沉默激发了千千万万黑人女性反抗的声音。这样,我们就不难解释,为什么赫斯顿没有采用第一人称叙事,而把主要叙述声音赋予第三人称叙述者。正如约翰·卡拉翰(John Callahan)所说:"赫斯顿采取第三人称口述的方式来讲故事,无形中她将自己的感情投射到叙述者身上。另外她还采用了黑人布道词的形式,这种布道人与听众相互应答呼应的形式增加了作品的亲近感。"③ 这样,一方面采用第三人称叙述可以使故事的叙述显得客观,带有普遍性、权威性;"另一方面赫斯顿也如布道一般邀请她的读者们积极投入作品中,这样读者不仅是作品的倾听者,还同时成了故事的参与者"④。如此一来,于文本中珍妮沉默之处,万千黑人女性读者响应作者的号召,发出了反抗的声音。所以叙述者用珍妮第一人称声音的缺席建立了女性集体声音的在场,用女性的"沉默"建立了其声音的权威。

在小说的高潮部分,接受者一直在期待珍妮的声音,看她如何在法庭上为自己做无罪辩护。而这种期待则与小说最后剥夺珍妮的第一人称叙述构成了某种张力,这种张力更加激发了受述者对声音的渴望。在法庭上,我们看到叙述者对白人男性、白人女性、黑人男性都有所描述,却唯独缺少了黑人女性。这样的一个缺失,同样是在呼唤黑人女性的倾听。珍妮在法庭上找不到任何依靠,因为没有人能够真正懂得她的故事,而作为受述者的黑人女性们则填补了这个空缺。

故事的结尾处,当费奥比满怀激情地告诉珍妮:"天啊,光是听你说说我就长高了十英尺,珍妮。我不再对自己感到满足了,以后我要让山姆去捕鱼时带上我。他们最好别在我面前批评你。"⑤ 我们知道叙述者达到了唤醒黑人女

---

① 陈定家:《意味深长的"沉默"》,载《文艺理论与批评》2001 年第 2 期,第 83 页。
② 肖瓦尔特:《她们自己的文学》,北京:外语教学与研究出版社,2004 年,第 16 页。
③ Michael Awkward, ed. *New Essays on Their Eyes Were Watching God*. Beijing: Peking University Press, 2007, p.19.
④ Michael Awkward, ed. *New Essays on Their Eyes Were Watching God*. Beijing: Peking University Press, 2007, p.19.
⑤ 佐拉·尼尔·赫斯顿:《他们眼望上苍》,王家湘译,北京:北京十月文艺出版社,2000 年,第 208 页。

性的目的。长高了十英尺的又何止是费奥比呢？所有黑人女性自此都将不会对自己感到满足，因为她们知道了，虽然在男权社会制度下她们遭到了不同程度的压迫，但是她们本身有能力去反抗。她们跟珍妮一样拥有强大的话语权，她们的声音有着巨大的力量，她们可以用自己的声音讲述自己的故事，建构自己的身份。

结　语

《他们眼望上苍》写于父权制占绝对优势的背景下，赫斯顿只能采取某些策略和方法，一方面让黑人女性读者通过解码读出文本的潜藏意义，另一方面也让主流意识形态的代表们认为他们达到了同样的目的。正如詹姆逊（Fredric Jameson）所说："统治阶级意识形态将探讨使自身权力立场合法化的各种策略，而对立文化或意识形态则往往采取隐藏和伪装的策略力图对抗和破坏主导'价值体系'。"[①] 赫斯顿在小说的形式上采用了公开的叙述声音（第三人称异故事叙述）和私下的叙述声音（珍妮的第一人称叙述）相结合的方式，"既建构了一种私下讲故事的叙事结构，让某个黑人女性能够堂而皇之地向另一个黑人女性讲述她的故事，同时又使用一种异故事的叙述声音赋予故事以叙事权威，以面对那些种族和自然性别都十分混杂的公众读者群"[②]。这样一来，黑人女性可以从字里行间解读赫斯顿的密码，响应她的召唤，而另一方面主流意识形态则认为这是一个私下讲述的故事，仅是一个黑人女性在给另一个黑人女性讲述她的浪漫史，这样的叙述无伤大雅。然而，赫斯顿用其慧心巧思，逃避了主流意识形态对女性声音的压制，以黑人女性私下的叙述声音为掩护，建立了黑人女性公开的声音，同时唤醒了广大黑人女性，让她们知道黑人女性有能力用自己的声音建构自己的身份。

[①] 詹姆逊：《政治无意识：作为社会象征行为的叙事》，王逢振、陈永国译，北京：中国社会科学出版社，1999年，第74页。

[②] 苏珊·S. 兰瑟：《虚构的权威：女性作家与叙述声音》，黄必康译，北京：北京大学出版社，2002年，第234页。

第二章　后经典叙述学

经典叙述学改变了小说的传统研究方式，不再关注影响小说的外部因素，而是完全转向了对小说文本的形式研究。然而随着文学理论的发展，经典叙述学完全排除文本外部因素的研究已经无法适应现实的发展。文本必然产生于一定的社会历史语境，如果将文本与历史完全割裂必然会陷入一种谬误，因此后经典叙述学开始重新审视文本产生的语境，并将其纳入叙述理论的研究范围。后经典叙述学在原有经典叙述学的研究基础上，引入了其他相关学科的批评理论，例如修辞、女性主义、认知等。本章重点关注"语境"在后经典叙述学理论研究中的重要作用，第一小节至第三小节主要结合社会历史语境从宏观层面探讨西方叙述形式的演变、现代主义的叙述转向以及叙述交流模式的不同类型；第四小节结合语境，以奴隶叙事为主要研究对象，探讨文类叙述；最后一节则以美国黑人女性小说为主，从女性主义叙事学的角度讨论美国黑人女性文学的口述传统。

第一节　叙述与叙述演变

叙述是人类储存知识和经验的方式，也是人类认知世界的方式，有人类的地方，便有叙述。人类持续不断讲述故事，将世界的各个侧面压缩进叙述形式，这似乎是讲故事与听故事的冲动使然，然而听故事与讲故事的自然冲动并不简单。故事是人类思考世界的基本方式，但即使是"最简单的故事也嵌入了复杂的关系网"[①]。这便意味着"那些最熟悉、最原始、最古老以及看起来最

[①] 保罗·科布利：《叙述》，方小莉译，成都：四川大学出版社，2017年，第1页。

直白的故事往往透露了最深的含义"[1]。

叙述何为与为何

在《叙述》一书中，科布利将"叙述"（narrative）看作一种处于关系网中的交流形式，是符号再现的一种特殊形式。[2] 首先，叙述是一种主体间的交流，这种交流形式卷入了复杂的关系网，哪怕最简单的故事也涉及复杂的关系。其次，叙述是一种特殊的符号文本。作为符号文本，叙述文本携带意义；所谓特殊的符号文本，则是指符号文本卷入人物，被情节化为具有时间和意义的向度。任何叙述都是有选择的再现，具有高度的选择性，那么叙述则是一种变形。"叙述就是被叙述出来的事件序列。"[3] 叙述再现使被叙述出来的事件序列形成一种因果关系，从而促成意义关系的产生。

叙述化是一个情节化或意义化的过程，涉及一个叙述进程，即"所有的叙述都是从一个起点移动到一个终点"[4]。《叙述》一书认为"叙述必然需要某种延滞甚至是偏离、迂回和闲笔"，这些妨碍叙述进程的元素"能够让读者产生一定的愉悦感"。[5] 叙述通过延滞设置层层障碍，读者在从开头走向结尾的阅读过程中不断偏离，从而延长了叙述走向终点的距离，也就增强了读者的审美体验，由此获得一种愉悦感。然而更为关键的是，既然叙述是从起点到终点的运动，阅读活动在开头与结尾之间展开，那么"延滞和闲笔不仅是能够保证愉悦的简单机制"[6]，而且引出了叙述中至关重要的两个关键概念——时间和空间。叙述化需要得出一个时间和意义的向度，叙述需要时间，阅读过程需要时间，而从起点到终点的移动也需要时间，"拖延的过程中就好像叙述占据了一个'空间'"[7]，同时又延长了时间，这便使得叙述中的时间和空间有了本体论上的意义。

---

[1] 保罗·科布利：《叙述》，方小莉译，成都：四川大学出版社，2017年，第1—2页。
[2] 保罗·科布利：《叙述》，方小莉译，成都：四川大学出版社，2017年，第2页。
[3] 保罗·科布利：《叙述》，方小莉译，成都：四川大学出版社，2017年，第5页。
[4] 保罗·科布利：《叙述》，方小莉译，成都：四川大学出版社，2017年，第6页。
[5] 保罗·科布利：《叙述》，方小莉译，成都：四川大学出版社，2017年，第8页。
[6] 保罗·科布利：《叙述》，方小莉译，成都：四川大学出版社，2017年，第8页。
[7] 保罗·科布利：《叙述》，方小莉译，成都：四川大学出版社，2017年，第8页。

在整个叙述进程中,"结尾具有构造力量"[①]。这就意味着"所有那些在通向叙述结尾的过程中的迟延因素都必定会与终点密切相关"[②],也就是说结尾对各种迂回、闲笔及偏离均有约束力。那么这些延滞则是整个叙述系统中的有机部分,无论如何偏离,必然与结尾有关,也必然走向结尾。或者说偏离延长了读者从起点到终点的阅读过程,使读者获得审美愉悦,而结尾的构造力量或是约束力,使得读者能够读出闲笔的意义。正如利科也强调叙述终点的重要性,"认为对叙述中的连续行为,思想和感觉的理解是由对结论的预测决定的,而且得出结论也可以让我们再去回顾导致这个结论的一系列行为"[③]。叙述过程总是会受到结局的约束,而叙述的结论又可以反过来解释叙述过程中的各种元素。因此叙述化是一个情节化的过程,情节是叙述的基础结构。叙述有着过去、现在和未来的时间向度,它"不只是关注时间轴上的个体事件问题,它更重要的是关于'期待'和'记忆':从开头读取结尾,也从结尾解读开头"[④]。

那么简单来说,叙述是符号再现的特殊形式,具有高度选择性。叙述使被叙述出来的事件序列形成一种因果关系。所有的叙述都从起点移动向终点,从而产生了叙述的时间与空间的本体存在,在这个移动过程中必然需要某种延滞、偏离、迂回和闲笔。它们能够让读者产生一定的愉悦感。叙述的基础结构是情节,而结尾具有构建力量,对叙述进程产生约束力。读者从开头读取结尾,也从结尾阅读开头。

从文学达尔文主义的观点来看,叙述是一种生物性驱动现象,因为它是出于生存目的而存在的。布莱恩·博伊德(Brian Boyd)认为叙述促进了人类对世界的认知,也促进了人类认知能力的发展,甚至有利于人类的进化。列维-斯特劳斯通过研究神话的叙述结构,意图通过研究语言中发现的对立项来识别普遍的心理原则。"当叙述从日常的生活序列中被抽离出来后,叙述呈现出的只是重复性关系,而这些关系正是故事的真实目的所在。"[⑤] 因此对于结构主

[①] P. Brooks. "Freud's Master Plot", in S. Felman, ed. *Literature and Psychoanalysis: The Question of Reading, Otherwise.* Baltimore: Johns Hopkins University Press, 1982, p.283.
[②] 保罗·科布利:《叙述》,方小莉译,成都:四川大学出版社,2017年,第10页。
[③] P. Ricoeur. "Narrative Time", in W. J. T. Mitchell, ed. *Narrative.* Chicago: University of Chicago Press, 1981, p.170.
[④] 保罗·科布利:《叙述》,方小莉译,成都:四川大学出版社,2017年,第12页。
[⑤] 保罗·科布利:《叙述》,方小莉译,成都:四川大学出版社,2017年,第23页。

义者来说，他们认为叙述展现的是普遍性特点，所有叙述具有某种程度的连续性，是对叙述深层结构的重复性再现。叙述结构由于其重复性和保存方式将经验储存进记忆，从而对形成普遍的民族身份起到了关键作用。

《叙述》一书则认为叙述有两个最重要的特点："第一，它对记忆储存有重要作用以及它有利于形成人类身份；第二，它完全是选择性的"[1]。科布利赞同叙述对储存记忆的重要作用，以及叙述、记忆与身份之间的关系，然而他同时也指出"叙述并不展现普遍性，而是选择性地保存某些记忆而排除其他的，帮助某些人凝聚到某个特定的社群而不是其他的"[2]。民族身份不是一种普遍性的构建而是一种选择性的构建。那么，"有时叙述有助于维护专制主义的文化差异概念"[3]。无论是再现普遍性还是差异性，叙述显然与记忆和身份密切相关。叙述嵌入了复杂的关系网，虽然我们相信叙述具有高度选择性，反对叙述是对人类普遍特点的展现，但"不能简单和不假思索地认为叙述保存某一个国家，这里要解决的问题不是叙述如何被用于促进民族之间的绝对差异，而是叙述如何再现文化'差异'和'杂糅'"[4]。

叙述之演变

讨论完叙述的基本问题之后，《叙述》一书将符号学的相关理论引入叙述学研究领域，从一种历时的角度，结合西方文学发展史，来探讨叙述形式的起源、变化、发展及叙述背后复杂的关系网。任何符号文本都是一种媒介化，媒介决定了再现形式，也就决定了文本的形式，而再现的形式又影响再现的内容和结果，因此叙述的演化与媒介的变化密切相关。人类文化主要包含了三种样态：口传文化、印刷文化及电子媒介文化。口传文化是以口头语言、肢体语言为媒介的交流方式，是当场一次性读取的演示类叙述；印刷文化主要以书写语言为媒介，是一种不在场的交流；电子媒介文化则是多媒介混合，高度依赖图像，更为具象感知的文化。

在不同的文化样态中，由于再现的媒介不同，叙述的形式与内容也就随之

---

[1] 保罗·科布利：《叙述》，方小莉译，成都：四川大学出版社，2017年，第75页。
[2] 保罗·科布利：《叙述》，方小莉译，成都：四川大学出版社，2017年，第26页。
[3] 保罗·科布利：《叙述》，方小莉译，成都：四川大学出版社，2017年，第26页。
[4] 保罗·科布利：《叙述》，方小莉译，成都：四川大学出版社，2017年，第26页。

而变化。在口传文化中,叙述化有助于记忆,口头叙述为那些没有书写,又希望保存历史及风俗的文化提供了方法。与书面叙述不同,口头叙述无法储存,只能"依赖传送者和接收者的忠实和记忆……人类记忆和忠实度的不完美明显使任何口头话语要尝试描述事件整体都必然借助高度的浓缩和省略"①。也就是说早期的史诗叙述为了方便传送者和接收者有效记忆事件,采用了高度浓缩和省略的方式,同时叙事诗节奏/关键词的重复、情节的公式化等特点也是为了有效记忆,让口述的文化能够相对忠实地传递下去。

在史诗中,崇高因素尤为重要,而罗曼司则主要是"关于骑士和宫廷生活的规则"②。罗曼司广泛传播的原因有两个,一为印刷术,二是这种叙述"不像史诗和宗教经典是用拉丁文写成的,而是用方言,因此适宜那些识字但是又不懂教会语言的读者阅读"③。当然这也使罗曼司被认为是一种低等的文学形式。小说的诞生和发展伴随着资本主义的发展、科学技术的进步及社会分工的专门化。个人主义应运而生,从而社会开始关注个人经验、感知和价值,小说这种关注普通人日常生活的文学体裁成为可能。"小说促进了对日常生活及其苦难的描述,而不是像史诗一样把讲述神的崇高世界作为重要的部分。它促进了描写一个相对稳定的世界,而不是倾向于超自然元素。"④ 小说要充分体现个人主义,那么在文本世界中,人物的心理深度及对个人意志的描写就成为小说的必要条件;同时出于说教性的需求,小说继承了荷马史诗中的混合型的声音模式:兼具诗人的声音与模仿的声音。而在巴赫金那里,小说是多声部的集合体。18、19世纪的小说基本采用一个权威的全知全能的叙述声音来讲述故事,其中混合着人物模仿的声音。现实主义小说极度关注在广阔的社会背景中探索可识别的社会结构中个体间的关系,希望能够全面地反映现实。全知全能的叙述者具有知识上的权威性、视角上的优越性,从而能够更好地全方位地反映现实。然而值得注意的是,现实主义的现实也是被建构出来的,因为再现过程必然是高度选择性的,并非完全如实的精确描写。

现代主义文学是西方进入垄断资本主义时代的产物,它反映了西方社会近

---

① 保罗·科布利:《叙述》,方小莉译,成都:四川大学出版社,2017年,第22页。
② 保罗·科布利:《叙述》,方小莉译,成都:四川大学出版社,2017年,第48页。
③ 保罗·科布利:《叙述》,方小莉译,成都:四川大学出版社,2017年,第48页。
④ 保罗·科布利:《叙述》,方小莉译,成都:四川大学出版社,2017年,第49页。

百年来的动荡变化。第一次世界大战摧毁了外部世界的完整性、稳定性，使得19世纪的旧秩序不再受欢迎。由于科学技术的进步，与其他艺术形式相比，文学作品不再具有反映外部世界的优势，因此被迫从反映外部世界的真实，转向反映内部世界的真实。如果现实主义关注的是世界的真实是什么，那么现代主义所关注的则是个人眼中的真实是什么。因此，随着展示人物自我意识这一需要的增强，传统的全知叙述逐渐让位于采用人物眼光聚焦的第三人称有限视角。

现实主义小说不仅是将一系列事件按顺序组织起来，且遵循因果律，将事件和人物按一定的内在逻辑融贯地组织起来。而现代主义对传统形式的破坏正在于它完全打破了传统小说中时间的线性进程，用并置取代了时间的先后顺序，或是说取消了明确的逻辑关联。小说不再以线性展开，而是被碎片化为相互并列的存在。"现代主义再现中常常并不把时间描述成统一的线性现象，而是拖延的或不连贯的，依托于意识对时间的体验。"[1] 现代主义作家"试图让读者在时间上的一瞬间从空间上而不是从顺序上理解他们的作品"[2]。他们通过"并置"这种方式来打破叙事时间顺序，使文学作品取得空间艺术的效果。

现代主义关注对人物意识的呈现。索蒂罗娃（Violeta Sotirova）提出"现代主义小说对意识的表现是其最具标志性的特征，两者无法分割，从而现代主义小说被等同于意识小说"[3]。在此处，所谓的意识小说是指小说中人物的意识通过人物视角或人物的声音直接呈现，而不是由传统小说中那个全知全能的叙述者来讲述。现代主义小说将各种人物视角编织在一起，将人物意识并置于读者面前。索蒂罗娃提出："现代主义的一个突出成就是通过多重视角来折射叙述。很多现代主义叙述将不同视角并置。对大多数批评家来说对不同视角的呈现让读者可以从不同角度来观察叙述世界的相同事件或对象，从而打破单个统一的视角和单一真实的融贯性。"[4] 将人物意识并置的方式，打破了传统小

---

[1] 保罗·科布利：《叙述》，方小莉译，成都：四川大学出版社，2017年，第106页。

[2] Irena Makaryk, ed. *Encyclopedia of Contemporary Literary Theory: Approaches, Scholars, Terms*. Toronto: University of Toronto Press, 1993, p. 629.

[3] Violeta Sotirova. *Consciousness in Modernist Fiction: A Stylistic Study*. Hampshire: Palgrave Macmillan, 2013, p. ix.

[4] Violeta Sotirova. *Consciousness in Modernist Fiction: A Stylistic Study*. Hampshire: Palgrave Macmillan, 2013, p. ix.

说中叙述者的单一权威和情节的线性进程，读者也因此改变了线性阅读文本的方式。现代主义小说对人物意识的并置，说明了现代主义与现实主义所谓外部的客观现实不同，其对现实的再现是通过人物的意识过滤的。从而在现代主义这里不存在客观存在的现实，有的只是人物对现实的观察，而观察者的观察本身就会影响对象的再现。

后现代主义与现代主义密切相关，其突出特点是"叙述代理露迹"[1]。叙述代理露迹使文本具有断裂性特点。而"元小说"作为一种典型范例，其整个正文部分都有断裂性特点。现实主义中全知全能的叙述者维持了一种叙述声音的权威。现代主义者反对现实主义，通过呈现不同的意识来挑战叙述者的权威声音[2]，而"元叙述"不只是为了呈现不同的意识或放大普通事件的经历，而是全然指出叙述的再现特征。[3] 元叙述将文本的故事层与话语层并置，转向对创作过程的关注。小说文本通过揭露自己的创作过程和语言身份，进而揭露虚构世界与现实的建构性。

从早期史诗到后现代叙述，随着媒介的变化，叙述也发生变化；不同时期的叙述变化，也正体现出了《叙述》一书作者始终坚持的观点：有人类的地方便有叙述；人们在消费各种媒介时，也在获取故事，即使是最简单的故事，也嵌入了极其复杂的关系网。[4]

叙述走向广义

《叙述》一书不仅讨论了文学叙述，同时还讨论了以声音为主导媒介的收音机及以图像为主导媒介的电影和电视叙述，特别在第六章集中讨论了现代主义与电影的关系，同时也探讨了无线电收音机、电视。播放形式、媒介不同，叙述方式便相应不同。《叙述》一书，不仅突破了以文学为主要研究类型的叙述学研究，关注了电影、电视和收音叙述，同时也从更广义的角度，将皮尔斯符号学理论体系引入了叙述学研究。皮尔斯对符号的理解有两个重要特征，第一是符号是对话性的，因此叙述中的符号以多种方式向各个方向敞开，从而能

---

[1] 保罗·科布利：《叙述》，方小莉译，成都：四川大学出版社，2017年，第109页。
[2] 保罗·科布利：《叙述》，方小莉译，成都：四川大学出版社，2017年，第110—111页。
[3] 保罗·科布利：《叙述》，方小莉译，成都：四川大学出版社，2017年，第111页。
[4] 保罗·科布利：《叙述》，方小莉译，成都：四川大学出版社，2017年，第1页。

够被各个不同的读者使用①；第二个关键特征是"一个'解释项'总是有能力变成一个'再现体'；一个'再现体'将因解释项的影响而与'对象'发生关联"②，这一关系链可以无限衍义。符号的这两个特征让我们明白叙述总是对话性的，是一个开放的体系，其意义的解释可以无限衍义，因此有限的叙述在这种开放性、解释性中可以超越自身。

在最后一章中，《叙述》一书从符号学的角度讨论了叙述发展的各个方向，其中包括社会科学中的叙述、叙述与认知、叙述与身份、叙述模塑，从而将叙述学的讨论推向一个更为广义的范畴，也因此改变了我们对"什么是叙述"的理解。

《叙述》一书将叙述放置于复杂的历史语境中，历时性地探讨了不同时期各种叙述方式的演变。在纵向讨论文学作品叙述策略的同时，该书还引入符号学理论，以一种跨学科、跨媒介的理论视角来讨论叙述的演变和叙述理论的建构。叙述作为符号文本，其"开放的潜能在符号的对话性及在增殖解释项的推动力中无所不在"③。最后，本节以《叙述》中的一段话来归纳对叙述的讨论：

> 叙述毫无疑问再现了世界的特征，省略了其中某些特征而偏爱另一些。它再现时间、空间和事件序列；它有助于身份的记忆与探索；它在其中渗透了因果关系；它设想了一个结尾；并且它做这一切都基于它自身所嵌入的科技的特征。然而尽管存在所谓的叙述的有限情节，但它包含了惊人的复杂性，而且为我们提供了机会去参与到符号的无限可能中。④

第二节　现代主义的叙述转向：空间形式中的拼图游戏

文学是否真实地再现现实以及如何表现现实，一直是各个文学流派极为关注的问题。虽然现实主义、现代主义与后现代主义各有不同，但是从某种意义上说，这三个流派都不乏对现实的关注与重视。在不同时期，不同流派的创作

---

① 保罗·科布利：《叙述》，方小莉译，成都：四川大学出版社，2017年，第146页。
② 保罗·科布利：《叙述》，方小莉译，成都：四川大学出版社，2017年，第146页。
③ 保罗·科布利：《叙述》，方小莉译，成都：四川大学出版社，2017年，第146页。
④ 保罗·科布利：《叙述》，方小莉译，成都：四川大学出版社，2017年，第146页。

由于对何为现实持有不同的观点，因此采取了不同的方式来表现。现代主义也不例外，从现实主义到现代主义，作家们对现实的看法发生了巨大的变化，因此对文学应该反映什么样的现实，该如何表现现实，也有自己独到的见解。对于现代主义文学作品来说，无论是现实的内容还是表现现实的方式，都是不可忽略的，因此本小节在探讨现代主义的现实观的基础上，试图探讨在这个时期为了有效地反映现实，现代主义小说在叙事方式上所发生的转变。

现代主义的真实

19 世纪的现实主义文学主要关注文学如何客观地反映外部现实，即历史真实，或是社会现实的真实。现实主义所反映的时代是稳定的，刚建立的新秩序是受欢迎的，当时的社会现实是一个完整体，因此如巴尔扎克这样的现实主义大师作品中所反映出来的是社会现实的整体性，卢卡奇等拥护现实主义的理论家的现实主义观也强调整体性、秩序、历史的真实。而到了 20 世纪，现实主义文学艺术作品中表现的"秩序、顺序和一体性最多只能认为是表达连贯性的一种愿望，而不是对现实的一种真实反映"[1]。20 世纪的现代主义不再将对真实的关注聚焦于外部世界，而是"追求超越外部真实的更高的真实"[2]。

现代主义文学真实观的转变与当时所处的社会时代以及各种社会思潮的影响是分不开的。与 19 世纪现实主义的时代不同，现代主义的时代"是不稳定的，是浮动的，令人捉摸不定"[3]。因此传统的表现真实的方法在现代主义作家的笔下已不再适用，他们需要探索新的反映真实的方式。与此同时，由于受到心理分析、人类学、语言学、女权主义、存在主义、柏格森主义等学科和思潮的影响，科学发展的影响也不容忽视，现代主义在反映怎样的真实和如何反映真实上与 19 世纪的现实主义相比有了巨大的变化。如果说现实主义艺术作品所反映的是外部世界的秩序、顺序和一体性，那么现代主义作品中体现的则是碎片、无序及不确定性，而对外部世界的关注也转向了内心，聚焦于内心的真实。

---

[1] 姚乃强：《现代主义》，载赵一凡等主编《西方文论关键词》，北京：外语教学与研究出版社，2006 年，第 655 页。
[2] 易晓明：《西方现代主义小说导论》，开封：河南大学出版社，2009 年，第 49 页。
[3] 易晓明：《西方现代主义小说导论》，开封：河南大学出版社，2009 年，第 50 页。

叙述转向：由外部向内心

20世纪，随着社会的发展，一方面，19世纪的旧秩序不再受欢迎，因此现代主义文学作品不再主要关注外部世界的真实；另一方面，由于科学技术的进步，与其他艺术形式相比，文学作品不再具有反映外部世界的优势，因此被迫从反映外部世界的真实，转向反映内部世界的真实。"现代主义叙事对个人命运或结局都不特别关注，而转入人物对外部世界的印象与体验，强调内心世界，它反映的不是个人与世界之间的实际关系，而是个人对世界、对他人的主观感受。这种感受是易变的、不可界定的，具有不确定的游移性。"[①] 如果现实主义关注的是世界的真实是什么，那么现代主义所关注的则是个人眼中的真实是什么。因此，随着展示人物自我意识这一需要的增强，传统的全知叙述逐渐让位于人物眼光聚焦的第三人称限知视角叙述。

现代主义的代表人物是精英文化的代表，他们非常重视叙述方法与写作技巧，以区别于所谓的庸俗的大众文化。提到现代主义的文学家们，大家自然不会忘记乔伊斯、伍尔夫这些主要代表人物。但是同时，我们也不能忘记诸如亨利·詹姆斯、卢伯克等一批理论家，是他们的理论创新开启并丰富了现代主义创作。

提到现代主义，很少有人会提到亨利·詹姆斯。事实上，詹姆斯处于19世纪末20世纪初理论转型期，他的小说理论既继承了现实主义的特点，又开了现代主义先河。他坚持小说反映生活，对于他来说小说只有两种分类：有生活的小说和没有生活的小说。然而他的理论又与传统的现实主义理论有所不同。他坚持小说反映现实，具有真实性，但同时这种现实并非传统意义上的客观反映的外部现实。詹姆斯强调小说是个人对外部世界的"印象"，即将对外部客观现实的反映转移到对人的内心意识的反映，完成了他的文学思想从"客观现实"到"主观现实"的转换。他对小说家个人印象的强调使他极力倡导一种能够直接呈现人物主观真实的透视方法，即所谓的心理现实主义描写方法。这一思想的突出表现则是詹姆斯对意识中心的强调。他提出的人物意识中心说成了后来创作中抛弃全知全能的叙述而采用第三人称有限视角叙述的来源，同

[①] 易晓明：《西方现代主义小说导论》，开封：河南大学出版社，2009年，第67页。

时也是聚焦概念发展的源头。詹姆斯的小说及其理论中早就蕴含现代主义关于何为现实的真实的真知灼见。事实上批评家和读者所看到的小说反映的现实并非客观存在的现实，而是经过小说家意识过滤的现实：小说并不为我们提供客观世界的直接图像，而是在我们的意识屏幕上投射了某种影响、印象，用詹姆斯自己的话来说就是一种现实的氛围。因此，从某种意义来说，读者所看到的是小说家反映内部世界的现实。后来的现代主义作品，例如乔伊斯的《尤利西斯》、伍尔夫的《墙上的斑点》《到灯塔去》、福克纳的《喧哗与骚动》等都体现了现代主义创作对意识中心的重视，即对人物内心的重视。现代主义文学作品所关注的不再是外部世界的真实，而是人们如何反映外部世界的真实，关注的焦点由外部转向了内部。

叙述转向：从时间到空间

一直以来，时间性一直在叙事诗学研究中占据主导地位，因为作为讲述的形式，叙事是存在于时间之中的：叙事需要时间来讲述，叙事讲述的是时间中的事件序列。然而"自20世纪后期开始，批评理论出现了'空间转向'。现在，空间问题也成为叙事理论关注的焦点之一"[1]。虽然关于空间形式的理论产生于20世纪40年代，以约瑟夫·弗兰克（Joseph Frank）的《现代小说中的空间形式》一文为代表，但是文学中的空间形式却早已在现代主义的小说中进行了实践。事实上弗兰克对文学中空间形式的讨论主要也来自对现代主义作品的解读。

"随着20世纪人类对思想和意识形态研究的深入发展，对个人内心世界和潜意识的表现成为文学的重要内容，对眼前瞬间的纯粹直觉的展现使客观时间成为虚无，空间形式作为一种重要的体现人的价值尺度的文学形式得到了人们的推崇。"[2] 由于科技的进步，人们对时间与空间的感知发生了巨大的变化。当时空压缩，地球变为一个整体，世界各地成了并置的空间，差异性则凸显出来。在西方文论史上，不乏对空间问题的讨论：早期有莱辛的《拉奥孔》，近

---

[1] 程锡麟：《叙事理论的空间转向：叙事空间理论概述》，载《江西社会科学》2007年第11期，第25页。

[2] 程锡麟：《叙事理论的空间转向：叙事空间理论概述》，载《江西社会科学》2007年第11期，第31页。

期有弗莱的《批评的剖析》，巴赫金、加斯东·巴什拉（Gaston Barchelard）和莫里斯·梅洛-庞蒂（Maurice Merleau-Ponty）也从文学角度切入了空间问题。[1] 1945年，弗兰克发表了《现代小说中的空间形式》一文，明确提出了文学中的空间形式问题。弗兰克以福楼拜、乔伊斯、普鲁斯特和朱娜·巴恩斯（Djuna Barnes）等现代主义作家为例，阐释了关于空间形式的基本观点。

首先，福楼拜采用物理空间并置的方式向读者展示了一场农产品展览会。弗兰克用这个例子具体形象地向我们说明了并置的概念：福楼拜用电影摄影机式的方式将情节在三个层次上同时展开，"这样所有事物都发出声音，让人们同时听到牛的吼叫声，情人的窃窃私语和官员的花言巧语"[2]。这个场景小规模地说明了小说的形式空间化。由于对三个共时发生的场景进行并置描述，福楼拜让时间暂时"停止"，将读者的注意力吸引到场景间的联系上，通过对三个场景的整体分析而获得意义，从而凸显了空间的重要性。

除了农产品展览会场景，全书还保持了一条清晰的叙述线索，而乔伊斯则整体上打断了小说的叙述结构。乔伊斯在《尤利西斯》中将故事压缩在24小时内，片段性地展示了他叙述的诸要素。由于所有要素（情节、背景等）都是碎片式地展现，因此，小说给读者一种时间被打碎的感觉，同时事件的因果意义也被打破，从而将各个碎片式的要素并置起来。读者只有通过考察这些碎片间的相互关系，通过它们间的相互参照才能够读出意义。

普鲁斯特更是将这一形式发挥得淋漓尽致。普鲁斯特在《追忆似水年华》中将过去与现在并置，将不同瞬间的意象并置。通过人物的不连续出现，普鲁斯特迫使读者在片刻时间内并置其人物的不同意象。读者面临着各种各样在视觉瞬间静止的人物快照，它们是在生活中的不同舞台拍摄下来的。[3] 这些快照由于被并置而构成一个相互参照的整体，读者则可以从对比和联系中通过空间体验到时间流逝的效果。

与乔伊斯和普鲁斯特不同，巴恩斯抛弃了自然主义的原则，摆脱了逼真性

---

[1] 程锡麟：《叙事理论的空间转向：叙事空间理论概述》，载《江西社会科学》2007年第11期，第25—26页。

[2] 约瑟夫·弗兰克等：《现代小说中的空间形式》，秦林芳编译，北京：北京大学出版社，1991年，第2页。

[3] 约瑟夫·弗兰克等：《现代小说中的空间形式》，秦林芳编译，北京：北京大学出版社，1991年，第14页。

逻辑的桎梏，将空间形式的运用上升到了一种完全的美学形式，这种形式本身就是充满意义的。在《夜间丛林》中，读者无论如何努力也只能从各个不同角度探究该情节的各个层面，而读不出一个完整的故事。小说各章节结合在一起，不是依靠情节的进展，而是依靠意象和象征的参照和前后参照；而意象和象征在整个阅读的时间行为中，必定是在空间上相互参照的。①

由此可见，现代主义文学作品"是'空间的'，它们用'同在性'取代'顺序'。现代主义的作家'试图让读者在时间上的一瞬间从空间上而不是从顺序上理解他们的作品'。他们通过'并置'这种手段来打破叙事时间顺序，使文学作品取得空间艺术的效果"②。同时，由于碎片式的展示打破了情节发展的因果序及线性推理的可能，读者只能从整体上来把握小说意义，通过对各要素间的联系的考察，通过诸要素间的相互参照，"重读"出作品的意义。

提到现代主义作品中出现的空间形式，我们首先需要区分空间形式（spatial form）与叙事空间之间的关系，它们并不是等同的。空间形式仅是空间叙事学所探讨的其中一个问题，其他问题还包括故事空间、话语空间、读者感知等。而空间形式主要是指文本自身的建构或设计。③ 当然，从弗兰克的文本中，我们也可以看出，除了作者本身对文本的建构和设计，读者对文本的阐释也是空间形式得以实现的必不可少的要素。

总体来说，空间叙事打破了一直以来叙述学界以时间为主探讨情节的线性发展和意义的因果生成的历时性研究。空间形式的提出，使叙述学研究开始关注文本形式建构的共时性特点。现代主义的产生与索绪尔语言学研究产生的历史背景相同。索绪尔将语言研究的重点转向共时，研究各语言间的相互关系，研究语言各要素之间的相互关系，研究语言的整体系统，研究关联性、差异性。这都一一体现在现代主义的空间形式中。空间形式关注的不是发展，而是共存，是相互作用。"探究世界，对他们来说意味着将世界的所有内容作为同

---

① 约瑟夫·弗兰克等：《现代小说中的空间形式》，秦林芳编译，北京：北京大学出版社，1991年，第24页。
② 程锡麟：《叙事理论的空间转向：叙事空间理论概述》，载《江西社会科学》2007年第11期，第25页。
③ 程锡麟：《叙事理论的空间转向：叙事空间理论概述》，载《江西社会科学》2007年第11期，第28页。

时性的加以思考，在一个瞬间剖面上猜测它们的相互关系。"[1] 另外，由于量子力学的发展，人们对现实的认识也发生了巨大的变化。量子运动的非连续性的发现改变了人们认识事物的线性思维，从而启发了现代主义叙事中的碎片式叙述方式。

首先，现代主义小说家"表现出了对时间和顺序的弃绝，对空间与结构的偏爱。他们在同一时间里展开了不同层次上的行动和情节"[2]。当时间观念被淡化，空间概念就凸显出来。为了在同一时间展示各种不同层次上的情节，作者不得不将时间人工地"停止"，从而给读者造成一种时间停滞的假象，让读者关注空间的并置。同时，在过去的叙述中，空间总是被作为叙述发生的背景而消失在叙述的语流中，然而当空间并置，差异性凸显，一种陌生化效果产生了，同时人们对空间的感知也恢复了。要达到这种陌生化效果，作者主要采取的方式是打破叙述的时间流，也就是上文提到的对"时间和顺序的弃绝"。现代主义小说打破了物理时间的线性过程，采用碎片化的方式来展示叙述中的各要素。因此，读者很难采用传统的线性阅读的方式来获得情节发展的意义，只能通过将各个碎片并置，通过整体的分析，进行碎片的重组。难怪弗兰克说，"乔伊斯是不能被读的，只能被重读"[3]。另外，注重空间形式的作品将时间强烈压缩，从而空间的意象无限延展。小说家让故事发生在短暂的时间内，从而凸显空间的变换。例如乔伊斯的《尤利西斯》将时间压缩到 24 小时，福克纳的《喧哗与骚动》将时间压缩到 4 天，格洛丽娅·内勒的《布鲁斯特街的女人们》将时间压缩到 1 天。在小说《追忆似水年华》中，故事虽然绵延于时间里，但作者将过去与现在并置，将人物瞬间的快照并置，这也是强烈压缩时间的表现。通过对时间的变形，作者给读者造成了一种时间停滞的假象或是暂时让读者忘却了时间的存在，从而时间被背景化，空间被前景化，空间的重要性得到人们的重视。

其次，"现代主义小说家都把他们的对象当作一个整体来表现，其对象的

---

[1] 米哈伊尔·巴赫金：《陀思妥耶夫斯基诗学问题》，刘虎译，北京：中央编译局，2010 年，第 31 页。

[2] 约瑟夫·弗兰克等：《现代小说中的空间形式》，秦林芳编译，北京：北京大学出版社，1991 年，序第Ⅱ—Ⅲ页。

[3] 约瑟夫·弗兰克等：《现代小说中的空间形式》，秦林芳编译，北京：北京大学出版社，1991 年，第 8 页。

统一性不是存在于时间关系中，而是存在于空间关系中；正是这种统一的空间关系导致了空间形式的发生"①。如上文所示，现代主义作家打破时间顺序，碎片化地展示其叙述的各要素。虽然如此，这些看似破碎的各要素之间却是有机相连的，它们前后参照，构成一个不可分割的整体。在这里，每一个碎片都为小说最终的整体意义做出贡献。读者只有在读完全文，将这些碎片拼贴在一起时，才能够读出文本的意义。可见空间形式的创造也要依靠空间形式的阐释。正如戴维·米切尔森所说："空间形式这种较为开放的想象力把沉重的负担加给了读者，它需要读者的合作和参与，需要读者的阐释。"② 沃夫刚·伊瑟尔也说："空间形式中'暗含的读者'比许多传统小说中所暗含的更为积极，或许更为复杂。"③ 读者必须读懂作者所设置的各种参照，"只有在所有参照都被安置到适当的位置上并能作为一个统一的整体来掌握的时候"④，才能获得文本意义。

　　叙事中的空间形式的构成依靠作者与读者的合作完成，作者与读者缺一不可。戴维·米切尔森将空间形式比喻为"桔子的构成"。桔子由多瓣构成一个整体。⑤ 此比喻虽形象生动，却忽略了读者的阐释作用。笔者认为在空间形式的创作与阐释中作者与读者更像是在玩拼图游戏。作者是拼图游戏的设计者，他所设计的对象是一个整体（一幅人物肖像，一个动物，或是一处风景），但他将这个整体打碎，正如文本中的碎片一样，散落在各个角落。这些碎片各自独立又彼此联系，缺一不可，它们之间的联系和统一的主题将它们组合成一个不可分的整体。而读者则是拼图游戏的玩家，他接触到的是拼图的各个碎片。面对这些碎片，他必须要与作者达成一个共识——碎片背后的整体性，他明白这些碎片各自不同却相互联系、相互参照，最终将指向同一个主题，构成一个

---

① 约瑟夫·弗兰克等：《现代小说中的空间形式》，秦林芳编译，北京：北京大学出版社，1991年，序第Ⅱ页。
② 约瑟夫·弗兰克等：《现代小说中的空间形式》，秦林芳编译，北京：北京大学出版社，1991年，第159页。
③ 约瑟夫·弗兰克等：《现代小说中的空间形式》，秦林芳编译，北京：北京大学出版社，1991年，第159—160页。
④ 约瑟夫·弗兰克等：《现代小说中的空间形式》，秦林芳编译，北京：北京大学出版社，1991年，第8页。
⑤ 约瑟夫·弗兰克等：《现代小说中的空间形式》，秦林芳编译，北京：北京大学出版社，1991年，第142页。

统一的整体。因此在拼图的过程中，读者必须将各个碎片不断并置、比较、重构，直到将各个碎片放到它的适当位置，最终得出完整的图形。

可见，由于对现实的真实的认识不同，现代主义的艺术作品采取了不同的叙事方式来表现不一样的真实。传统的全知全能的叙述被注重个人意识中心的第一人称有限视角取代，从而关注的焦点也就从客观的外部真实转向主观的心理真实。同时传统的只关注事件和时间线性发展的叙事方式，也开始关注碎片式的、多角度的叙述的空间形式。现实不再是客观的、历史的，而是经过观察者内心过滤的主观的真实。

第三节　声音与权威：叙述交流模式探析

叙述文本的创作者都希望自己的作品具有权威性，都想在一定范围内"征服"那些被作品争取过来的读者群体。话语权威在相互作用中形成，它的实现依靠说者与观众的相互交流，是对话双方叙述与阐释的产物。作者要通过文本意义的生产来实现自己的话语权威，那么与文本相关的各因素（作家、叙述者、人物等）必须要获得一定的知识名誉、意识形态地位，作品的美学价值也不可忽视。[1]

也就是说，在小说的意义生产中，说者必须要具有智力上的可信度，生产出的文本意义要实现其意识形态有效性，而作为文学作品，其审美价值也不可忽略。实现这三点离不开话语接受群体的参与。判定说者是否值得信任，文本的意义是否产生影响以及文学作品是否具有美学价值，都离不开话语接受群体的阐释。因此作者对叙述策略的选择，叙述者表述自己的方式，作者与读者之间、叙述者与受述者之间建立的联系，以及双方的意识形态和情感方面的立场都相互作用，共同影响着文本意义的产生和话语权威的实现。

赵毅衡在《广义叙述学》中重新把叙述定义为两个叙述化过程：

1. 某个主体把有人物参与的事件组织进一个符号文本中；
2. 此文本可以被接收者理解为具有时间和意义向度。[2]

---

[1] 参考苏珊·S. 兰瑟：《虚构的权威：女性作家与叙述声音》，黄必康译，北京：北京大学出版社，2002年，第5—6页。

[2] 赵毅衡：《广义叙述学》，成都：四川大学出版社，2013年，第7页。

从构成叙述的两个叙述化过程可以看出，叙述文本不是单方发送信息，文本意义的产生是一个双向的交流过程。那么在叙述文本中，其意义的产生则要考察文本中的各个声音主体如何进行交流，并在彼此交流中生产出符合自己利益的意义，从而建构自己声音的权威。

交流使信息、价值观等得以传递，从而产生新的意义。从修辞的角度来讲，叙事是指某人在特定场合出于特定目的向某人讲述某事的发生。[①] 申丹认为每一种叙事都涉及交流。叙事交流是叙事作品得以产生的基本途径。交流行为的根本目的在于向读者传递故事及其意义。[②] 从两位专家的观点来看，叙述交流涉及以下几个因素：交流的主体，即信息的发送者和接受者（某人）；语境（特定场合）；意义生产（特定目的）和信息本身（某事）。因此对于小说文本来说，小说作者在特定的社会历史文化语境下试图对读者讲述某个故事，希望在与读者的交流中实现其生产意义的目的，并希望读者能够阐释出自己的意义，使自己的意义合法化、自然化。而在小说文本内，故事的叙述者也出于同样的目的在特定的环境中对受述者讲述某一个故事，从而在交流中实现其意义。本节所说的意义生产并非指单方面由信息发送者将文本意义传送给接受者，而是指文本的说者与听者作为平等的对话主体共同生产文本的意义。在小说中，一个叙事包含两个叙述化过程：信息发送者的叙述和信息接受者的叙述。在编码与解码的过程中，发送者与接受者之间相互对话、相互协商甚至是相互斗争，从而让文本的意义得以实现。

值得注意的是小说文本中的意义生产离不开作者、读者与社会历史语境的相互作用。在一定的社会历史语境下，作者对文本的编码以及读者对文本的解码都会产生一系列的变化。文本、作者、读者都受到具体社会历史语境的影响。同时，文本内部的叙述者、受述者、人物、隐含作者以及隐含读者各要素之间通过相互交流，在合作、对话、斗争中合力生产出文本的意义，即文本的隐含作者所代表的价值取向。小说的意义生产，隐含作者的价值取向，必须要关注文本内外各要素，即作者、读者、叙述者、受述者、人物、隐含作者与隐

[①] 詹姆斯·费伦：《作为修辞的叙事：技巧、读者、伦理、意识形态》，陈永国译，北京：北京大学出版社，2002年，第172页。

[②] 申丹、王丽亚：《西方叙事学：经典与后经典》，北京：北京大学出版社，2010年，第68—86页。

含读者之间的相互关系。本节以叙述交流为关键词，主要以亚文化群体的叙述文本为例，来探讨文本中各要素之间的叙述交流模式在具体社会历史语境中的变化发展。

作者型叙述交流模式

亨利·詹姆斯（Henry James）之前的小说主要采用全知全能叙述。这种叙述采用第三人称叙述者，同时叙述者又可以无限制地进入任何人物的内心。由于长期以来叙述的权威大都属于西方受过教育的白人男性，因此在全知全能的叙述模式中，虽然叙述者更多显示为框架，但是读者更倾向于将叙述声音等同于男性声音。同时由于这种全知全能的叙述者不是文本中的人物，但又了解一切细节，因此读者容易将叙述者等同于创作者。在这里笔者参照兰瑟的术语，将这类叙述交流模式称为作者型叙述交流模式。作者型叙述交流模式主要由以下因素构成：作者—隐含作者—叙述者—人物—受述者—隐含读者—读者。在这个模式中，由于叙述者没有被人格化，所以读者易于将叙述者与作者画上等号，而同时也易于将自己与受述者画上等号。从结构上来看，叙述者似乎等同于作者，因此当叙述者获得权威时，作者也就名正言顺地获得了权威。

在作者型叙述交流模式中，叙述者无需有身份特征。由于在此模式中叙述者由第三人称显示，因此叙述者的身份特点没有被标出。当然，由于亚文化群体长期被排除在社会话语权力之外，社会上作者的声音权威长期以来都是属于主流文化中的男性，这已成惯例。① 这样一来，当文本中叙述者的身份特点没有被标出时，读者易于将叙述者等同于男性。男性作家创作的作品，第三人称叙述者自然被认为是男性叙述者；而兰瑟也曾提到女性作家创作的作品，当叙述者的性别、种族等特征没有标出时，这个叙述者可以是男性，也可以是女性。因此在作者型叙述交流模式中，亚文化群体的小说家可以通过这种模糊身份的叙述模式来参与主流文化的权威建构。通过对主流社会文化权威模式的挪用来"偷偷"建构自己的声音权威。

从话语接受群体来看，这个叙述交流模式能否实现声音的权威，首先是要

---

① 参考苏珊·S. 兰瑟：《虚构的权威：女性作家与叙述声音》，黄必康译，北京：北京大学出版社，2002年，第18—20页。

看读者是否愿意将自己置于受述者的位置来倾听这个故事；当然，更重要的是看叙述者能否争取到这些愿意倾听他/她故事的读者的积极配合，完成小说的二次叙述，从而成功生产出有利于隐含作者的文本意义，赢得更多的理想读者。叙述交流模式的选择受到语境的影响。在不同的历史语境下，只有选择正确的叙述交流模式，才能赢得读者的交流合作，才能实现文本的意义。

以黑人女性小说家的文本为例，在20世纪60年代之前，由于政治、经济及文化教育的限制，黑人女性读者群的构成非常有限。在这个时期，黑人女性一方面不得不迎合主导的社会权力，以保证自己的作品能够获得主流意识形态的支持；另一方面，黑人女性又必须对权威机构和主流意识形态持有批判态度，这样才能生产出符合本群体利益的文本意义，以获得更多的理想读者。黑人女性只有同时争取到这些读者，才能够建构自己声音的权威。在这种情况下，如果作者把自己表述为女性声音，那么她有可能遭到明确的拒斥。因为在当时的历史语境下，在人们的阅读期待中，甚至只有受过教育的白人男性才具有智力上的可信度，只有白人男性的作品才具有美学价值。这样一来，无论是男性读者，还是那些几乎不存在的黑人女性读者以及不明身份的读者，均有可能拒绝将自己置于受述者的位置，而无法接受这个性别标出的女性声音的叙述为真实可靠的。因此在这个时期，黑人女性普遍采取性别模糊的叙述模式来讲述女性的故事。同时，值得注意的是：在这个时期几乎所有的小说都采用了全知的叙事模式。虽然声音与眼光分别指称叙述者和视角，但是在具体的分析中，对声音和视角问题却很难不进行综合考虑。当读者愿意倾听这个无性别的叙述者来讲述故事后，接下来最重要的是，这些读者能否认同叙述者。如果叙述者总是从同一个人物的视角来讲述故事，那么不同身份的读者就无法从小说中找到自我认同。黑人女性小说家主要讲述女性的故事，那么通常情况下黑人女性为主要人物。然而在当时的社会历史条件下，复杂的读者群很难产生与黑人女性在身份、认识及情感上的认同。全知全能的作者型叙述者则不同，其掌控叙述中的所有信息，有一种高高在上的感觉，讲述故事不局限于任何一个人物的视角。这样一来，读者在阅读时也不用局限于通过一个人物的视角来了解这个故事，反而有一种像全知全能的叙述者那样掌控全局的优越感，从而更容易接受小说的隐含作者想要传递的信息。黑人女性小说中的叙述声音没有明确的女性标记，这些作品就可能附着更为有效的公众权威，从而可以争取到各种读者，实现其声音的权威。20世纪70年代之前，在黑人文学史上，无论是初露头角还是略有名气的黑人女作家几乎都毫无例外地选择了这种叙述策略。

个人型叙述交流模式

在个人型叙述交流模式中，故事的讲述采用了第三人称有限视角，或者叙述者是戏剧化的故事中的人物。在这种叙述交流模式中，叙述者的身份被直接或间接地标出。

在第一种模式中，叙述者采用了第三人称有限视角。虽然从表面看来叙述者显示为框架，身份并没有被标出，但是由于叙述者选择从某个特定人物的视角来看世界，只展示某个特定人物的内心，那么读者自然只能跟随这个人物的视角来看这个世界，也只能了解这个特定人物的心理。对于主流男性作家来说，这并不成问题，因为他们是传统权威的掌握者，因此性别标出为男性是自然化的现象。然而对于被边缘化的亚文化群体来说，身份被标出则可能面对读者因质疑而产生抵制性阅读心理的危险。

在第二种模式中，由于叙述者本身是虚构世界的一个实体，因此叙述者与作者在形式上就截然区分开来。这种叙述形式又包含两种叙述交流模式：公开的叙述交流模式和私下的叙述交流模式。[①] 公开的叙述交流模式为：作者—隐含作者—人格化叙述者—人物—受述者—隐含读者—读者。由于叙述者并不是对虚构世界中特定的人物讲述故事，对受述者没有任何的介绍和描述，读者比较容易将自己放在受述者的位置上，认为叙述者在直接向自己讲故事。在私下叙述中，叙述者是给特定的故事内人物讲述故事。如果叙述者对受述者的姓名、身份等个人信息有所交代，那么读者与受述者之间的距离就相对较远，作为读者，我们更像是在受述者旁边"偷听"到同一个故事的叙述接受者。因此私下的叙述交流模式为：作者—隐含作者—人格化叙述者—人物—人格化受述者—隐含读者—读者。

在这种交流模式中，叙述者是小说中的主要人物，他/她致力讲述自己的故事。与采用性别模糊的作者型叙述交流模式不同，个人型叙述者要么以虚构世界中的某个特定人物为唯一的视角人物，要么是虚构世界中的一个实体，身

[①] 关于"公开叙述"与"私下叙述"理论，本书第一章已有详细论述。

份被直接或间接标出。与作者型叙述交流模式相比，亚文化群体选择个人型叙述模式可能面临以下危险：

首先，个人型叙述交流模式中的叙述者由于身份被标出，不仅无法采取模糊的身份面具或所谓超然的"第三人称"，也无法藏匿于所谓的主流权威文类中获得话语权。[①]

其次，作者型叙述交流模式中的叙述者拥有发挥知识和做出判断的宽广余地，而个人型叙述模式由于视角的自限，叙述者只能够申明个人解释自己经历的权利及其有效性。[②]

再者，由于主流文化的男性作家也建构了亚文化群体的声音，那么在争夺叙述权的竞争中，亚文化群体还需要与主流文化作家展开竞争，以决定谁是合法正统的声音代言人。

最后，个人型叙述声音里的虚构，特别是第一人称叙述在形式上往往与自传难以区分，极有可能被定义为对"自我的再现，是直觉的产物，而不是艺术的结晶"[③]。

以上四点可以说是亚文化群体采用个人型叙述交流模式可能要面临的困境。因为主流群体的男性作家并没有这些顾忌，毕竟长期以来的话语权威都属于他们，他们无论采取作者型还是个人型叙述交流模式都是彰显男性权威。亚文化群体的作家采用作者型叙述交流模式虽然可以在身份面具下偷偷参与权威建构，但同时也是对主流权威的一种肯定与让步。采用个人型叙述交流模式虽然会面临巨大的威胁和挑战，但是这一方式却使得亚文化群体反抗主流文化权威，建构自己声音的权威显得名正言顺，因为采用个人型叙述交流模式标志着可以摘掉模糊的身份面具，用自己的声音通过艺术手段讲述自己的经历，并通过自己作品的艺术魅力赢得更多的共鸣，从而建构其声音的权威。

同样以黑人女性这个亚文化群体为例。20世纪60年代末，特别是70年代以来，美国黑人的政治、经济地位以及教育状况随着美国种族政策的变化以

[①] 参考苏珊·S. 兰瑟：《虚构的权威：女性作家与叙述声音》，黄必康译，北京：北京大学出版社，2002年，第21页。

[②] 参考苏珊·S. 兰瑟：《虚构的权威：女性作家与叙述声音》，黄必康译，北京：北京大学出版社，2002年，第21页。

[③] 参考苏珊·S. 兰瑟：《虚构的权威：女性作家与叙述声音》，黄必康译，北京：北京大学出版社，2002年，第21页。

及黑人民众的斗争而发生了巨大的变化。虽然种族、性别、阶级问题依然随处可见,但相比之前已经有了较大的改善。再加上女权运动的发展,黑人女作家也渐渐从边缘走到中心。她们的知识权威、作品的意识形态有效性以及美学价值逐渐得到肯定。黑人女性的经历不再只是微不足道的男性世界的点缀,她们的判断也为认识世界提供了另一种阐释。黑人女性用自己的声音讲述自我故事的有效性和合法性得到肯定,从而促进了她们声音权威的建构。与此同时,黑人女作家的读者群也发生了巨大变化。如果说在60年代之前,黑人女作家很难找到自己的理想读者,那么70年代以来,由于教育的发展,无论是黑人还是女性教育,都取得了巨大的进步。更值得注意的是,70年代以来美国国内女性接受高等教育的人数超过男性,而黑人女性接受高等教育的人数远超黑人男性。这些女性读者,或是不明身份的理想读者,开始愿意通过黑人女性的视角去感受、观察并接受她们的世界,仔细聆听她们的故事。这样一来,黑人女性通过创作赢得更多读者的概率大大增加,更有利于建构其声音的权威。

　　除此之外,个人型叙述交流模式本身也有自己的结构优势。黑人女性小说中个人型叙述交流模式中的叙述者性别明显标出为女性,使得建构黑人女性声音的权威名正言顺。由于小说的所有故事都是由这个女性叙述声音讲述的,她因此统筹了所有其他的声音。女性的声音、经历与视角自然成为小说的中心。读者必须通过她的视角来观察这个虚构世界,也必须通过女性经历来重新认识这个世界。因此这个声音虽然面对很多困境,但是一旦成功也就名正言顺地彰显了黑人女性声音的权威。

集体型叙述交流模式

　　兰瑟认为在西方小说中,由于叙事和情节的结构都是个人化的和以男性为中心的,要明确地喊出某种集体的女性叙述声音就不只是一个语篇问题,而是几乎总要涉及故事这一层。[①] 可见对主流文化来说,发出一种集体的声音,从来不是一个需要考虑的问题,无论他们以作者型还是以个人型的交流模式来讲述故事,都可能代表主流文化群体,都能巩固主流文化本已建构的权威。所以

[①] 苏珊·S. 兰瑟:《虚构的权威:女性作家与叙述声音》,黄必康译,北京:北京大学出版社,2002年,第23页。

无论主流文化用"他"还是"我",似乎都能够代表"他们"和"我们",因此建立一个群体或喊出集体的声音从来不是他们的诉求。然而亚文化群体不同,由于在主流文化的夹缝中生存,他们很难发出群体的"我们"的声音。作为被标出的异项,亚文化群体要想在主流文化内部找到一席之地,同时保留自己的文化特色,建立一种集体的声音就是必然的趋势和诉求。因此集体型叙述交流模式更多被亚文化群体,特别是女性群体采用,而在主流文化群体内则较为罕见。

笔者所说的集体型叙述交流模式是指该叙述者的叙述代表了某一群体的共同声音,或者说某一群体中的各种不同声音汇聚成一个群体的故事。因此这种集体声音的建构与群体的建构是互为表里的。另外本章所研究的集体是指任何具有一定规模的群体,可以是一个小群体,也可以是整个人类大群体。而群体的声音则是指代表这个群体讲述这个集体故事的单个叙述者的声音,或是这个集体中的不同成员共同讲述故事的声音。因此集体型叙述交流模式的研究主要分为两类:

其一,作者—隐含作者—(人格化或非人格化)叙述者—人物群体—受述者—隐含读者—读者。在这一模式中,叙述者为单数。她可以是小说中的人物,也可以是故事外叙述者。她以某个集体为主角,透过集体中的人物视角来讲述该集体的故事。在这一模式下,集体中每一个人物的故事都得以讲述,同时同一个叙述者又将每一个个体的故事联合起来汇集成一个集体的故事。

其二,作者—隐含作者—(人格化)叙述者(复数)—人物群体—受述者—隐含读者—读者。在这一模式中,叙述者是虚构世界的人物。小说以某个集体为主角。集体中的每一个成员用自己的声音轮流讲述自己的故事。在这一模式下,小说中的叙述者甚至并不局限于这个特定的群体,读者可以听到各种不同的声音。

集体型叙述交流模式不同于其他两种模式的主要特点为:

第一,不同的叙述声音互相协作,共同创立一种具有集体性权威的话语实体。[①] 由于小说以某个集体为主角,集体中的各个人物得以发出各自的声音。

[①] 苏珊·S. 兰瑟:《虚构的权威:女性作家与叙述声音》,黄必康译,北京:北京大学出版社,2002年,第23页。

这些单个的声音汇集成代表整体的集体声音，从而壮大了群体声音的力量，便于某个集体声音权威的建构。

第二，声音、视角的多样性相对客观真实，但又有选择性地呈现了历史。在个人型叙述交流模式中，读者只能听到叙述者的个人叙述声音，只能透过主人公一个人的视角来观察这个虚构世界。而在集体型叙述交流模式中，读者能听到不同的声音，又能透过不同的视角来观察虚构世界。读者可以比较、权衡各种声音，这样使得叙述者的叙述显得相对客观真实。与作者型叙述交流模式相比，集体型叙述交流模式中的叙述者有选择性地聚焦于某个集体中的几个主要人物，这样使故事的呈现更具有选择性，对读者的阐释更具有引导性。

第三，由于叙述者和视角人物的多样化，亚文化群体的作家一方面可以在自己的作品中发出自己的声音，另一方面也可以含纳主流文化群体的声音。通过集体型叙述交流模式，亚文化群体的作家不仅可以诠释自己的声音，也可以诠释主流文化的声音，可以从自己的视角来书写世界，让自己的声音与主流群体的声音形成一种竞争与协商，名正言顺地争取群体声音的权威。

在这里，黑人女性作家群作为最边缘化的集体的代表，自然是最好的例子。20世纪80年代到90年代初，美国的种族矛盾又一次激化。由于里根政府以及老布什政府的保守执政，民权运动的成果遭到破坏。美国对待黑人的政治、经济政策又一次威胁到黑人民众的正当权益。直到克林顿执政期间，美国的种族政策才有所改善。同时由于女权运动的发展，妇女对自由、平等权益的追求，性别问题日渐突出。70年代到80年代初，黑人女性主要用自己的声音书写了女性个人经历。性属问题自然成为除种族之外的另一个重要主题。随着非裔美国女性文学的繁荣，黑人女性作品获得了肯定。黑人女性意识的觉醒，以及黑人女性对自我经历的关注与书写，都严重威胁到父权制社会的男性地位。黑人男性逐渐感觉到了性别危机。他们控诉黑人女性出卖了黑人民族，因为黑人女性在小说中书写了性属问题，损害了黑人男性的形象及尊严。在这样的社会背景下，如何处理黑人女性与黑人男性之间的关系，如何处理黑人群体与白人群体之间的关系，成为黑人女性书写新增的主题。80年代以来，随着非裔美国女性文学的发展，黑人女性形成了巨大的创作群体，在种族矛盾和性别矛盾激化的社会背景下，黑人女性开始从女性的视角来重新认识黑人群体、美国社会以及世界这个大群体。在集体型叙述交流模式下，黑人女性小说家通过发出集体的声音而壮大了黑人女性的声音力量；同时，通过对各种不同群体故事的书写，黑人女性从自己的视角重新认识和书写这个世界。更为重要的是，黑人女性通过对集体声音的书写，不仅建构黑人女性的声音，还开始如男性作家建构女性声音那样建构并含纳男性声音。

"叙述者，是故事'讲述声音'的源头……至今一个多世纪的叙述学发展，核心问题是小说叙述者的各种形态，以及小说叙述者与叙述的其他成分（作者、人物、故事、受述者、读者）的复杂关系"[①]，而受述者的二次叙述则是故事意义得以实现的必要条件。信息发送方与信息接收方之间的叙述交流产生文本的意义。而各种不同叙述交流模式各具特点，作者型、个人型和集体型叙述交流模式是不同文化群体在具体社会历史语境下选择的结果，也是叙述交流双方共同选择的结果。叙述的有效性就在于创作者既不脱离所处时代和环境中的叙述常规和社会习俗，又能灵活采用自己的独特方式和技巧来积极参与社会话语权威建构并获得读者的支持。

第四节　奴隶叙事类型研究

美国黑人奴隶叙事现如今不仅在美国文学中具有举足轻重的作用，在历史学、政治学、经济学、心理学、人类学、社会学等研究领域也普遍得到重视。奴隶叙事作为一种文类得到学界的关注最早始于哈莱姆文艺复兴时期。该时期，少数学者逐渐意识到奴隶叙事对非裔美国小说创作的决定性影响。自20世纪20年代中叶开始，这些学者开始尝试各种研究，探讨奴隶叙事的文学性。[②] 20世纪30年代的联邦作家计划（FWP）采访了美国17个州的2200多名前奴隶（ex-slave），产生了16卷奴隶叙事作品。[③] 但出于各种原因，这些资料并没有得到应有的重视。直到20世纪六七十年代，一方面，由于民权运动的发展，黑人群体开始重视自身的文化，并试图在主流文化中争得一席之

[①] 赵毅衡：《广义叙述学》，成都：四川大学出版社，2013年，第91页。
[②] Charles T. Davis & Henry Louis Gates, Jr. *The Slave's Narrative*. Oxford: Oxford University Press, 1985, p. xii.
[③] C. Vann Woodward. "History from Slave Sources" in Charles T. Davis & Henry Louis Gates, Jr., ed. *The Slave's Narrative*. Oxford: Oxford University Press, 1985, p. 49.

地，因此对非裔美国文化追本溯源，奴隶叙事成为非裔美国文学的源头；另一方面，后结构主义的兴起解构了人们对官方历史的盲信，经典重构使得过去被掩埋的文学形式重新被发掘。在这样的背景下，奴隶叙事逐渐得到各个领域的重视。

1985 年牛津大学出版社出版了查尔斯·T. 戴维斯（Charles T. Davis）与小亨利·路易斯·盖茨（Henry Louis Gates, Jr）编辑的《奴隶的叙事》（The Slave's Narrative）一书。从广义上来讲，他们将奴隶叙事定义为产生于 18—20 世纪的由奴隶/前奴隶书写或是口述记录的自传性叙事。[①] 也即从时间上来说，奴隶叙事包括了南北战争之前美国奴隶制存在时期由奴隶书写或是口述的叙事；同时也包括战后，奴隶制被废除，由这些前奴隶书写或口述的叙事。从媒介上来说，奴隶叙事主要分为口述和书面文体两种类型。从文类来说，奴隶叙事被归类成拟自传型的叙事。2007 年剑桥大学出版社出版了《非裔美国奴隶叙事剑桥文学指南》（The Cambridge Companion to the African American Slave Narrative），这预示着非裔美国奴隶叙事已经成为一种主要的文类，巩固了自己在文学经典中的位置，成为人们阅读和研究绕不开的经典。[②]

本节主要从源起、发展、文类、影响等方面，试图对奴隶叙事有个相对全面的介绍。

奴隶叙事的产生与发展

奴隶叙事产生于 18 世纪，兴盛于 19 世纪。奴隶叙事最明显的历史语境是废奴运动。奴隶叙事是一种目的性非常明确的文本："最初是试图结束奴隶贩卖，之后是废除殖民地奴隶制（指英属殖民地，如牙买加），最后是废除美国奴隶制。"[③] 由于历史语境、意图定点不同，不同时期的奴隶叙事关注的重点也不同。

[①] Charles T. Davis & Henry Louis Gates, Jr. *The Slave's Narrative*. Oxford: Oxford University Press, 1985, p. v.

[②] Audrey A. Fisch. *The Cambridge Companion to the African American Slave Narrative*. Cambridge: Cambridge University Press, 2007, p. 1.

[③] Audrey A. Fisch. *The Cambridge Companion to the African American Slave Narrative*. Cambridge: Cambridge University Press, 2007, p. 2.

18世纪奴隶叙事的产生有其文化与哲学思想背景。首先启蒙主义思想的产生催生了人道主义原则。其次18世纪感伤主义的兴起使同情、仁慈成为重要的品质。另外随着民主思想的发展，尤其自18世纪90年代开始，人们更多地关注人的自然权利。① 在这样的思想背景下，奴隶贩卖成为一种有悖人道主义、违反人权的罪恶活动。因此18世纪的奴隶叙事关注的重点是贩卖奴隶的罪恶。一方面，无论是白人还是黑人都认为只要停止了奴隶贩卖，奴隶制就会慢慢消亡②；另一方面，由于当时历史语境的限制，大西洋两岸的废奴主义者们只是试图结束奴隶贩卖活动，并不想根除奴隶制。直到1807年，美国和英国都制止了奴隶贩卖之后，废奴主义者们才开始抨击奴隶制本身。③

18世纪的奴隶叙事可以说是启蒙思想的间接产物，该时期的奴隶叙事的主题是奴役与自由，作者非常关注个人自由的书写。黑人奴隶在非洲的个人经历是奴隶叙事不可或缺的一部分④，也是构成其身份的重要部分。同时，非洲的经历向读者呈现了黑人奴隶曾经的自由生活，也交代了他们如何因罪恶的奴隶贩卖而失去自由，从而突出该时期的主题。由于对个人经历的强调，该时期的奴隶叙事中宗教与冒险是必不可少的元素。与19世纪的奴隶叙事相比，18世纪的奴隶叙事对个人经历给予了更多的关注，包括在非洲的经历、自己的各种冒险经历、宗教皈依经历等。这些因素使该时期的奴隶叙事在体裁上也并不固定，人们可以将其当作"自传（autobiography）、宗教皈依叙事（conversion narrative）、犯罪忏悔录（criminal confession）、海上冒险故事（sea adventure story）、流浪汉小说（picaresque novel）等"⑤。

---

① Philip Gould. "The Rise, Development, and Circulation of the Slave Narrative" in Audrey A. Fisch, ed. *The Cambridge Companion to the African American Slave Narrative*. Cambridge: Cambridge University Press, 2007, p. 11.

② Sterling Lecater Bland, Jr. *African American Slave Narratives: An Anthology*. Westport: Greenwood Press, 2001, p. 7.

③ Vincent Carretta. "Olaudah Equiano: African British Abolitionist and Founder of the African American Slave Narrative" in Audrey A. Fisch, ed. *The Cambridge Companion to the African American Slave Narrative*. Cambridge: Cambridge University Press, 2007, p. 47.

④ Sterling Lecater Bland, Jr. *African American Slave Narratives: An Anthology*. Westport: Greenwood Press, 2001, p. 7.

⑤ Philip Gould. "The Rise, Development, and Circulation of the Slave Narrative" in Audrey A. Fisch, ed. *The Cambridge Companion to the African American Slave Narrative*. Cambridge: Cambridge University Press, 2007, p. 13.

19世纪是奴隶叙事的繁荣时期,该时期的奴隶叙事主要是逃亡奴隶叙事。奴隶叙事在19世纪广受欢迎跟当时的历史语境有着密切的关系。除了公众对奴隶经历的阅读兴趣及欲望不断增长,奴隶叙事兴盛最主要的原因是废奴运动的发展。由于18世纪美英都禁止了贩奴活动,废奴运动高涨,废奴主义者将抨击的目标转向了奴隶制本身。他们的目标是废除奴隶制,因此该时期的奴隶叙事的意图定点的政治目的非常强,可以说整个奴隶叙事都是围绕废除奴隶制而展开,在内容、主题、构成要素甚至体裁归属方面都产生了巨大的变化。"南北战争前的奴隶叙事的焦点直指奴隶制,逐渐变得更为流行,并成为与奴隶制斗争的有效政治方式。"[1]

19世纪20年代末30年代初,美国废奴主义的复兴引起了支持者们对奴隶叙事更多的关注,他们认为奴隶叙事可以为他们赢得公众的支持,因此他们主动寻找并鼓励奴隶进行演讲或书写他们的故事。[2] 南北战争前奴隶叙事的流行和发展与废奴运动的发展是相辅相成的。经过18世纪的发展,奴隶叙事的影响越来越大。道格拉斯(Frederick Douglass)、所罗门·诺斯洛普格(Solomon Northrup)、摩西·罗珀(Moses Roper)、阿奎诺(Equiano)、威廉·威尔斯·布朗(William Wells Brown)、约西亚·亨森(Josiah Henson)等的奴隶叙事作品在销量上都取得了巨大的成功,影响力大增。[3] 在废奴主义者看来,奴隶叙事已经成为废奴运动中非常重要的武器。同时废奴主义运动的支持又反过来使奴隶叙事的影响及传播更为广泛。

由于社会历史语境的变化,废奴运动的主要目标已经从废止奴隶贩卖转变为废除奴隶制。奴隶叙事作为废奴运动的重要武器,在主题、内容与表现方式上都有了明显的转变,总的来说奴隶叙事的写作重心发生了转移。

19世纪的奴隶叙事主要以奴隶制为核心。该时期的奴隶叙事隔断了奴隶与非洲的联系。应废奴主义者的政治需求,这个时期的奴隶叙事主要关注奴隶

---

[1] Philip Gould. "The Rise, Development, and Circulation of the Slave Narrative" in Audrey A. Fisch, ed. *The Cambridge Companion to the African American Slave Narrative*. Cambridge: Cambridge University Press, 2007, p. 12.

[2] Sterling Lecater Bland, Jr. *African American Slave Narratives: An Anthology*. Westport: Greenwood Press, 2001, p. 8.

[3] Charles T. Davis & Henry Louis Gates, Jr. *The Slave's Narrative*. Oxford: Oxford University Press, 1985, p. xvi.

制下奴隶所受到的身体伤害和精神虐待。奴隶叙事不再关注个人经历或对人生的哲学探讨,而是重点书写奴隶制下那些可怕的、耸人听闻的事件。因此18世纪的奴隶叙事中,奴隶个人的冒险经历被19世纪的种植园经历取代。奴隶叙事中的人物也变成了被无良的奴隶主虐待、值得同情的"可怜虫"。总之对奴隶个人经历的书写在这个时期已经无法独立于奴隶制而存在,他们必须描写惨无人道的种植园生活与残忍无情的奴隶主。①

20世纪的联邦作家计划使更多黑人能够发出自己的声音来重述他们的经历和对奴隶制的看法。这个时期的奴隶叙事主要通过采访记录来完成。此时的目的似乎是要将奴隶对过去的回忆作为史实记录下来,成为人们认识过去的材料,因为以往留下来的官方历史,大都是从白人的视角来审视美国奴隶制。由于是采访记录,该时期的奴隶叙事主要是采用问答的形式,奴隶对自我经历的讲述和回忆主要受到采访者问题的引导。当然相对于19世纪的奴隶叙事来说,20世纪的奴隶叙事所涉及的内容更为广泛,采访时的问题涉及"工作、衣食、宗教、反抗、对生病奴隶的照顾、与奴隶主的关系、南北战争时期的经历、南方重建时期的经历以及后来的生活模式,等等"②。由于问答形式的限制,黑人在叙述中的主动性也相对减弱,同时奴隶叙事也失去了十八九世纪的故事连贯性,体裁也发生了变化,从而脱离了文学体裁形式,很难被当作文学作品来阅读。

然而,出于当时历史条件的限制以及各种主客观原因,联邦作家计划虽然成功地让更多的黑人发出了声音,收录了大量的奴隶口述叙事,但是这些材料并没有在当时得到学界的重视。保罗·斯科特(Paul D. Escott)、C. 万恩·伍德沃德(C. Vann Woodward)、约翰·布拉欣加米(John W. Blassingame)等历史学家都撰文对这一现象做了详细的分析。总的来说,他们的观点涉及两个方面:一是真实性问题,二是质量问题。

所谓的真实性问题主要是从内容上来考量的。斯科特认为这些黑人在接受采访时或许早已记不清楚奴隶制时期的事情。首先,奴隶制在20世纪30年代

---

① 关于19世纪奴隶叙事的特点,参考 Sterling Lecater Bland, Jr. *African American Slave Narratives: An Anthology*. Westport: Greenwood Press, 2001, pp. 8—11.

② Paul D. Escott. "The Art and Science of Reading WPA Slave' Narratives" in Charles T. Davis & Henry Louis Gates, Jr., ed. *The Slave's Narrative*. Oxford: Oxford University Press, 1985, p. 43.

已经结束 70 多年了，而这些受访者也都已是高龄了。其次，这些受访者在奴隶制时期都只是几岁大的孩子，他们当时对奴隶制的感受显然与成人不同。再者，20 世纪 30 年代正处于美国大萧条时期，很多黑人的生活比奴隶制时期更差，这也会影响他们对过去的看法。最后，20 世纪初期南部严重的种族隔离和威胁使很多受访者不敢说出自己真实的看法。[1]

质量问题主要指技术性问题导致的采访内容扭曲。首先，伍德沃德指出当时采访报告的质量参差不齐，这可能是采访者的偏见、采访流程、方法等造成的。[2] 布拉欣加米进一步指出，大多数公共事业振兴署（Works Progress Administration，简称 WPA）的成员都缺乏专业的采访技巧，因此很难获得有价值又真实的材料。其次采访者并非逐字逐句地记录了受访者的回答，而是进行了编辑和改写，这样的内容很有可能失真。[3] 当然由于采访者大多数是白人，他们对黑人的偏见以及黑人对他们的不信任也大大影响了报告的质量。

通过对奴隶叙事三个阶段的发展的分析，我们可以看到，由于不同的历史语境，奴隶叙事的目的发生了变化，奴隶叙事的功能也各有不同。然而值得注意的是，在学界的研究中，奴隶叙事的"真实性"（authenticity）问题一直都是讨论的核心。在早期，只有人们相信了奴隶叙事是对贩卖奴隶活动和奴隶制真实的描写，奴隶叙事才能成为废奴主义者的有效工具。到了 20 世纪，奴隶叙事是否具有真实性也决定了该文类是否可以作为历史资料被应用到文学以外的研究中。因此在奴隶叙事的整个发展过程中，有人将其归类为自传，即个人历史，也有人将它与其他文学形式归类为虚构性创作。奴隶叙事究竟是纪实型叙述还是虚构型叙述，本节将在下一部分探讨。

奴隶叙事的体裁研究

在戴维斯与盖茨的《奴隶的叙事》中，两位学者主要将选编的学术论文划

---

[1] 参考 Paul D. Escott. "The Art and Science of Reading WPA Slave Narratives" in Charles T. Davis & Henry Louis Gates, Jr., ed. The Slave's Narrative. Oxford: Oxford University Press, 1985，pp. 41—42.

[2] 参考 C. Vann. Woodward. "History from Slave Sources" in Charles T. Davis & Henry Louis Gates, Jr., ed. The Slave's Narrative. Oxford: Oxford University Press, 1985，pp. 51—52.

[3] 参考 John W. Blassingame. "Using the Testimony of Ex-Slaves: Approaches and Problems" in Charles T. Davis & Henry Louis Gates, Jr., ed. The Slave's Narrative. Oxford: Oxford University Press, 1985，pp. 86—87.

分为两类：1. 作为历史的奴隶叙事；2. 作为文学的奴隶叙事。奴隶叙事现如今不仅作为文学经典进入了文学研究，同时也作为史料进入了社会学、历史学、政治学、经济学各研究领域。无论是作为历史，还是作为文学，奴隶叙事的"真实性"都是备受关注的焦点。这就涉及奴隶叙事的体裁归属问题：奴隶叙事究竟是纪实型叙述还是虚构型叙述？笔者倾向于将奴隶叙事归类到纪实型文学叙述。

由于奴隶叙事产生的特殊社会历史语境，奴隶叙事的目的是废除奴隶贩卖与奴隶制。对奴隶叙事的讨论，必然要涉及文本意向性的问题。"文本意向性涉及叙述者与受述者的关系。"[1] 奴隶叙事的作者希望读者将奴隶叙事当作纪实型来阅读，因为只有让读者相信作者所说的一切与事实相符，才能达到废奴主义运动的目的。然而奴隶叙事的读者并非都能按照作者的愿望对文本进行阐释。"意义的表达和形成总是要受到社会规约的影响。"[2] 出于历史原因，奴隶叙事成为废奴主义的工具，具有较强的政治宣传性。为了能够更加有效地使用奴隶叙事，历史上也不乏白人代笔、白人改写的例子，从而让一部分读者，特别奴隶制的拥护者们认为"奴隶叙事不过是小说"[3]。奴隶叙事长期得不到研究者们的重视，也是因为其真实性遭到质疑。20世纪20年代以来，学界开始关注奴隶叙事的文学性，将奴隶叙事与侦探小说、流浪汉小说、冒险小说等虚构型文类进行比较研究，这使得奴隶叙事的文类归属愈加复杂。

詹姆士·奥尔尼（James Olney）撰文对比了奴隶叙事与欧洲的自传作品，以及用西方对文学的定义和标准来研究奴隶叙事的文学性。他得出的结论是奴隶叙事既不能被看作自传，也不能被看作文学。[4] 因为自传出于体裁要求，是不允许创作的，反过来艺术创作又削弱了文本的真实性，因此奴隶叙事的历史性与文学性从真实性上来讲似乎相互冲突。

---

[1] 金小天："Narratology Version Ⅲ：A Review of Zhao Yiheng's A General Narratology"，载于《符号与传媒》(9)，成都：四川大学出版社，2014年，第196页。

[2] 刘宇：《社会符号学视角下的多模态研究：一项基于意义的研究方法》，载于《符号与传媒》(8)，成都：四川大学出版社，2014年，第75页。

[3] Julia Sun-Joo Lee. *The American Slave Narrative and the Victorian Novel*. Oxford：Oxford University Press，2010，p.14.

[4] James Olney. "'I Was Born'：Slave Narratives, Their Status as Autobiography and as Literature". *Callaloo*，No. 20 (Winter, 1984)，pp. 46—73.

上文中的复杂局面其实主要是因为学界对体裁的判断一直没有统一的标准。有的人按照作品风格来判断，有的人按照作者意图来判断，有的人按照读者阐释来判断，有的人则是按照作品的指称性来判断。由于以上几种方式都没有一个相对客观的判断标准，因此奴隶叙事的体裁归属无法确定。事实上，若按照赵毅衡的"区隔"原理来判断，奴隶叙事的体裁归属就简单了许多。

虚构型叙述与纪实型叙述是两种基本的表意方式。"纪实型叙述往往被等同于非文学艺术，而虚构则等同文学艺术。这两对概念之间有重叠有区别。纪录电影、新闻图片、纪念壁雕、广告等往往被看作艺术，却不是虚构。"[1] 奴隶叙事也正如这些纪实型艺术创作一样，既是纪实性的，又是文学作品。

纪实型叙述（factual narrative）不是对事实的叙述，而是要求叙述的内容有关事实。虚构型叙述（fictional narrative）不被要求与事实有关，但所叙述的不一定不是事实。十八九世纪的奴隶叙事由于强烈的政治宣传性，被要求必须指称经验事实，认为若出现所谓的"创作"则破坏了其真实性。因此从风格上来讲，无论是书面的奴隶叙事还是奴隶的演讲，"越原始，越具有真实性"，因为被艺术加工后就失去了其真实性。

然而是否是对经验事实的指称该由谁来判定，判定的标准是什么，却很难确定。赵毅衡认为纪实叙述体裁的本质特点在于接收方式的社会文化规定性，"虚构型与纪实型叙述的区别，在于文本如何让读者明白他们面对的是什么体裁"[2]。对此赵毅衡提出了双重区隔理论。一度区隔是将经验世界媒介化，即符号化，也就是用符号再现经验世界。此叙述与事实有关，则属于纪实型叙述。纪实型叙述的叙述者是作者本人，那么他直接面对的就是现实世界的公众读者，公众读者则有权质疑纪实型叙述的真假，让作者对叙述负责。虚构型叙述则是进入了二度区隔，即对再现的虚构性进行重塑。虚构型叙述不再是经验的媒介化，而是二度媒介化，经验世界的作者分裂出一个虚构的叙述者，重新建构了一个虚构世界，同时也要求读者分裂出一个虚构的叙述接受者来接受这个叙述。因此虚构世界不再指称经验世界，它与经验世界隔开了两层。虚构世界的叙述者面对的不再是经验世界的读者，而是虚构世界的受述者，因此读者

---

[1] 赵毅衡：《广义叙述学》，成都：四川大学出版社，2013年，第64页。
[2] 赵毅衡：《广义叙述学》，成都：四川大学出版社，2013年，第72页。

不会要求叙述者对事实问责，因为虚构文本不具有指称性。[①]

从上述的双区隔理论，我们可以看出，奴隶叙事是将奴隶的经验世界符号化，来再现奴隶在奴隶制下的经历。由于奴隶叙事的作者一般等同于奴隶叙事的叙述者，他们直接面对公众读者，因此他们必须对自己叙述的真实性负责。奴隶叙事问世至今，其真实性问题都是各个领域热衷探讨的问题。这也证明了奴隶叙事是与事实有关的体裁，若属虚构型，叙述者则无需负责。

那么问题是，我们如何识别双重区隔以确定奴隶叙事仅有一度区隔，是对经验世界的再现，而并未进入二度区隔呢？以小说为例，小说的扉页、出版信息、序言、后记、书号等都是一度区隔的痕迹。一度区隔与经验世界之间的关系是透明的，具有指称性；然而当小说进入正文以后，就进入了二度区隔，该层不指称经验世界。纪实型叙述同样有片头、片尾，也有序言、后记，但纪实性叙述的这些部分与正文在同一个层次，实际上是正文的一部分，纪实型叙述的正文与经验世界的关系也是透明的。

从奴隶叙事的文本构成来看，奴隶叙事除正文以外，最大的特点就是包含了大量的伴随文本。这些伴随文本事实上与奴隶叙事的正文处在同一个层面，也被归为了文本的一部分。例如由白人书写的前言或是证词，都是奴隶叙事文本不可或缺的一部分，当然这些前言或证词正是为了证明接下来奴隶讲述的故事是真实的经历。

从上文的分析可以看出，奴隶叙事是对经验世界的符号化的文本，是对经验世界的一次性再现，它属于纪实型叙述。也正是因为其体裁类型要求讲述与事实有关的故事，奴隶叙事叙述者以及为奴隶叙事写序的白人都被要求对其真实性负责，因为他们都属于同一个层次，在一度区隔中共同面对经验世界的读者。

奴隶叙事的伴随文本与文本

在讨论了奴隶叙事的体裁后，笔者接下来主要介绍奴隶叙事的基本构成。从上文的研究我们可以看到，奴隶叙事与其他文类一样主要由文本和伴随文本构成。奴隶叙事的伴随文本与正文本身属于同一个层次，重要性毋庸置疑。

[①] 参见赵毅衡：《广义叙述学》，成都：四川大学出版社，2013年，第76页。

奴隶叙事的伴随文本

伴随文本是落在文本外的记号，它是伴随着一个符号文本，一道发送给接收者的附加因素。"伴随文本决定了文本的解释方式。这些成分伴随着符号文本，隐藏于文本之后、文本之外，或文本边缘，却积极参与文本意义的构成，严重地影响意义解释。"[①] 奴隶叙事中包含了丰富的伴随文本，而这些伴随文本与文本同样重要，并成为奴隶叙事这种体裁的标志。

此处笔者首先讨论十八九世纪的奴隶叙事的显性伴随文本：副文本与型文本。

副文本通常落在文本边缘，可以被称作文本的框架因素，包括书籍的标题、题词、序言、插图、美术的裱装、印鉴；电影的片头片尾；唱片的装帧；商品的价格标签等。[②] 通常的奴隶叙事都会包含一张作者的肖像画，并由其签名，以证明该奴隶确实存在。例如道格拉斯（Frederick Dauglass）、索吉娜·楚斯（Sojourner Truth）等的作品中都包含了作者的肖像。除画像外，奴隶叙事的标题也非常有特色，大都采用"××奴隶的叙事（narrative）"这种模式，提出作者的名字和身份，同时在标题页还会声明，该叙事是由该奴隶亲自书写（written by himself/herself）或是亲自讲述（as related by himself/herself）等字样。例如《黑人奴隶弗雷德里克·道格拉斯的生平自述》（Narrative of the Life of Frederick Douglass, An American Slave. Written by Himself）、《逃亡奴隶威廉·威尔斯·布朗的自述》（Narrative of William W. Brown, A Fugitive Slave. Written by Himself）、《西印度奴隶玛丽·普林斯的历史》（History of Mary Prince, A West Indian Slave, related by Herself），等等。

接下来奴隶叙事中另外一个非常重要的副文本就是一系列证词，它们以前言（preface）或是导言（introduction）等方式出现。这些前言或导言的作者通常是白人废奴主义者、白人编辑或是白人作家。他们在前言中向读者证明该奴隶确实存在，并担保了奴隶叙述者的人格及其叙述的准确性，也表明奴隶叙事简单、清楚地描述了事实的原貌，没有经过夸大和想象等。从奴隶叙事的标

[①] 赵毅衡：《符号学：原理与推演》，南京：南京大学出版社，2011年，第141页。
[②] 赵毅衡：《符号学：原理与推演》，南京：南京大学出版社，2011年，第142-143页。

题和序言,我们可以看出,无论是通过标题强调该叙述出自奴隶本人还是序言中白人的担保,都是为了强调奴隶叙事的真实性。

除副文本外,奴隶叙事的型文本也不可忽视。型文本也是文本框架的一部分,它指明文本所属的集群,即文化背景规定的文本"归类"方式,例如与其他一批文本同一个创作者,同一个演出者,同一个时代,同一个派别,同一个题材,同一种风格类别等。最大规模的型文本范畴是体裁。[①] 奴隶叙事从标题对"奴隶"与"叙事"的强调就能让读者将相关叙述归到这一类。前面本文已经讨论过,奴隶叙事是纪实性叙述,因此读者在阅读中会尊重这一体裁的阐释规范,与作者达成共识。

讨论到这里,必须要引入对奴隶叙事的前文本的讨论。前文本是一个文化中先前的文本对此文本生成产生的影响,狭义的前文本包括文本中的各种引文、典故、戏仿、剽窃、暗示等;广义的前文本包括这个文本产生之前的全部文化史。[②] 从狭义来讲,奴隶叙事属于一个独立的文类,有自己的文类特点,如前面提到的标题、序言等,同时奴隶叙事正文部分的构成也有规律可循,因此任何一部奴隶叙事之前的奴隶叙事作品都构成其前文本。从广义上讲,奴隶叙事产生的整个历史文化语境,如废奴主义运动等,也构成其前文本。这一系列都会影响读者对奴隶叙事的解读。

有些奴隶叙事还包含链文本。链文本是指接收者解释某文本时,主动或被动地与某些文本"链接"起来一同接收的其他文本,例如延伸文本、参考文本、注释说明、网络链接等。[③] 在一些通过口述记录的奴隶叙事中,我们会看到奴隶叙事的延伸文本或是补充文本,例如编辑在奴隶叙事文本结束后作的信息补充(Supplement to the History of Mary Prince by the Editor)。索吉娜·楚斯的奴隶叙事是由她口述,但由一个白人记录讲述的。这位白人叙述者在讲述故事的过程中不断加入注解说明,印证楚斯的叙述的真实性。有的版本还在叙述结束后附上了楚斯周围的人对其生平的见证、书信来往等史

[①] 赵毅衡:《符号学:原理与推演》,南京:南京大学出版社,2011年,第144页。
[②] 赵毅衡:《符号学:原理与推演》,南京:南京大学出版社,2011年,第145页。
[③] 赵毅衡:《符号学:原理与推演》,南京:南京大学出版社,2011年,第147页。

料。① 这些都成为奴隶叙事真实可靠的佐证。

我们可以看到，奴隶叙事有着丰富的伴随文本，伴随文本不仅标示出了奴隶叙事的体裁，同时通过对伴随文本的讨论，我们也可以看到奴隶叙事中"真实性"的重要性，因为各种伴随文本都是为了证明奴隶叙事的真实性。这些伴随文本由此成为阐释文本时不可分割的一部分，它们已经完全融入了文本，与文本构成了全文本。我们在阐释文本时，无法忽略伴随文本的重要作用。

奴隶叙事文本

奴隶叙事是特殊历史时期的产物，是应废奴运动的发展而生的，其意图定点明确，政治宣传目的性较强。该部分主要从叙述者与受述者以及情节编排来探讨奴隶叙事文本的基本结构。

叙述者与受述者

叙述者是叙述文本中的故事讲述者，为叙述文本提供声音。在奴隶叙事文本中，通常叙述声音与叙述视角都统一在文本的主角——奴隶身上。奴隶叙事主要是第一人称回顾性叙述，由逃亡的奴隶或是获得自由的奴隶从现在的视角回顾过去奴隶制下的悲惨生活。

奴隶叙事之所以采用第一人称也有其特殊的历史背景。奴隶叙事的作者是应废奴主义者的要求而采用第一人称叙事。用第一人称讲述可以暗示奴隶叙事的资料是一手的，是由亲身经历过奴隶制的奴隶来讲述的。如此一来，叙事也更能以情动人，呼吁更多的人支持废奴运动。

在讨论伴随文本时，我们知道奴隶叙事中的前言主要由白人来撰写，目的是担保奴隶叙述的真实性。在一个黑人的存在、人性、知识背景等都遭到质疑的时代，白人的担保成为奴隶叙事不可或缺的一部分，这也使得奴隶叙事的叙述者和视角变得复杂。

在奴隶叙事中，读者在听到奴隶叙述者的声音之前，首先听到了序言中白人叙述者的声音。虽然在大多数文本中，这个声音随着正文的开始退出文本，但是叙述者的讲述却无法摆脱白人的影响。当时几乎所有的奴隶叙事都受到白人的赞助，白人为了让奴隶叙事对废奴主义运动有积极影响，对奴隶叙事的内

---

① Sojourner Truth. *Narrative of Sojourner Truth*, Edited with an Introduction and Notes by Nell Irvin Painter. New York: Penguin Classics, 1998.

容、主题、结构甚至讲述方式都会有所干预。当然有的奴隶叙事本身就是经过白人的重新编辑、加注等才面世的。对于口头叙述记录的奴隶叙事来说，这样的情况就更微妙。因为白人抄录者不可能一字不落地完全记录，他们会从自己的视角来编辑奴隶的故事。甚至有的奴隶叙事更像是奴隶的传记，是由白人用第一人称来讲述他听到的奴隶的故事，典型的例子是《索吉娜·楚斯自述》（*Narrative of Sojourner Truth*）。总之奴隶叙事试图将奴隶制的受害者——奴隶叙事的叙述者人性化，并将其刻画为一个值得同情的人物在寻求自己应得的自由。[1]

特殊的历史原因使得奴隶叙事的目标受众相对明确。废奴运动的目的是废除奴隶制，而奴隶叙事的作用是帮助白人废奴主义者赢得更多的支持。废奴主义者们认为呈现奴隶的人性，描写奴隶制的黑暗、残酷，揭露奴隶主对奴隶的奴役就可以为他们赢得更多的支持。显然奴隶叙事的目标受众是那些可以被争取的白人受众，特别是美国北方的白人。"废奴主义者们的目标是赢得北方白人的支持。南方的白人并没有被预设为反奴隶制活动的潜在观众。因为南部的人即使意识到奴隶制的不公平，但是南部整个经济体制的维系必须要有大量的奴隶劳动。而北方的白人因没有直接的利益冲突，因此可以从情感和道义上说服并争取到他们的支持。"[2]

可见奴隶叙述者一方面要受到废奴主义者的约束和监管，另一方面又要意识到他们所面对的读者的特殊身份，因此叙述者对故事的讲述非常不自由。由于各种限制，虽然奴隶叙事的叙述者讲述了各自的经历和故事，但是他们所讲的故事包含了很多该文类的相似点，这也是历史的选择。

情节编排

从上面的讨论，我们可以看出奴隶叙事的作者并不能完全自由地安排自己的故事，呈现自己的经历，而是会受到诸多因素的影响。奴隶叙事因废奴运动的发展而兴盛，目的是为废奴运动服务，因此奴隶叙事中奴隶的经历被要求围绕奴隶制呈现。

---

[1] Sterling Lecater Bland, Jr. *African American Slave Narratives: An Anthology*. Westport: Greenwood Press, 2001, p. 13.

[2] Sterling Lecater Bland, Jr. *African American Slave Narratives: An Anthology*. Westport: Greenwood Press, 2001, p. 13.

奴隶叙事通常都是以介绍奴隶的基本情况开场的，包括奴隶的出生时间与地点，通常时间不详，地点却很精确，父母的情况也是个难解的问题，往往会暗示父辈是白人或有白人血统。在交代完基本情况后，奴隶叙事就转向了外部情况，主要是书写无情的奴隶主、奴隶生存的各种危险，通过对奴隶拍卖场景的描写来展示奴隶生活的不确定性，奴隶获得教育过程中的限制和障碍，奴隶逃亡的各种努力，奴隶对奴隶制的反思，等等。[1]

詹姆士·奥尔尼对奴隶叙事的情节安排总结了12个要点[2]：

1. 奴隶叙事的第一句话通常是：我生于（I was born...），有确定的地点，无确定的时间。

2. 粗略地介绍父母情况，通常会涉及白人父亲。

在奴隶制存在的时期，由于奴隶被降格到物性的存在，奴隶叙事首先就要证明奴隶作为人的存在，因此无论是伴随文本中的奴隶肖像，还是文本以介绍自己的出生和父母开头，都是在本体论上向读者证明奴隶的人性。

3. 描述残酷的奴隶主及其夫人，详细介绍自己受到的第一次鞭刑以及后来无数次被鞭打，女性奴隶尤其受到迫害，揭露奴隶制的罪恶。

4. 介绍一个特别强壮、工作努力的奴隶（通常是纯非裔的）拒绝无故受罚。

这一方面可以证明奴隶辛劳工作，同时也揭露奴隶主无故欺辱奴隶的恶行。奴隶拒绝无故受罚，也体现了奴隶的人性和尊严。

5. 记录奴隶学习读书写字遇到的阻碍和困难。

在南方，奴隶学习读写是被严格禁止的。奴隶主不允许奴隶识字，"有几个州甚至将奴隶学习读写视为犯罪"[3]。而对于奴隶来说，能读能写与自由是对等的，道格拉斯在其叙事中就明确表达了此观点。

---

[1] 参考 Sterling Lecater Bland, Jr. *African American Slave Narratives: An Anthology*. Westport: Greenwood Press, 2001, pp. 16—17.

[2] 参考 James Olney. " 'I Was Born': Slave Narratives, Their Status as Autobiography and as Literature". *Callaloo*, No. 20 (Winter, 1984), pp. 50—51. 论文中关于奴隶叙事的12条基本情节是由 James 提出的，对每一情节的作用和功能的评述是笔者的观点。

[3] Dickson D. Bruce, Jr. "Politics and Political Philosophy in the Slave Narrative" in Audrey A. Fisch ed. *The Cambridge Companion to the African American Slave Narrative*. Cambridge: Cambridge University Press, 2007, p. 31.

6. 介绍某位基督徒奴隶主与他的同党们,指明这些人比那些非基督徒的还要残忍。

叙述者批判了自称为基督徒的奴隶主的伪道德观。他们自称基督徒,宣扬其道德观,却又允许奴隶制存在。不仅如此,这些所谓的基督徒可能更为残暴无情。

7. 介绍奴隶分配到的衣服、食物的数量;他们被要求完成的工作量,他们的生活模式。

奴隶在衣食住行方面条件非常艰苦,却要长年过着一样的生活,完成大量的工作,从而揭露奴隶艰苦的生活条件和悲惨的生活境遇。

8. 介绍一场奴隶拍卖。在拍卖场上,家庭被无情地拆散,忧心如焚的母亲眼睁睁地看着自己的孩子被带走却又无能为力。

奴隶主们无情地拆散奴隶家庭,让其四分五裂,有的家庭成员永远也无法相见。这种残酷无情的行为,毁了一个又一个家庭。拍卖场上,奴隶母亲试图紧紧抓住自己的孩子们,却无能为力。对这类悲惨情景的描述一方面揭露了奴隶制的罪恶,另一方面也可引起读者的同情。

9. 描写奴隶失败的逃亡,以及被人和狗追捕。

10. 描写成功的逃亡。通常是白天躲起来休息,晚上向着北极星赶路,最后逃到自由州,通常是被贵格会(Quakers)的教友收留,教友会为他们准备丰盛的早餐,并与之亲切交谈。

奴隶逃亡在奴隶叙事情节中是比较吸引人的部分,因为具有冒险小说的刺激性。奴隶逃亡失败,被狗咬,被抓回后遭受鞭打,与逃向自由州后得到好心的北方人盛情款待形成了鲜明的对比。这不仅批判了南方的奴隶制,同时也赞美了对奴隶制持反对意见的北方人,从而为废奴运动赢得更多支持者。

11. 在白人的建议下,成功逃亡的奴隶获得一个新的姓,预示着自由和新的身份,同时也保留自己的名,作为自我身份的延续。

命名在非裔文学中一直有着举足轻重的作用。新的名字代表着新的身份。奴隶父亲信息不详,因此姓对于奴隶来说没有特别的意义。改换自己的姓是让自己成为自己的主人,自己的所谓"白人父亲"不再能够主宰自己的生命。同时他们也留下自己的名,作为与过去的联系。

12. 奴隶对奴隶制的反思。

对奴隶制的反思是作为叙述者的自由人、相对成熟的自我从今天的视角来审视罪恶的奴隶制以及自由的可贵。

从上面对奴隶叙述主要情节的评述我们可以看出，奴隶叙事大部分的情节都围绕奴隶制展开，目的是揭露奴隶主和奴隶制的罪恶，展示奴隶的悲惨命运以及对自由的渴望，从而说服北方的潜在受众拥护废奴运动。由于这种强烈的政治需求，叙述者讲述自己生活的空间被无限压缩，成为对外部奴隶制世界描写的附庸物。虽然如此，奴隶们毕竟在这个白人的主流文化中开始用自己的声音讲述故事，并产生了巨大的影响。

奴隶叙事的作用及影响

黑人文学自诞生之日起就具有强烈的政治性，奴隶叙事最直接的功能就是作为废奴主义者的工具，为废奴运动的发展以及奴隶制的废除发挥巨大的作用。小迪金森·布鲁斯（Dickson D. Bruce, Jr.）认为奴隶叙事为废奴运动做出了巨大贡献，在战前有关奴隶制的论辩中发挥了关键作用。同时奴隶叙事在战前还有助于推进美国的民主进程。最后奴隶叙事推动了自由思想的传播，得到更多人的重视。[1]

奴隶叙事现如今已经成为珍贵的史料，被应用到各个领域的研究中。官方历史从白人视角有选择地呈现美国的奴隶制时期。在奴隶制废除后，人们得以从奴隶的视角来重新审视，从而更全面、更深刻地了解美国历史。奴隶叙事书写的历史不仅补充了美国的官方史，同时也与白人书写的历史形成对话与协商，恢复和找回了被主流历史抹去的记忆。同时，非裔美国人这个被认为没有历史的民族，也通过对个人史的书写，汇聚成民族史，让非裔民族的这段重要的过去有史为证，有史可考。

美国黑人由于特殊的身份，其文学自诞生之日起就肩负着书写族裔存在、发展及兴亡的重任。奴隶叙事是黑人文学的源头，现如今已经成为一种独立的文类，从而丰富了美国文学及世界文学。有的学者甚至认为奴隶叙事才是具有美国特色的文学形式，因为美国文学中其他的文类都源自欧洲。

作为非裔美国文学的重要组成部分（或是源头），奴隶叙事通过创作证明

---

[1] Dickson D. Bruce, Jr. "Politics and Political Philosophy in the Slave Narrative" in Audrey A. Fisch, ed. *The Cambridge Companion to the African American Slave Narrative*. Cambridge: Cambridge University Press, 2007, p. 29.

了非裔美国人的存在和人性。

奴隶叙事正是非裔美国人通过书写、文学证明自己作为人的本体存在。他们在美国文学发展的初期，创造了一种属于自己的特殊文类，成为当今无可否认的文学经典，并对欧洲和美国后来的文学发展产生了巨大的影响。

奴隶叙事融合了该时期各种文学形式，如侦探小说、流浪汉小说、感伤主义小说、冒险小说等的特点，用于讲述非裔美国人独特的人生经历。这种文学形式不仅影响了后来的非裔美国作家，也影响了欧洲及美国的主流作家，包括狄更斯、夏洛蒂·勃朗特等。

狄更斯在 1848 年 3 月写给朋友的信中推荐了道格拉斯，从他后来的作品中也可以看出奴隶叙事的影响。狄更斯的《远大前程》写于美国南北战争之前，明显受到了美国奴隶叙事的影响。朱丽（Julia Sun-Joo Lee）就认为《远大前程》是在英国的语境下，运用奴隶叙事的模式来讲述皮普从一个契约学徒转变成一个绅士的故事。除此之外，美国奴隶叙事还在主题、内容和结构等方面影响了夏洛特·勃朗特的《简·爱》，以及伊丽莎白·加斯克尔的相关作品，如《灰色女人》(*The Grey Women*)。[①]

奴隶叙事对美国作家的影响则更为普遍，特别是后来的非裔美国作家。据说斯托夫人在写作《汤姆叔叔的小屋》时就受到了奴隶叙事的影响，汤姆的人物塑造和小说的情节发展均借用了约西亚·亨森（Josiah Hensen）的叙事。《汤姆叔叔的小屋》出版后，人们甚至直接将约西亚·亨森等同于汤姆叔叔。[②]奴隶叙事对非裔美国小说家的影响更是比比皆是，如左拉·尼尔·赫斯顿（Zora Neale Hurston）的《他们眼望上苍》（*Their Eyes Were Watching God*），理查德·赖特的（Richard Wright）《黑孩子》(*Black Boy*)，拉尔夫·艾里森（*Ralph Ellison*）的《看不见的人》（*The Invisible Man*），依什梅尔·瑞德（Ishmael Reed）的《逃向加拿大》(*Flight to Canada*)，莫里森（Toni Morrison）的《宠儿》(*Beloved*)，玛格丽特·沃克（Margaret Walker）的《禧年》(*Jubilee*)，盖

---

① 参考 Julia Sun-Joo Lee. *The American Slave Narrative and the Victorian Novel*. Oxford: Oxford University Press, 2010, pp. 115-116.

② 参考 Robin W. Winks. "The Making of a Fugitive-Slave Narrative: Josiah Hensen and Uncle Tom-A Case Study". Charles T. Davis & Henry Louis Gates, Jr., ed. *The Slave's Narrative*. Oxford: Oxford University Press, 1985, p. 114.

尔·琼斯（Gayl Jones）的《柯瑞格多拉》（*Corregidorra*），雪莉·安·威廉斯（Sherley Ann Willams）的《戴莎·罗斯》（*Dessa Rose*）等，不胜枚举。

可见作为一种独立的文类，奴隶叙事在政治、历史、文学方面的影响都非常突出。时至今日，奴隶叙事不仅得到文学家、历史学家的关注，同时也进入了人类学家、民俗学家、艺术家、音乐理论家、社会学家等的研究领域，成为重要的研究对象。

第五节　女性主义叙事：美国黑人女性文学的口述传统研究

在美国黑人文学中，口述是非常重要的文学传统，它始于奴隶叙事，在现当代黑人作家的小说中也依然得到继承和发展。美国奴隶制时期，南部的奴隶主禁止奴隶获得读写能力。一方面，奴隶主认为读写能力可能唤起奴隶意识的觉醒。如果不让奴隶读书写字，那么奴隶会保持其蒙昧状态；另一方面，读写被认为是可以挑战统治者权威的一种方式。如果奴隶没有读写能力，那么他们就无法参与社会话语权威建构，也就无法威胁到奴隶主的权威，无力反抗。然而奴隶虽然失去了读书识字的机会，却掌握了另一种能力，即口述。事实上，"无论是在蓄奴制时期，还是自由时期，黑人都通过口述这种强而有力的方式来挑战白人的权威，并获得自己的权力"[①]。

本节以女奴叙事和20世纪的黑人女性小说为研究对象，主要探讨口述传统在黑人女性文学中的发展与功能，同时也探讨黑人女性奴隶叙事在口述传统方面对20世纪黑人女性小说的影响。对于黑人女性来说，口述传统尤为重要。黑人在奴隶制时期鲜有获得读写能力的机会，学习读写对黑人女性来说就更为难得。然而黑人女性借用口述传统，通过对自我经历的再现，从自己的视角定义自我的身份，从而建构自身的主体性；同时黑人女性也通过口述传统彰显了自我声音的强大力量，并借用这种力量来解放自己，也为家人赢得自由；更重要的是，黑人女性借用口述传统讲述自己的历史，家族、民族的历史，并代代传递。

[①] DoVeanna S. Fulton. *Speaking Power: Black Feminist Orality in Women's Narratives of Slavery*. Albany: State University of New York Press, 2006, p. 21.

黑人女性的自我表征与主体性建构

长期以来，黑人女性的经历或故事在别人的叙述中要么被掩埋，要么被扭曲，得不到真实的再现。在现存的文学作品中，虽然女奴叙事相对较少，得到关注的更少，但不能否认的是自奴隶叙事开始，黑人女性一直尝试通过口述形式真实地再现自我的经历，建构自我的身份与主体性。

在现存的黑人女性奴隶叙事中，有部分作品是由奴隶撰写的，部分则是由奴隶口述，白人抄写员代笔。《混血儿》（*The Octoroon*，1861）与《索吉娜·楚斯自述》（*Narrative of Sojourner Truth*，1996）两部作品分别由路易莎·皮凯（Louisa Picquet，1828—1896）和索吉娜·楚斯（Sojourner Truth，1797—1883）两位黑人女奴口述，由白人记录。两位作者虽然都没有读写能力，却在讲述自我故事中表现出非常强的主体意识，"并通过口述控制自我经历的再现"。这在20世纪的小说《戴莎·罗斯》（*Dessa Rose*，1986）、《紫色》（*The Color Purple*，1982）中也表现得淋漓尽致。几位黑人女性在故事讲述中均面临被定义的危险，然而她们表现出了强烈的主体意识，运用自己的口述能力维护了自己发声的权利，用自己的声音讲述了自己的故事，定义了自我的身份。

路易莎·皮凯的《混血儿》是一个采访记录，采访她的是一位白人牧师。该奴隶叙事是由问答形式构成的，叙事的形式本身似乎就决定了皮凯被定义的命运。因为路易莎无法自由再现自我经历，叙述的内容受限于提问方。然而在采访中，路易莎却呈现出了自己的叙述策略及话语方式。

由于奴隶叙事承担着说服读者支持废奴运动的政治任务，因此采访者主要围绕黑人女奴在奴隶制下的悲惨生活来提问，他们尤为关注女性遭受虐待和性侵犯之类的经历，希望通过呈现其悲惨遭遇来博得读者的同情，从而支持废奴运动。然而对于女奴来说，不仅这些经历的讲述和回忆让她们感到痛苦，将这些令人难堪的悲惨遭遇暴露给读者也让她们感到尊严的再一次丧失。在采访中，路易莎巧妙地规避了白人的问题，坚持用自己的方式阐释自己的经历：

> 海勒姆·玛蒂森：你的主人有没有鞭打过你？
>
> 路易莎·皮凯：噢，那是常事。有时候他喝醉了，真的很滑稽，那时候他就会鞭打我。他醉的时候会有两到三种不同的表现。有时候他会与前

门战斗，遇到什么事物就与之纠缠。其他时候他都真的很滑稽。①

　　海勒姆的提问显然是期望获得路易莎被鞭打的具体细节，试图借此将女奴塑造成悲惨的受害者，控诉奴隶制的罪恶，从而引起读者的同情。然而路易莎在轻描淡写地回答了一句"那是常事"后，便将问题转换到详细讲述奴隶主醉酒后的各种可笑行为，把奴隶主塑造为一个荒谬的小丑形象。可见，虽然是问与答的关系，但路易莎成功地用自己的话语维护了尊严，反而将奴隶主转换成被嘲笑的对象。然而海勒姆似乎并不愿意放弃。当路易莎讲述主人对其施暴未果的经历时，他又提出"他怎么鞭打你？""他是不是狠狠地抽你，在你身上留下鞭印了"② 等问题。路易莎在肯定回答自己遭到残酷的鞭打后，并没有详细描述自己如何被鞭打，而是讲述了自己如何一次又一次采取不同策略，用各种借口逃过性侵或鞭打的故事。

　　路易莎运用自己的智慧，一方面回答了提问者的问题，同时又运用自己的话语再现了自我经历，用自己的方式定义自己，也建构自我的主体性。

　　《索吉娜·楚斯自述》也显示出了黑人女性极强的自我意识。该奴隶叙事是由索吉娜·楚斯口述，由白人代笔，通过第三人称记录讲述。根据作者的记录，我们可以看到楚斯虽然不识字，却坚持自己的阐释方式。在解读圣经时，她要求为她读经的人不能加入自己的阐释和评论，只能依书读给她听，因为"她想读出自己阐释的意义，而不是接受别人所认为的意义"③。在讲述自己经历的过程中，她也坚持如何表征自己应该由自己决定：对自我的再现方式应该由自己决定，有的故事可以分享，有的经历不愿公开则闭口不言。有学者在讨论《索吉娜·楚斯自述》中的叙述策略时指出该奴隶叙事是由两位作者合作完成的，虽然白人作家在记录的过程中不断发表自己的评论，但楚斯在口述过程中也通过自己的策略发出了自己的声音。④

　　从以上对两部女奴叙事作品的讨论，我们可以看到，黑人女性从早期的奴

---

　　① Louisa Picquet. *The Octoroon*. by H. Mattison (Pastor of Union Chapel, New York). New York: Published by the Author, Nos. 5&7 Mercer S. T. 1861, p. 7.
　　② Louisa Picquet. *The Octoroon*. by H. Mattison (Pastor of Union Chapel, New York). New York: Published by the Author, Nos. 5&7 Mercer S. T. 1861, p. 12.
　　③ Sojourner Truth. *Narrative of Sojourner Truth*. New York: Penguin Classics, 1998, p. 74.
　　④ Jean M. Humez. "Reading 'The Narrative of Sojourner Truth' as a Collaborative Text". *A Journal of Women Studies*, Vol. 16, No. 1, 1996, pp. 29—52.

隶叙事开始就通过讲述自己的故事来控制自己经历的再现方式，坚持从自己的视角来阐释自己的经历。这样的传统一直延续到黑人女性的小说创作中。

《紫色》是以继父的声音开场，继父威胁西丽："你最好什么人都不告诉，只告诉上帝。否则，会害了你的妈妈。"继父对西丽的警告，剥夺了她讲述自己经历的权利，这是对黑人女性公开声音的拒斥。然而西丽的声音很快就控制了全局，她通过信件讲述自我和他人的故事，而继父的声音却消失在文本中。在接受采访时，沃克曾说"我总是试图赋予人们'声音'的权利。我写作《紫色》就是为了让人们听到西丽的声音"[1]。小说主要是由西丽的书信构成的，所有事件都由她的声音来讲述。在小说中，读者看不到任何一句直接引语，故事中所有人物的声音都要经过西丽的声音过滤才能传递出来，这样一来，通过书信的形式，黑人女性成为讲述的主体。正是直接引语的缺失，将男性声音边缘化，而女性也摆脱了叙述困境，把话语权牢牢掌握在手中。

戴莎在《戴莎·罗斯》中也采用了类似路易莎·皮凯的方式与白人周旋并获得胜利。该小说主要是关于主人公戴莎·罗斯的自由之路。小说的序幕及前两个部分主要由作者型的叙述者来叙述，第三部分和尾声的叙述者变成了戴莎·罗斯。戴莎·罗斯因参与奴隶叛乱被判死刑，但由于怀孕被判延缓执行。小说中的白人亚当为了撰写一本有利于奴隶管理的书以从中获利，希望采访戴莎，询问有关奴隶叛乱的细节。在整个采访过程中，亚当试图通过叙述偷换戴莎的故事为自己服务，而戴莎则努力摆脱亚当的叙述控制，捍卫自我声音的权利。亚当与戴莎的交谈看似由亚当控制，因为时间、地点以及谈话内容都由亚当来确定，然而无论亚当问什么，戴莎坚持只讲自己愿意讲的内容，巧妙地回避了各种别有用心的问题。亚当的目的是探听奴隶叛乱的细节，但是戴莎避重就轻，借此机会简述了自己的经历及引发叛乱的原因，对叛乱的细节不做正面回答。[2] 戴莎不仅用自己的声音讲述了自己的故事，还同时误导亚当，为自己成功逃脱制裁打下基础。

黑人女性出于历史原因，总是处在边缘地带。她们的声音被排斥，她们的

---

[1] Carla Kaplan, ed. *The Erotics of Talk: Women's Writing and Feminist Paradigms*. Oxford: Oxford University Press, 1996, p. 125.

[2] Carol E. Schmudde. "Dessa Rose" in T. Williams, ed. *Masterplots II: African American Literature*. Salem: Salem Press, 2008, pp. 1—4.

经历长期成为男性或是白人的点缀。然而从奴隶制时期开始，黑人女性在面对被定义的危机时，就从未放弃用口述的方式来再现自己的经历，用自己的声音定义自己的身份，建构其主体性。

声音的权威与自由

黑人女性不仅利用口述传统掌控了对自己经历的再现方式，坚持用自己的方式讲述自己的故事，同时在讲述故事的过程中也显示了黑人女性声音的巨大力量。对于黑人男性奴隶来说，读写能力与自由息息相关，他们甚至将读写能力与自由画上等号。然而对于黑人女性来说，她们主要用口头话语来为自己争取自由，在口述中显示出巨大的声音力量。与黑人男性不同，黑人女性似乎对读写能力持谨慎的看法，某些作家甚至在其作品中透露出完全相反的观点，强调书写的危险性。

索吉娜·楚斯因其强大的话语力量而闻名于美国，她发表了各种演讲，成为废除奴隶制和争取女性权利的重要代表人物。这样一个知名的历史人物，本有很多机会可以学习识字，但她拒绝学习，一直没有读写能力。楚斯在自己的叙述中十分强调自我的话语力量。在她讲述的故事中，读者不仅可以看到她用自己的声音反抗奴隶主以获得自由，同时她也通过自己的话语力量为孩子赢得自由。楚斯的主人承诺要给予她自由，然而到了约定时间，他却拒绝履行承诺。因此楚斯决定实行自我解放，离开了主人。当主人质问她："你居然敢逃跑？"楚斯反驳道："我是光明正大地离开，并没有逃跑。你承诺过要给我自由。"主人回答："你必须跟我回去。"然而楚斯坚定地回答："不，我不会跟你回去。"[1] 就这样，楚斯最终坚持没有回去。文本中以直接引语的形式呈现了楚斯的话，强调了她如何用自己的声音来反驳和对抗奴隶主。当她的孩子被奴隶主非法卖到南方时，楚斯几乎跑遍整个纽约，发表各种演说，向大家讲述奴隶主非法贩卖其孩子的罪行，成功激起了社区群众的愤怒和同情，她由此筹集到营救孩子的资金，找到律师，通过法律途径成功营救了自己的儿子，让其获得自由。[2]

---

[1] Sojourner Truth. *Narrative of Sojourner Truth*. New York：Penguin Classics，1998，p. 29.
[2] 参考 DoVeanna S. Fulton. *Speaking Power：Black Feminist Orality in Women's Narratives of Slavery*. New York：State University of New York Press，2006，pp. 34—35.

雅各布斯（Harriet Ann Jacobs，1813—1897）在其作品《女奴生平》（*Incidents in the Life of a Slave Girl. Written by Herself*，1861）中也表现出对书面语的警惕。首先，书面文字会留下证据，若被白人查到，这便成为奴隶致命的危险。为了防止奴隶之间私下往来，奴隶主常到奴隶家中去搜查。《女奴生平》中就讲述了白人到奴隶家中搜查各种信件的情形。另外，对于雅各布斯来说，书面文字是奴隶主骚扰女奴的一种方式。雅各布斯的男主人一开始只是在她耳边说一些淫秽话语，当他知道雅各布斯识字后，就经常给她写纸条。雅各布斯只能装作不识字来逃避主人的骚扰。识字不仅没有给雅各布斯带来自由，反而带来了困扰，因此她对书面文字一直保持警惕。雅各布斯在逃走后，为了孩子能够获得自由，不惜暴露自己的身份，执意亲自说服孩子的父亲想办法解救自己的孩子。后来她又不惜暴露自己的藏身处，说服外婆为她向孩子的亲生父亲传递信息，让他给孩子们自由。[1] 她本可以用书信传递信息的方式来完成这些事，但在《女奴生平》中，雅各布斯强调了自己宁愿冒生命危险也要亲自说服孩子的父亲和外婆，她更愿意相信话语的力量。

在奴隶制时期，黑人女奴普遍表现出对书写文学不同程度的警惕性。她们似乎更相信自身话语的力量。这种传统在20世纪黑人女性的小说中也保留下来，她们对声音力量表现出非常明显的肯定。

事实上，在一些黑人女性的小说中也表现出了对读写能力的警惕。在玛格丽特·沃克（Margaret Walker，1915—1998）的《禧年》（*Jubilee*，1966）中，主人公的爱人拟定了一个救出孩子和妻子的计划。他将计划写在纸上，交给一个黑人奴隶，让他帮忙传递信息。不幸的是该计划在半途被白人截获而落空。这与《女奴叙事》中奴隶主搜查信件类似，都体现出了书面信息的危险性。波勒·马歇尔（Paule Marshall，1929— ）在《褐姑娘·褐砖房》（*Brown Girl, Brownstones*，1959）中也讲述了西拉如何伪造丈夫的书信，私下卖掉他在巴巴多斯的财产。可见，黑人女作家认为书面信息不仅可能创造虚假信息，也会带来危险，她们在小说中书写了话语声音的强大力量，用声音为自己赢得自由，可以说在她们看来话语权力就等于自由。

---

[1] Harriet Ann Jacobs. *Incidents in the Life of A Slave Girl*, *Written by Herself*. L. Maria Child, in William L. Andrews and Henry Louis Gates Jr., ed. *Slave Narratives*. New York: Library of America College Editions，2000，p. 870.

在《他们眼望上苍》（*Their Eyes Were Watching God*，1937）中，珍妮处处显示了声音的力量，用强大的声音力量摆脱了前两次婚姻的束缚，获得了自由与真爱。在第一次婚姻中，珍妮与洛根之间的对话大都由珍妮控制：珍妮总是能够主动发话，掌握话题的控制权，洛根则是被动回应。在第二段婚姻中，珍妮的声音走向了公共空间。乔迪从一开始便告诉珍妮他要成为一个大人物（big voice），珍妮最初被乔迪的话语力量征服。当乔迪成为镇长，拥有最高的决策权后便开始控制珍妮的声音和自由。但珍妮在公开场合反抗乔迪，发出自己黑人女性的声音，她"对乔的反驳是对他的致命一击，严重刺伤了他的虚荣心，打碎了他在家庭和在该镇的权威"[①]。

波勒·马歇尔在小说《褐姑娘，褐砖房》中也表达了类似的观点。在《厨房里的诗人》中，马歇尔指出在一个由白人和黑人男性做主的世界，黑人女性无法容忍自己被隐形、被剥夺权利。话语是她们唯一可以驾驭的反抗武器。正如在《褐姑娘，褐砖房》中，西拉的朋友弗洛丽对她说："西拉，说你想说的话！在这个白人、男性统治的世界，你就必须把嘴当枪使。"[②] 对于她们来说话语就是权力，是他们获得自由的武器。在小说中，厨房这种传统观念中女性私下属地成为女人探讨天下大事的地方，战争、政治、经济、宗教，无所不包。在《厨房里的诗人》中，马歇尔提道："没有任何主题是她们驾驭不了的。她们的确会说一些八卦琐事，但是她们的对话同样涉及天下大事。"[③] 与之类似，《戴莎·罗斯》中的同名主人公与自己的伙伴们也是用口述方式传递信息，最后成功解救了戴莎。戴莎用自己的叙述误导亚当去追赶逃亡的奴隶，自己也在他眼皮底下联络了伙伴，成功获救。

面对一个黑人被剥夺自由和权力的世界，黑人男性将读写能力与权力和自由等同，而黑人女性则更多以口头话语作为武器，努力赢得权利和自由。对于她们来说，话语就是权利，话语即自由。

[①] 程锡麟：《赫斯顿研究》，上海：上海外语研究出版社，2005 年，第 118 页。
[②] Paule Marshall. *Brown Girl, Brownstones*. Mineola：Dover Publications，INC.，2009，p. 58.
[③] Paule Marshall. "The Making of a Writer：From the *Poets in the Kitchen*"，H. L. Gates Jr.，N. Y. McKay，eds. *The Norton Anthology of African American Literature*. New York：W. W. Norton & Company，Inc.，1997，p. 2074.

历史的真实与传递

口述家族历史是黑人奴隶的家族传统。雅各布斯的《女奴生平》开篇即讲述了其家族的历史。叙述者指出,"这些故事是我祖母告诉我的"[1]。她不知道的家族故事由祖母来向她讲述,而她又将祖母讲述的家族故事以及祖母的故事继续传递下去。女奴叙事的叙述者也承担了同样的责任,她们在讲述自我故事的时候,总是首先讲述家族的历史,她们也是在用口述的方式进行着家族历史的传递。《一个黑人女性,老伊丽莎白的回忆录》(*Memoir of Old Elizabeth, A Colored Women*, 1863)一开篇先介绍了父母;而《玛蒂·杰克逊的故事》(*The Story of Mattie J. Jackson*, 1866)开篇用大量篇幅讲述了自己家族自曾祖父时期开始的历史;《于黑暗中窥见光明,为自由而战》(*From the Darkness Cometh the Light, or Struggle for Freedom*, 1891)也是开篇先介绍了叙述者的父母相遇的故事。显而易见,这些故事都是由家族成员一代代地传递下去的,他们以口述的形式将祖辈和自己的故事告知下一代,从而让家族的历史代代相传。

在《索吉娜·楚斯自述》的叙事中,楚斯告知读者虽然奴隶的家庭总被无情拆散,但她的父母却通过不断讲故事的方式来保存记忆,维系关系。她回忆起父母总是召集大家围坐在一起,向他们讲述被迫分离的亲人的故事。[2] 楚斯父母对家族经历的不断重述使家庭的历史得以延续。楚斯用父母的名字为四个孩子命名,同样通过口述的方式保存家族历史。

黑人女性用口述传递家族历史的方式在黑人女性的小说中也得到了继承。在《所罗门之歌》(*Song of Solomon*, 1977)中,派拉特坚持践行父亲"一直唱下去"的叮嘱:她始终坚持传唱《售糖人飞走了》这首歌,不仅传给自己的孩子,还在第一次见面时将这一记载了家族历史的歌传给了家族的男丁——奶娃。临终之时她要求奶娃为自己唱首歌,奶娃唱响了派拉特传递给他的有关家族历史的歌。不同的是在新的历史语境下,派拉特创造了新历史,而奶娃也形

---

[1] Harriet Ann Jacobs. *Incidents in the Life of A Slave Girl, Written by Herself*. in L. Maria Child, William L. Andrews and Henry Louis Gates Jr., ed. *Slave Narratives*. New York: Library of America College Editions, 2000, p. 751.

[2] Sojourner Truth. *Narrative of Sojourner Truth*. New York: Penguin Classics, 1998, p. 11.

成了对历史的新阐释。在他的歌声中"售糖人"成为"售糖女"①，黑人女性成为民族神话中会飞的英雄，成为家族史和民族史的象征。

小说《柯瑞格多拉》（*Corregidora*，1975）讲述了尔莎·柯瑞格多拉一家四代女人的故事。老柯瑞格多拉对家族的四代女性直接或间接地犯下了不可饶恕的罪行。当奴隶制被废除时，所有关于奴隶制的官方文件均被烧毁，因此柯瑞格多拉家四代女人的使命就是通过口述记录经历，将历史真相代代相传，保留证据。小说开篇，叙述者兼主人公——尔莎就交代了柯瑞格多拉家女性的这一使命：

> 我的曾祖母向祖母讲述她所经历而祖母没有经历的那部分；我的祖母又向我母亲讲述她和曾祖母的经历；而我的母亲则向我讲述她们三个的经历。我们理应这样将我们的经历一代代传递下去。这样一来就算他们烧掉所有的官方文件，假装什么也没发生过，我们也永远不会忘记。②

几代以来，柯瑞格多拉家女人的使命就是孕育下一代，并将曾祖母的故事代代传递，为曾祖母讲述的事实作见证。然而尔莎被丈夫推下楼梯导致子宫被摘除，无法孕育下一代。尔莎虽不能生育，但作为一个布鲁斯音乐的歌者，她采用另一种口述形式，将家族的历史保留下来，并传递给更多的人。尔莎唱出了一首首关于新世界的歌，这首歌既关于自己，也关于先辈们。

口述传统在黑人文学中一直扮演着非常重要的角色，这与黑人文学产生的社会历史语境有密切关系。口述作为黑人女性的话语武器，让黑人女性能够保持自我的主体性，能够用自己的声音，从自己的视角来定义自我的身份，也为她们在不公平的世界中争取自由与权利；最重要的是黑人女性通过口述，保存家族和民族的历史并代代相传，与所谓的官方史形成有效的协商，也为后人阅读历史提供了新的视角。

---

① 托妮·莫里森：《所罗门之歌》，胡允桓译，上海：上海译文出版社，2005年，第391页。
② Gayl Jones. *Corregidora*. Boston: Beacon Press, 1975, p. 9.

第三章　符号叙述学

中国自古以来就有自己的叙述传统及理论，但总的来说中国的叙述学作为一门独立的学科主要受到了西方叙述学的影响，其中一个重要理论是形式论，只是一度被中断。国内学界早期注重内容、批判形式的主流思潮也阻碍了早期形式论的发展。虽然如此，国内的知识分子并未放弃形式论的研究，随着对西方叙述理论的引入及其发展，中国的叙述学研究也蓬勃发展起来。

20世纪80年代的叙述转向，使叙述突破了小说的阈限，进入了不同领域和媒介。传统以小说为原型的研究已无法适应叙述理论的发展，西方叙述理论长期受到叙述定义的限制。将叙述定义为"重述"，不得不说这一点对西方叙述学的发展有一定影响。赵毅衡先生认为：

> 西方人在叙述学上有个很大的困难，就是西方自亚里士多德以来一直认为叙述必须是过去时。亚里士多德对比悲剧和史诗，认为悲剧不是叙述。舞台上演的不是过去时，不是叙述。这个枷锁一直捆绑着西方叙述学界，他们一直认为讲故事必须是过去时。这样就引起了一个基本的问题：戏剧是不是叙述？如果戏剧不是，那么电影是不是？电影实际上是戏剧的记录，是演出的记录。原来他（普林斯）在《叙述学词典》中明确将戏剧开除出叙述，但现在改正过来了。普林斯新的一版的《叙述学词典》肯定了现在时应当算叙述。[1]

汉语中不存在这个问题，因此中国叙述学的发展反而不会受到该问题的困扰。虽然中国传统的叙述学研究还是以小说为主，但越来越多学者开始关注诗歌、戏剧、电影、广告、游戏等不同叙述文本的叙述学研究。赵毅衡先生尝试

---

[1] 参见下文笔者对赵毅衡先生的采访。

建立一门广义叙述学，是一门叙述学与符号学的交叉学科。他尝试给叙述下一个底线定义，只要满足底线定义的都可以被称为叙述文本。他的研究将大量演示类叙述及意动性叙述都纳入了叙述学的讨论范围，既关注各类叙述的共享规则，也扩容了叙述学的研究范畴。

本章第一节是笔者对赵毅衡先生的采访记录，主要与先生探讨了中国符号叙述学的兴起与发展，第二节至第四节主要从广义叙述学的角度讨论了小说、文学史及梦叙述这三种叙述类型的相关叙述特征，最后两小节重点关注如何借用符号叙述学的核心概念来进行文本实践。

第一节　符号叙述学的兴起：赵毅衡先生访谈录

应《英美文学研究论丛》约稿，本人有幸采访了国际知名符号学家、叙述学家赵毅衡教授。此次采访采用了公开讲座的形式，通过问答，赵毅衡教授为四川大学外国语学院的师生带来了精彩的讲座。此次采访在四川大学东三教学楼进行，容纳接近200人的教室座无虚席。

方小莉：虽然您多次被问到这个问题，但我今天还是想再问一次。当初在全国上下都热衷于内容，批判所谓的"形式主义"的时候，您是怎么就选中了形式研究呢，还一做就是40年，是什么力量让您始终坚持不放弃？

赵毅衡：这个问题，功劳不能归于我自己，而应该归于我的导师卞之琳先生。形式论是20世纪西方文学理论的四大支柱理论之一，20世纪初在世界各个地方自发产生。英国形式论的一些主要人物在30年代来到中国，长期在清华、西南联大教书，跟中国的知识分子关系密切，也产生了一系列重要成果，影响很大，但这影响后来中断了。我的老师卞之琳先生是莎士比亚研究大师，把我招进去本来也是做莎士比亚研究。研究了一年后，他发现我写的文章老要讲究形式上的理论问题。他没有批评我，而是认出我的思想方式是他在30年代比较熟悉的，当时瑞恰慈在清华大学讲课，他是北京大学学生，也去听了。种子在当年已经播下，希望我可以拾起来，把形式论一路追踪，直到符号学。他向我推荐了一本书，这本书很奇怪，是1963年出版的文集，《批判资产阶级文艺理论》，借批判为名，将一些主要的文艺理论文章集合起来。这本书太好太好，成为我从事研究的起步材料。形式论是老师委托我做的，我一直做到今天。老师的嘱托不敢忘，40年都不敢忘。可以说做形式论不是我的先见之明，是中国知识界长期的愿望，这个愿望未能得到实现，而卞之琳先生慧眼金睛，给我指出了道路，我就走到现在。到今天，我依然觉得我的工作尚无法告慰老师的在天之灵。

方小莉：谢谢赵老师。虽然您刚才将所有的功劳都归给了卞之琳先生，但我们都知道您40年不忘先生的嘱托，坚持形式论研究，是一件多么不容易的事。

赵毅衡：人这一辈子，做不了太多的事，能做成一桩事就行了，哪怕这一桩事情被别人看作很小的事。中国人喜欢赶潮流，千军万马去挤独木桥，我们应该走出自己的路。

方小莉：您刚才提到要走出自己的路。我回顾了一下您40多年的研究。您的每一次选择都似乎与国内的研究背道而驰。虽然一开始有些人可能不看好，但您每次都能够独辟蹊径，有一番作为。比如，前面我们提到，当国内热衷于内容、批判形式时，您选择了形式；当国内的学者们主要关注索绪尔传统，您却关注皮尔斯传统；这也意味着当国内的符号学家们主要从事语言符号学研究时，您却主要研究文化符号学；不仅如此，当全世界的叙述学家们都只关注门类叙述学时，您却来挑战建立一门广义叙述学。请问这是做研究时独具慧眼呢，还是出于什么原因呢？您能否跟我们简单概述一下，您当初选择这些方向的原因，分享一下您的研究心得？

赵毅衡：关于这个问题，有一个经历对我刺激很大。80年代时，有位文学所的副所长，一位我非常尊敬的学者，他当时在编辑一套文学理论丛书。他与我讨论这套书的构想时，说我们研究中国文学的人都是自己找题目，你们做外国文学的，外国人说什么，你们就是"二道贩子"。他是我很尊敬的学者，他这个话给了我一个很大的刺激。我当时想，难道我们就"贩卖"一些外国人所说的话就行了吗？是不是抄几本外国书就能做成自己的学问呢？我当时正在写《文学符号学》那本书，的确大量的东西是在介绍国外的思想。他确实刺激了我，应当来说，中国学者，中国有自尊心的学者不应当只做"二道贩子"。我很想破除这种偏向，中国的学者应当走自己的路，在国际上也要走自己的路。

方小莉：我们都知道叙述学经历了经典叙述学、后经典叙述学两个阶段。

经典叙述学受到结构主义的影响，主要关注封闭的文本研究，而后经典叙述学则将社会历史语境纳入研究范围。您的广义叙述学建立后，国内一些学者，比如王瑛、王委艳等，认为叙述学的研究进入了第三阶段。您能不能谈一谈叙述学三个阶段的根本性区别以及国内外学者对这三个阶段的不同认知？

赵毅衡：说广义叙述学是第三个阶段，可能是溢美之词，一个人无法开创一个阶段，我没有那么妄自尊大。但是，做中国学者有中国学者的好处。很多外国人很容易搞错的事情，中国人反而不容易搞错。比如符号学当中最简单的"symbol"一词，既有"符号"又有"象征"的意思。外国人，哪怕是西方一流的学者都经常混淆，卡西尔（Ernst Cassirer）的书讨论"象征哲学"，两个意义混用，没法儿翻译。中国的符号与象征是不同的，所以中国人要拿出自己的意见，不必像西方人那般混用。

西方人在叙述学上有个很大的困难，就是西方自亚里士多德以来一直认为叙述必须是过去时。亚里士多德对比悲剧和史诗，认为悲剧不是叙述。舞台上演的不是过去时，不是叙述。这个枷锁一直捆绑着西方叙述学界，他们一直认为讲故事必须是过去时。这样就引起了一个基本的问题：戏剧是不是叙述？如果戏剧不是，那么电影是不是？电影实际上是戏剧的记录，是演出的记录。原来他（普林斯）在《叙述学词典》中明确将戏剧开除出叙述，但现在改正过来了。普林斯新的一版的《叙述学词典》肯定了现在时应当算叙述。

我在上海开会时遇到他，我对他说就连你们的后经典叙述学家们都没有把戏剧归入叙述学，你做了此事，你虽然年龄比他们大，但你比他们更开放。他听了异常高兴，跟我说我看穿了这个事。我在想为什么叫我看穿了呢？西方后经典叙述学家还是不愿意离开过去时。他们不愿意改，我愿意改，为什么呢？因为我是中国人，中国语言中没有过去时，那我何必拘泥于这一条呢？这一条不纠正的话，我们的叙述学将永远在小说这一模式中打转。所以你说"广义叙述学"是第三阶段，其实我觉得是很简单的事情。

方小莉：您说来觉得简单，但是在这个过程中，您做出了很大的努力。您在2008年提出了建立一门广义叙述学的构想，接下来您和您的团队就一直在努力建立这门新兴的学科。您在2013年完成了《广义叙述学》的撰写，建构了广义叙述学的基本框架。该书可以说是在叙述学界发起了新一轮的革命，不仅引起了叙述学界的普遍关注，同时也获了极大的肯定，荣获了教育部优秀成果二等奖。我们现在就主要来聊一下这个新兴的符号学与叙述学的交叉学科：广义叙述学。首先问一个基本的问题，在您的论文中，您有时候用广义叙述学，有时将其称作符号叙述学，这两个名称指的是同一个意思，还是有不同的内涵？

赵毅衡：广义叙述学就是符号叙述学，只不过就是让叙述学界听着舒服一些。用"符号叙述学"，听起来似乎符号学占了叙述学的领地。关于广义叙述的定义，任何一个符号文本，只要包含情节就是叙述。因此做梦、相士算命、律师庭辩等都是叙述，因为它们都包含了情节。

方小莉：符号叙述学顾名思义，是叙述学与符号学的交叉学科。那么符号叙述学的学科渊源是什么呢？它看起来既不同于西方的经典叙述学，也不同于西方正热的后经典叙述学。即使是西方的主流符号学家，也很少观照叙述学这一块儿，但是"广义叙述学"也不可能是无源之水。您能不能谈谈"广义叙述学"对西方叙述学理论的继承和其独特性？

赵毅衡：我想这个问题是形势所必然。小说改编为电影成常规之后，著名的叙述学家查特曼就说：要将电影改编小说这个问题说清楚，就必须要靠符号学。他认为电影是符号学的领域，实际上就把电影看成了符号叙述。从抽象高度讨论符号叙述学，很早就有学者在做，比如格雷马斯，他提出的叙述语法适用于任何的符号文本，只要符号文本有情节。他指的是抽象的情节，并不局限于小说。

方小莉：这样来看，西方早期已经有叙述学家关注到了这一交叉学科，然而巴尔特、格雷马斯、利科等人虽然做了许多工作，却没有得到发展。您能不能先谈一下符号学与叙述学的关系，再进一步谈一谈符号学与符号叙述学的关系？

赵毅衡：符号叙述学就是符号学应用于叙述，就是这么简单。

方小莉：那就是叙述学把符号学的相关原理应用到叙述学内，形成这样的一个交叉学科。

赵毅衡：但是要注意有一个东西在叙述学中是关键，但是在符号学中不是关键，那就是情节。因为一般的符号文本不一定有情节，陈述不是叙述。西方为什么一直没有发展出符号叙述学，我想是学界研究范围扩大了以后，学科反而要维护自己的阵地。每个学科都似乎要固守着自己的名字不愿意放下，有些

119

画地为牢。事实上科布利（Paul Cobley）的那本《叙述》（*Narrative*），最后已经涉及了符号叙述，但他始终进不了叙述学的圈子。相反，叙述学领域中不乏朝符号叙述学移动的学者，比如瑞安（Marie-Laure Ryan）做跨媒介叙述。跨媒介叙述学，就是走了一半路的符号叙述学。

方小莉：的确，像瑞安所做的跨媒介叙述已经将电影等小说或文学之外的叙述类型都纳入了叙述学的研究范围。当然我个人认为您跟瑞安有一个很大的区别是，她的研究还主要停留在门类叙述学，而广义叙述学则是试图进一步去寻找各类叙述的基本规则。

赵毅衡：是的，我们不能始终拘泥于以小说为原型来研究叙述学，不能只是跨出小说这个有限的媒介来研究叙述学，我认为不如将这层幕布撕掉。

方小莉：刚才，您提到国际符号学协会的主席保罗·科布利在其专著《叙述》中已经涉及了符号叙述学的内容。我在与他聊天时提到《广义叙述学》在国内的出版和影响，他有些吃惊，同时也很高兴。我想他吃惊的是，他认为欧洲的符号学很难打入叙述学的阵营，而国内学界竟然如此开放；而高兴的是建立了广义叙述学这一门新学科，并得到国内学界的认可，让他看到了符号学与叙述学的前景。那么您认为，为什么中国这片土壤更适合产生符号叙述学呢？

赵毅衡：我想最大的原因是我们的这个传统并没有固定成一个圈子，这个相当重要。实际上，符号叙述学还是受到了一定的阻力。我记得在一次符号学会议上，我做主旨发言，发言稿事先已经印发给各位专家。我发完言后，下来看到一些专家在我的发言稿上打了一行大"×"。我其实挺高兴的，因为他们注意听了。不注意听就是不当一回事，不同意比无动于衷要好。但是一个学界如果固守自己的疆界，这始终是一个问题，这在西方也是一个问题。我们一旦成为专家以后反而容易固守成规。像我这样反而无所畏，年轻人，无所畏惧。或者说，像我们中国人，没有亚里士多德顶在前面，那我们就可以自己判断。

方小莉：赵老师太谦虚了。那么做学问在您看来，就是要不断地打破各种局限性，不断突破创新，才能够做出与这个时代共同进步的学问吗？

赵毅衡：就是这个意思。我特别欣赏年轻人，相当重要的原因是年轻人愿意接受新的事物。很多学者做了10年或15年以后，就不愿意改变了，因为改变似乎就是将自己从事了一辈子的研究改掉了。我则愿意改。我当然也不是完人，不是超人。我以前听有的人谈现象学，觉得挺难受，因为现象学超出了形式论的范围。但是我在最近三年一直在集中考虑符号现象学的问题。我如果对现象学曾有抵触情绪，那是我的错，不是现象学的错。我们应该有这样自觉的态度，不应该用一块布把自己的眼睛蒙住，这样不好。

方小莉：讨论完学理渊源，我们来具体讨论一下广义叙述学的理论问题。提到传统的西方对叙述的定义总是要强调"重述"，这就使得戏剧、游戏、电影等演示类叙述被排除在了叙述学的研究之外。因此您在建立广义叙述学的时候首先重新给叙述下了一个底线定义：一个叙述文本包含由特定主体进行的两个叙述化过程：

1. 某个主体把有人物参与的事件组织进一个符号文本中；
2. 此文本可以被接收者理解为具有时间和意义向度。

叙述学的研究从经典叙述学开始似乎比较偏向于修辞，叙述学家们更多关注叙述者的叙述策略，也就是如何组织故事的意义，即您提出的第一次叙述化。而在您对叙述（的底线）定义的讨论中，您首次将第二次叙述化提到很重要的位置。您的定义是不是更强调第二次叙述化，即意义在什么条件下生成，什么条件下被阐释，以及意义如何被阐释？

赵毅衡：是的。实际上，我们说皮尔斯的符号学就是认知符号学。也可以说，我最近的一些思考就是认知叙述学。这个也是受了一个国外学者的刺激，其实受点刺激挺好。我所说的这个人是牛津的一位学者阿瑟·阿萨·伯杰，他说单幅图像不能叙述。我觉得很荒唐，我们经常看到单幅图像的叙述，比如许多广告就是单幅的。他这个说法完全不符合实际。我想他这个说法不符合实际相当重要的原因是他完全忽视了叙述接收者构筑情节的能力。我想摆脱这一点，就顺着这个思路往下想，就提出了"二次叙述"。

方小莉：所以若是参考您对符号文本的定义的话，我们会发现，不一定要有符号的发出者，但符号的阐释者却不能缺少。根据您刚才所说，事实上，早期巴赫金在《小说理论》中也探讨了各个叙述主体之间相互交流的问题。在您看来，符号的发送者与接收者之间是主体间平等交流的关系，还是接收者比发出者更重要？

赵毅衡：应该说接收者比发出者更重要。有时候发出者根本不知道他是谁，比如施耐庵、罗贯中、兰陵笑笑生、荷马，你不知道他是什么人物。所以依靠发出者就走进理论上的死胡同。

121

方小莉：您早期出版了两本叙述学专著《当说者被说的时候：比较叙述学导论》与《苦恼的叙述者》。这两本书都是以叙述者为中心来建构叙述学体系。而在《广义叙述学》中，您强调了第二次叙述化的问题。那么您的研究是从早期以叙述者的修辞策略为中心，转移到以叙述接收者的认知为中心了吗？您的符号学就是意义学，关注意义的生成和阐释，可以这么理解吗？

赵毅衡：这里可能有点小误会，二次叙述，是相对于作者的叙述而言，不是相对于叙述者的叙述而言。叙述者是一个功能，可以说是一个人格，但他不是一个真正的人。叙述接收者是不一定现身的，他只是叙述者的镜像，所以他不可能做二次叙述。

方小莉：也就是说，是读者做的二次叙述。因为读者是一个很难把握住的群体，那么我们在讨论第二次叙述化的时候，对象是不是只能定位在阐释社群？

赵毅衡：解释标准问题是文艺理论当中最难的问题，实际上也是哲学理论当中最难的问题。每个人的思想都不一样，他人之心不可测。人说一千个人有一千个哈姆雷特，我说一千个人有几千个哈姆雷特。因为读者的想法随时都会发生变化，单个读者都无法将对哈姆雷特的阐释固定下来，更何况是成千上万的读者。这样的情况下，唯一的暂时确定解释的可能性，就是解释社群。

方小莉：我在读您前期的两部作品时发现您在早期的研究中也关注了阐释问题，只是当时您没有明确提出。比如您在《当说者被说的时候：比较叙述学导论》中的一段精彩论述："不仅叙述文本，是被叙述者叙述出来的，叙述者自己，也是被叙述出来的——不是常识认为的作者创造叙述者，而是叙述者讲述自身。在叙述中，说者先要被说，然后才能说。""说者/被说者的双重人格是理解绝大部分叙述学问题的钥匙。"[1] 叙述者通过讲述故事来讲述自己，而接收者也通过故事读出叙述者。叙述者部分也是由叙述接收者推导出来的，就正如隐含作者部分是由读者推导出来，是类似的道理。不知道我这个理解是否有道理？

赵毅衡：是的，隐含作者肯定是。叙述者是否是被读者推导出来的这个问

---

[1] 赵毅衡：《当说者被说的时候：比较叙述学导论》，成都：四川文艺出版社，2013年，自序，第1—2页。

题很复杂。相当重要的问题是符号学中的一个基本原理：任何一个陈述，不光是叙述，任何陈述，讲述主体都无法讲述自己的讲述。有很多符号学家已经感觉到了这个问题，但是没有将其普遍化。托多罗夫就说"我跑"这句话里有三个"我"：我说，我自己，我跑。前面两个"我"之所以省掉是因为无法在同一个层次上得到表达。叙述者可以讲任何故事，什么故事都可以讲，但是不能讲我自己在讲这个故事，这是一个叙述悖论。

方小莉：也就是说叙述者可以讲述任何故事，但是他无法在同一个叙述层讲述他的讲述本身，而要到上一个层次，也就是到元层次，才能描述讲述过程。刚才我们还提到了苦恼的叙述者的问题。您当初写《苦恼的叙述者》时，试图通过形式研究来进行文化形态的分析。叙述者在不同的文化形态中会采用不同的叙述策略。那么现在是不是可以写《苦恼的接收者》了？接收者是否也面临同样的问题，同样挺苦恼？

赵毅衡：我想单独的接收者不苦恼。单独的接收者是一个充分的主体，一个充分的主体有自主的权利。单独的作者也不苦恼，他写作的时候如佛陀诞生一样，天上地下唯我独尊。而叙述者是要苦恼的，因为他是一个时代、一种文化所规定的某种叙述样式的代表。他的苦恼之处就在这里。

方小莉：《广义叙述学》通过重新定义叙述，将被传统叙述学忽略的各类叙述文本含纳进了叙述学的研究中，同时将叙述分为纪录类、演示类与意动类。这大大扩充了叙述学的研究范围，从传统的以小说为中心的研究，扩大到各类型的门类叙述学，并探索这些不同门类叙述的共同规律。您对传统中被大家忽略的游戏/广告/梦等叙述文本的新研究也让读者大开眼界，开启了叙述学新的研究领域。您和您的团队主要是做理论探讨，但是不能忽视的是，今天在叙述学界，特别是传统中比较注重文本细读的英文系，有很多学者更多的是将叙述学作为工具来研究文本。我想知道，您认为《广义叙述学》或者您的《符号学：原理与推演》如何指导我们广大读者进行文本阐释呢？这些学问看起来很抽象啊！

赵毅衡：这恐怕没有英文系、中文系之分。外语工作者面临一个语言转换和意义阐释的问题。有时候觉得能将莎士比亚读懂已经实属不易，古代文学也存在这个问题，因此可能比较忽略理论研究。而研究现代文学的学者会更多地关注理论。然而无论是研究什么，理论都是不可缺少的。

方小莉：在您的《广义叙述学》中，您其实不仅架构了广义叙述学的基本框架，同时也重访了经典叙述学中的许多重要概念，比如叙述者/隐含作者等。当然在您的作品中，更重要的是创造性地提出了伴随文本、双重区隔、框架－人格二项性等新的观点和定义。这些新术语和观点其实与文本阅读是非常相关的，完全可以指导我们做文学或文化文本的分析。您的《趣味符号学》就是一个极佳的例子，将那么抽象的符号学原理运用到分析那么贴近我们生活的各种现象。有人说符号学是人文学科的数学，它能解决一切问题，当然也包括文学文本研究，您怎么看？

赵毅衡：符号学是人文学科的数学，这个听起来有点吹牛。但实际上这是形式论的题中应有之意。形式论中最明显的，毋庸置疑的就是数学。以等腰三角形为例，什么是等腰三角形？两条边或两个角相等。这个概念提出来以后，我们发现一个河口，或者是一片树叶，都可能是等腰三角形。但是我不必说这是河口形状或是银杏形状等，因为这些问题都被化解成一个形式的普遍问题。这是形式论的必然，形式论就是在内容分散的各类现象中，提取出本质的关系，形式论即为本质论。

方小莉：那么就是说它是我们所看到的内容背后的规律问题。说到这里，我突然想到科布利曾经说，符号学不是抽象的研究，而是细读。当初我似懂非懂，现在我突然觉得，如果符号学是要研究文化现象背后的文化形式和规律，那么必然是需要进行文本细读的。您最近正在忙于写您的意义理论，您的研究更是深入到符号哲学的层面。您能跟我们分享一下您的构想吗？

赵毅衡：很惭愧，这个工作到现在还没有做好。实际上意义理论这个概念是康德最早提出的，但康德没有发展它，而康德的后继者们也没有好好发展。但是其他的形式却出现了，比如维特根斯坦说的事实世界，胡塞尔说的生活世界，皮尔斯说的符号世界，于克斯库尔说的周围世界，海德格尔说的存在世界，实际上都是意义世界的问题，用不同的方式来阐述而已。我们生活的世界就是意义世界，如果有一部分世界对于我们来说没有意义，那么我们是不知道、不了解的。我们甚至不知道它存在与否。说意义世界理论就是说我们怎么用意义的办法来看待人与整个世界的关系。在叙述学和符号学之后，第三个我想做的就是意义学。我很早就将其称作"意义三部曲"，或是"意义三书"。关于叙述学和符号学，我从80年代就已经在做了，最近出的两本书可以说是以前所有工作的总结。我想我这一辈子还要不要再往前走一步呢，这最后一步还走不走呢？谢天谢地有那么多同学在推动我，所以我就继续往前走。

方小莉：赵老师说很多同学在推着您向前走，我想越来越多的学者和同学正在被您推着向前走。最后您能否对广大从事人文社科类研究的年轻学者们说点什么，鼓励一下大家呢？

赵毅衡：我一步一步是靠学生推动的。我去年出的《趣味符号学》这本书，完全是靠学生推动的，里面的有些例子是课堂上同学们提出来的，有些例子是提出来后在课堂上跟大家讨论的。如果我要向大家提出什么希望的话，我希望大家好好推我，不要让我停下来。

第二节 社会符号学视野下的小说体裁研究

文学与意识形态之间的关系问题由来已久。自卢卡奇以来的西方马克思主义理论家一直对该问题争论不休。"卢卡奇认为文学不是纯粹的意识形态形式，阿尔都塞认为真正的艺术不是意识形态，马歇雷则认为文学作品赋予意识形态以形式。"[①] 众理论家们的观点虽说各有偏向，但是都不可否认地承认了意识形态对文学的重要作用，没有文学作品能够独立于意识形态而存在。

作为当代西方马克思主义代表人物，伊格尔顿则直接提出"文学是一种意识形态"[②] 的论断。伊格尔顿主张"意识形态的职能是使社会统治阶级的权力合法化；归根结底，一个社会的统治意识即是那个社会统治阶级的意识"[③]。在他看来艺术属于意识形态，因此必然也具有使统治权力合法化的功能。

新历史主义提出了与之类似的观点，认为文学的意识形态功能体现在"颠覆"与"含纳"的辩证关系。"文学对主流意识形态的'颠覆'（subversion）和这种'颠覆'的被'抑制'（containment）同时存在于文学活动之中。"[④] 也

[①] 王天保：《伊格尔顿的文学意识形态论》，载《外国文学研究》2004年第2期，第12页。
[②] 特里·伊格尔顿：《马克思主义与文学批评》，文宝译，北京：人民文学出版社，1980年，第9页。
[③] 特里·伊格尔顿：《马克思主义与文学批评》，文宝译，北京：人民文学出版社，1980年，第9页。
[④] 张昕：《关于新历史主义的文学意识形态功能论》，载《西南民族大学学报（人文社会科学版）》2005年第10期，第146页。

即是说文学对主流意识形态的颠覆可能最终被含纳,并转化为巩固主流意识形态权力的方式。

以上对文学与意识形态的探讨几乎无一例外都涉及一个"权力"问题,文学作为一种意识形态或是意识形态的产物,必然与权力生产有着千丝万缕的联系。伊格尔顿指出意识形态内部的差异和斗争,主张"虽然一般意识形态最终保证着统治权力的再生产,但是其内部的分歧也在分解着统治权力"[1]。那么作为意识形态的文学艺术也生产出统治阶级的权力,同时文学艺术中存在的各种差异和斗争从某种程度上又分解这一统治权力。新历史主义的代表人物道利莫尔主张颠覆性虽然可能被统治阶级的权力含纳,但是文化中"从属的、边缘的不同成分也可以挪用、改造统治话语"[2]。可见,文学与意识形态之间处于一种辩证关系。文学艺术在生产意义的过程中,生产出了统治阶级的统治权力,但同时作为意识形态的一部分,文学艺术内部也存在各种冲突和斗争,因此也同时挪用并改造统治话语。

根据不同的社会属性的界分,文学被归类为不同体裁。体裁作为一个符号学范畴对社会变化以及社会斗争所产生的作用进行编码;可以说,每一种体裁,都对社会参与者之中存在的"特定"关系进行了编码。[3] 从上面对文学与意识形态关系的探讨,我们可以推断,文学艺术中不同的体裁都以它的文类方式生产出统治阶级的权力,同时也在某种程度上改造着统治阶级的话语。本小节主要探讨小说这种文学体裁如何实现这一意识形态意义。

小说的兴起

小说这种体裁的兴起正是由于社会变化及社会各种力量之间的斗争,它被认为是资本主义发展与中产阶级力量壮大的结果。小说从诞生之日起就代表着中产阶级的审美趣味。随着中产阶级力量的壮大,小说在19世纪成了资本主义社会的主导审美形式。

---

[1] 王天保:《伊格尔顿的文学意识形态论》,载《外国文学研究》2004年第2期,第9页。
[2] Jonathan Dollinmore, Alan Sinfield: New Eassays in Cutural Materialism. *Manchester: Political Shakespeare*. Manchester University Press, 1985, p. 12.
[3] 罗伯特·霍奇、冈瑟·克雷斯:《社会符号学》,周劲松、张碧译,成都:四川教育出版社,2012年,第7页。

18世纪读者大众的变化是小说兴起和发展非常重要的原因。18世纪许多观察家认为：这个时期是一个公众阅读兴趣异常突出而且不断增长的时代。① 当时的公用图书馆迅速成功可以说明人们对阅读的渴望。当然，需要注意的是，阅读大众并非指全民，而仅是指那些具备阅读能力又有经济能力的民众。现有的研究表明，18世纪读者增多的主要原因是中产阶级的变化。

下层劳动人民既无读写能力，也无力负担购买小说的昂贵费用。同时，传统的观点也认为，阶级差别是社会秩序的基础，业余消遣只适合于有闲阶级，因此反对把劳动人民从他们的繁重工作中解脱出来。② 所以下层阶级无法构成小说的阅读大众。对于贵族阶层来说，小说区别于许多业已确立的、高雅的文学形式，因此难登高雅之堂。所以小说诞生之时，并非一种大众化的文学形式，它更多的是符合中产阶级的阅读兴趣和经济能力。

科学技术的发展与社会分工的专门化使新兴的资产阶级的闲暇时间增多。个人主义应运而生，使社会开始关注个人的经验、感知和价值。这些使小说这种关注普通人日常生活的文学体裁成为可能。小说代表中产阶级的审美价值，所关注的重点也是中产阶级的兴趣所在。中产阶级队伍的不断壮大使读者大众的重心发生了变化，从而削弱了那些饱读诗书、时间充裕、可以对古典和现代的文学保持一种职业性或半职业性兴趣的读者的相对重要性。③ 这样一来，小说的传播范围越来越广，而小说所代表的中产阶级的价值观也不断得到书写与传播。可见小说作为一种新兴的文学体裁，它的诞生与发展反映了社会权力的变化以及社会各种力量之间的斗争。

这种斗争不仅是一种文化斗争，也是一种政治权力斗争，或者更精确地说，是通过文化斗争而实现政治权力的建立。从符号学角度讲，"符号意义必然是一种交往关系"④。文化中的一切都可被看作一种交际形式，人与人之间

---

① 伊恩·P. 瓦特：《小说的兴起：笛福、理查逊、菲尔丁研究》，高原、董红钧译，北京：生活·读书·新知三联书店，1992年，第33页。
② 伊恩·P. 瓦特：《小说的兴起：笛福、理查逊、菲尔丁研究》，高原、董红钧译，北京：生活·读书·新知三联书店，1992年，第44页。
③ 伊恩·P. 瓦特：《小说的兴起：笛福、理查逊、菲尔丁研究》，高原、董红钧译，北京：生活·读书·新知三联书店，1992年，第46页。
④ 赵毅衡：《回到皮尔斯》，载《符号与传媒》（第9辑），成都：四川大学出版社，2015年，第9页。

的交际必然涉及符号意义的交换和争夺。在文化场域中，各阶级在交流中生产各自的意义，因此可以说文化中的交流即意义的交流，也是不同意义之间的斗争。那么文化领域声音权力的斗争是争取意义的斗争。在这个斗争中，主宰阶级企图将服务于自身利益的意义"自然化"，使其变为整个社会的"常识"；而从属阶级则利用各种办法，在不同程度上抵制这一过程，并且努力使意义服务于他们自身的利益。[1] 这种争取意义的权力斗争在文学中则表现为主流文化采用自己的文学形式和言说方式生产出符合自己利益的意义，使其成为被整个社会认可的文化、体裁，从而实现其意识形态政治意义。那些被压抑而寂然无声的亚文化群体也采用其相应的特殊形式，试图在主导话语内部生产出自己的意义，从而与主流文化形成一种权力协商，以争取最大化地表征自己的意义。由于文化符号学的主要问题是意义的生成问题[2]，本小节接下来主要从文化符号学的视角来探讨小说这种典型体裁中意义的生成和权力斗争。

权威的解构：作为反权威声音的小说

与其他文学体裁相比，小说是局外人，它与其他文类和"诗学"（传统文学理论）特有的规则相对立。[3] 与诗歌、戏剧这些传统的文学形式相比，小说作为一种新兴的文类，从诞生之日开始，就缺乏严格的规则，没有诗歌的"韵"的要求，也没有戏剧"三一律"的标准……由于缺乏严格的规则，小说一直以来也难于定义并因此跳出了文学精英的标准。虽然最初不容于少数的精英文化，却迎合了新兴的中产阶级的阅读兴趣，从而得到迅速发展。可见，小说作为一种文类本身就是对传统的反叛，是作为反对声音而存在的。它与诗歌、戏剧这些严格遵守文类规范的文学相异，完全不遵守所谓的现有规则，它的存在本身就显示了不同规则间的冲突，不同价值的对抗。当批评家将其各种规则加以法规化时，小说家却通过滑稽模仿，或是创作新的形式而与这一"小说规范"作对。[4]

---

[1] 约翰·费斯克：《英国文化研究与电视》，选自罗波特·艾伦编：《重组话语频道：电视与当代批评理论》，牟岭译，北京：北京大学出版社，2008年，第264页。

[2] 皮特·特洛普：《符号域：作为文化符号学的研究对象》，赵星植译，载《符号与传媒》（第6辑），成都：四川大学出版社，2013年，第165页。

[3] 华莱士·马丁：《当代叙事学》，伍晓明译，北京：北京大学出版社，2005年，第34页。

[4] 华莱士·马丁：《当代叙事学》，伍晓明译，北京：北京大学出版社，2005年，第34页。

从小说的内容和题材来看,很多批评家认为小说是生活全部多样性的表现,由于脱离了老套的形式和虚假的情境从而获得了生命。[1] 小说被认为是对社会现实的刻画,它的兴起使文学的内容和题材发生了巨大的变化。文学作品的选材不再局限于讲述神、英雄、贵族的故事或是表达上层阶级的观点。它结束了"文学把贵族之外的一切人物都描绘成粗鲁的,滑稽的,或不值得认真看待的"[2] 时代。由于个人主义的兴起,社会开始高度重视每一个人的价值,个人成了严肃文学的合适主体[3],因此小说开始深切关注普通人的日常生活,严肃对待普通人的个人经历。小说采用了一种全新的方式来表现生活,它力图描绘人类经历的每一个方面,而不限于那些适合某种特殊文学观的生活。[4] 由于要全面表现生活,小说不得不描写那些在公认的价值体系中没有一席之地的人与环境,从而使现有的价值体系受到潜在的怀疑。[5] 也就是说反映主导阶级价值的小说也会引入在该价值体系中没有一席之地的从属阶级的思想与价值取向,从而使另一种价值得以呈现。小说这种文学形式克服了以往文学中价值体系呈现的单一。作为对生活刻画相对全面的小说,它的选材和内容呈现了不同价值体系,不同思想的相互碰撞与斗争,同时也就体现了不同意义之间的冲突。

从表现形式来看,"长篇小说是用艺术方法组织起来的社会性的杂语现象,偶尔还是多语种现象,又是个人独特的多声现象"。小说"通过社会性杂语现象以及以此为基础的个人独特的多声现象,来驾驭自己所有的题材,自己所描绘和表现的整个实物和文意世界"。社会性杂语借小说中的"作者语言,叙述人语言,人物语言等"进入小说,构成一个统一体。[6] 这些社会性的各种语言并不是用规范的形式组织起来的抽象的系统,而是用杂语表现出的关于世界的具体见解。[7] 因此不同的语言中渗透着各种不同的意识与观点。不同声音间的

---

[1] 华莱士·马丁:《当代叙事学》,伍晓明译,北京:北京大学出版社,2005年,第4页。
[2] 华莱士·马丁:《当代叙事学》,伍晓明译,北京:北京大学出版社,2005年,第5页。
[3] 伊恩·P.瓦特:《小说的兴起:笛福、理查逊、菲尔丁研究》,高原、董红钧译,北京:生活·读书·新知三联书店,2003年,第62页。
[4] 伊恩·P.瓦特:《小说的兴起:笛福、理查逊、菲尔丁研究》,高原、董红钧译,北京:生活·读书·新知三联书店,2003年,第3页。
[5] 华莱士·马丁:《当代叙事学》,伍晓明译,北京:北京大学出版社,2005年,第35页。
[6] 巴赫金:《小说理论》,白春仁、晓河译,石家庄:河北教育出版社,1998年,第41页。
[7] 巴赫金:《小说理论》,白春仁、晓河译,石家庄:河北教育出版社,1998年,第74页。

对话即不同意识、观念之间形成的一种相互对话、相互斗争的关系。小说是由多种社会声音、意识和观念构成的,这些不同的社会声音之间相互对话、相互斗争,从而生产出文本的意义。从小说本身的形式来看,小说家允许各种声音进入自己的文本,这些不同的声音、不同的意识、不同的观念之间相互对话,形成一种多声部共存的状态,从而解构了单一声音的权威。

权威的建构:作为权威声音的小说

上文分别从文类、内容与题材和表现形式三方面阐述了作为一种反对声音的小说对单一权威的解构。同时我们也可以看到小说通过一种权力协商,在解构一种长期占据统治地位的权威的同时,也在建构一种新的权威。

小说作为一种新文类,不遵守任何既有的规则。但所谓无规则也是一种规则,可以说小说的规则就是不遵守任何规则。它融合了诗歌、戏剧等文学的特点,用自己的无规则建立了属于自己独特文类的规则,并使之流行起来。这一文类一旦被新兴的中产阶级掌握,就成了他们反对旧有的单一权威而重建新权威的武器。由于小说读者大众的不断扩大,小说的发展与所代表的价值观也对传统的文学形式造成了巨大的冲击。到19世纪,英国迎来了小说的繁荣,而小说所代表的中产阶级审美趣味也成了该时期主导的审美价值。可以说小说在推翻旧有的权威体系的同时,也在试图建构属于自己特殊文类的新秩序。所以,主导阶级也不得不重视小说的影响,无法固守所谓的传统;在新旧文类的斗争与协商中,主导阶级也不得不借用小说这种形式来巩固和重建自己的新权威。

由于小说含纳了各种不同的价值观,小说的诞生使得主流意识形态以外的价值体系也获得了发声的机会。小说力图表现生活的全貌,其内容和体裁本身决定了小说不仅能够阐发言说者的价值观,同时也能呈现与言说者相对立的价值观。在小说中,一切类型的人物、主题等都可以被认真对待而不被阶级或文体隔离。值得注意的是,小说试图再现生活的所有方面,因此主导阶级,即中产阶级虽然在小说中不得不引入各种不同的价值观,但最终他们会以符合本阶级利益的内容和题材来含纳各种不同的观点,从而使自己的价值观得到最大的体现,因此小说在解构唯一权威的同时,也是对新权威的巩固和再次建构。随着社会的发展、读者大众的变化以及社会各种力量间的斗争,小说不再只为中产阶级代言,不同阶级生产的小说也同样试图讲述符合自己阶级利益的故事,选择相应的故事内容和题材，在质疑和揭露主导阶级的统治权力的同时，建构属于自己的权威，将自己的意义合法化。

从表现方式来看，小说虽然容纳各种话语，但是文本中代表不同阶级和意识形态的个人依然会以特定的话语为自己的阶层发言。文本中掌握话语权的阶级使用适合某一群体的言说方式和态度阐发符合本阶级的价值观，诱导目标读者按照他们的方式来阐释文本意义，从而从属于他们的权威。因此可以说，小说中虽然允许杂样语言存在，不同语言也体现了不同的意向从而构成了多声共存的现象，但是其中必然有一个主声部；这一主声部则生产出文本的主题意义，隐含作者的价值观，同时也折射出某一利益集团的权威意义。

从小说的文类、题材和表现方式等方面来看，小说文本体现出解构与建构权威的双重性。小说是争取意义的权力斗争的场所。在这里各种声音间的相互斗争最终服务于生产文本的主导意义。主流文化的小说家允许从属阶级的声音进入自己的文本，经过各种声音的对话、协商，最终生产出符合自己利益的文本意义，从而巩固了自己的主导地位；而亚文化的小说家则在引入主导阶级的权威声音的同时，通过斗争生产出自己的文本意义，从内部解构主流文化霸权，并建构自己的权威。从小说对权威的解构与建构的双重性来看，对于任何阶级来说，小说这种文学形式都可以为我所用。

小说中的权力、稳定与标出性

从上文的分析，我们可以看出小说中同时体现了对权威的解构与建构。小说的这种双重性体现了权力与稳定性的相互作用。在当今社会，为了维系一种稳定的统治结构，统治集团试图用反映自己的利益、自己的权力利益的形式来表现这个世界，但同时，他们也需要维系作为其统治条件的稳固关系；被统治阶级并非总是处处无法看到对这些统治结构的运作。[1] 统治阶级通过自己的表意方式，生产出符合自己利益的意义，并将这种意义常识化，使之成为文化所认为的"正常"，因此也就成了文化中的正项、非标出项，获得了为中项代言的意义权力。[2] 而与其相对的价值和意义则因得不到中项的偏向而被边缘化，

---

[1] 罗伯特·霍奇，冈瑟·克雷斯：《社会符号学》，周劲松、张碧译，成都：四川教育出版社，2012年，第3页。

[2] 赵毅衡：《符号学：原理与推演》，南京：南京大学出版社，2011年，第291页。

成了被标出的异项。"有意把异项标出,是每个文化的主流必有的结构性排他要求。"① 通过将异项边缘化,统治阶级让自己成为稳固的主流。然而,被统治阶级有时也会竭力反抗,并在社会交锋中获取某种胜利。这样一来,正项与异项之间的斗争就成了争夺中项的斗争,看谁能够赢得中项的偏向从而成为正常的非标出项。社会的稳定就依赖于中项认同于胜利的正项。

然而值得注意的是一种文化中大多数人与他们认同的意义项合起来构成非标出的主流。它一方面必须排斥异项,以保持、巩固自己的主流地位及权力,使自己意义的有效性实现最大化,但同时它又必须容忍标出项从而维系社会的稳定。权力很少以公开、武力的方式呈现,而是让被统治者在不知情的基础上赞同统治者的逻辑,这就是布迪厄的"符号权力"可以实现的意识形态意义。统治阶级当然可以通过直接的武力来维护统治,但权力更多是通过稳定性符号的在场以及权力符号的退场来实现。对于被统治阶级来说,意义的实现也是如此,当然,与正项相对的标出项也"很可能自觉地维持标出性形式特征,避免被主流吸纳"②。无论采用何种方式,稳定性是权力产生的效果,正如权力是稳定性所产生的效果。③ 正项与异项之间既相互斗争又相互妥协,共同维护着整个社会的权力与稳定。

小说这一文学体裁由于其特有的文类特征,有效地生产出统治阶级的政治权力,同时也从内部改变统治阶级的话语权威。小说力图表现生活的全貌,是一个多声部共存,各种价值与观点交汇的场域。在小说所建构的虚构世界中,来自各个不同阶层的言说者都被打上各自阶级的烙印。在文化交流中,他们试图通过自己不同的言说方式生产出代表本阶级利益的意义,并使之成为被大多数人认同的正项。然而同时作为正项,为了维持权力与稳定性,他们不可能将与自己相冲突的标出项完全排除于自己所建构的体系或是虚构世界,与其相冲突的声音、价值观也被小说的虚构世界容纳,只是被边缘化,成了标出项。因此小说文本容纳了各种声音、各种观点和各种意义,但是最终整体上也能引导读者读出符合主流意识形态的文本意义,因为统治阶级的意义在文本中通过放

---

① 赵毅衡:《符号学:原理与推演》,南京:南京大学出版社,2011年,第288页。
② 赵毅衡:《符号学:原理与推演》,南京:南京大学出版社,2011年,第287页。
③ 罗伯特·霍奇、冈瑟·克雷斯:《社会符号学》,周劲松、张碧译,成都:四川教育出版社,2012年,第41页。

大而得到表征，而被标出的意义却被缩小甚至删除而受到压制。然而需要注意的是，小说这种文学形式一旦被统治阶级掌握，被统治阶级也可以通过自己的言说方式，对统治阶级的权力进行挪用，从而在统治阶级内部形成权力协商，改写统治阶级的话语，并实现自己的意义。

统治阶级与被统治阶级要实现自己的意义及意识形态目的，必须采用相应的策略。正如我们前面所说，统治阶级要实现、巩固自己的权力，通常是以符号权力的形式，让被统治阶级赞同自己的统治逻辑，从而使权力合法化。在文学艺术中，统治阶级要实现主流意识形态的再生产，最有效的方式不是在文本中无限放大或罗列统治阶级的权力能指，而是让权力能指退场，通过表面的稳定性来诱导被统治阶级在不知情的基础上同意其权力的合法性。

笛福最具有代表性的两部小说应该是《鲁滨孙漂流记》与《摩尔·弗兰德斯》。两部小说总体来说都生产出了资产阶级的权力意义。不同的是，《鲁滨孙漂流记》更多的是权力能指的最大化呈现。作为资产阶级代表的鲁滨孙在荒岛上建立了自己的王国，设立了自己的统治秩序，殖民了星期五。统治者在被统治者不知情的情况下实施了统治阶级的权力。今天在文学界，众多批评家认为《摩尔·弗兰德斯》的艺术成就远高于《鲁滨孙漂流记》。与《鲁滨孙漂流记》不同，《摩尔·弗兰德斯》对统治阶级权力的生产是通过权力能指退场、文本呈现出权力稳定性而实现的。

由于经济发展、社会分工以及科技的进步，18世纪中产阶级或贵族阶级的女性闲暇时间增多，再加上她们不被允许参与男性的社会活动，因此读书成了一种正当的休闲娱乐活动。由于女性读者的增多，女性经历也必然会被引入小说，这也催生了18世纪的家庭小说、言情小说等文类的发展。然而女性经历及价值观在一个以男性价值为正项或是衡量标准的世界中必然是被标出的异项。不过主流意识形态为了维护权力与稳定，不得不对其采取既排斥又容忍的态度。

《鲁滨孙漂流记》关注男性经历，《摩尔·弗兰德斯》则关注女性经历。在一个男权社会中，对女性经历的关注成了稳定性的透明能指，显示出社会对男女价值观念、经验同样重视。小说采用女主人公第一人称来讲述故事，赋予了女性话语权。作为权威力量的男性声音缺场不仅表示了稳定性，也似乎是女性权力彰显的透明能指。有的批评家甚至认为《摩尔·弗兰德斯》是早期的女权主义作品的代表。

然而这个看似以女性经历为中心的文本生产出的却是以男性为中心的意义。首先笛福在小说的前言中申明："小说用第一人称讲述了一段真实的人生。但为了娱乐性与适当性的原因，编辑对该故事进行了一些重写。"[1] 可见小说中读者并非只听到摩尔一个人的声音。女性讲述故事在娱乐性和适当性方面都遭到质疑，从而必须要一个"男性"编者来对此进行审查和改写。男性编者显然成了小说文本中男性权力的透明能指。当然很快，这个男性声音在故事开始时退出了文本，权力的透明能指缺场，小说表面重新恢复稳定性，但是男性的权力在此时早已得到放大和巩固。从小说的具体内容来看，《鲁滨孙漂流记》中的男主人公被隔离到一个孤岛上，他用自己的智慧、勤劳、勇敢等男性品质，建立了一个属于自己的王国，从而成了资产阶级的杰出代表。反观《摩尔·弗兰德斯》，主人公是一名女性，她如果在婚姻市场失败，就只能沦为妓女和小偷。因此表面以女性经验为中心的小说，却是将女性边缘化为社会的异项，她必须要依存男性才能成为社会的主流。在男性权力能指退场的情况下，小说文本依然能够将异项的经历边缘化，女性经历被标出也被含纳。

对于被统治阶级来说，统治阶级的权力运作并非不透风的墙，被统治阶级也有识破统治阶级的霸权的时候。与统治阶级相比，被统治阶级要在主流意识形态的监管下实现意义的合法性或是挪用统治阶级的权力意义更为困难。因此被统治阶级或是说被社会标出的异项更为有效的方式是让统治阶级权力能指在场，以表面的稳定性来实现自己的意义。这样的一种方式，一方面让统治者看到其权力的在场从而放松警惕，另一方面被统治者也可以从侧面揭示统治阶级的霸权，从而在统治阶级内部形成意义协商，挪用统治话语，并改造它们。

小说这种体裁具有解构与建构权威的双重性，使得任何阶级都可以掌握它并将其作为本阶级生产意义的武器。那么作为异项的女性，也可以用自己特殊的叙述策略和言说方式建构一种新的权力和稳定关系，从而偷偷参与男性世界的话语权威建构。19世纪是小说兴盛的时期，在这个时期出现了大量的女性小说家。由于女性向公众直接讲述故事是不被允许的，因此女性作家只能用男

---

[1] Ira Konigsberg. *Narrative Technique in the English Novel: Defoe to Austen.* Hamden: Archon Books, 1985, p. 21.

性笔名作为掩饰来讲述自己的故事,从而维护权力与稳定性之间的平衡关系。小说《呼啸山庄》中大部分的故事主要是通过回忆由耐丽讲述的。然而小说的第一个叙述层却是由洛克·伍德构建一个叙述框架,面对"公众"讲故事。耐丽虽然是故事的主要讲述者,却只能私下对故事内的洛克·伍德讲故事,接受其"审查",她的故事始终包含在男性叙述者的叙述框架之内。因此小说的第一个叙述层无疑可被视作一个男性面具,似乎读者读到的所有故事都经过了洛克·伍德的筛选。因为女性并没有堂而皇之地向公众讲述故事,她的所有叙述因被包含在男性叙述框架内而显得无害。正如兰瑟所认为的那样,"当某种'形式'被认为不具有威胁性时,那么依靠这种形式传递的信息也就失去了威胁性"[1]。同时,小说让耐丽来讲述故事,而不让两位男女主人公来讲述故事,也正是出于权力与稳定性的考虑。作为女性叙述者,耐丽彰显了女性声音的权力,然而耐丽同时也是所谓"正确"价值观的代言人。而毋庸置疑的是,女性作家将她所有的激情,对人生自由、平等的追求,在这一叙述框架下成功地投射到了希斯克里夫和凯瑟琳的身上。女性的观点和意义得到了表征,但是不得不将作为男性权力的能指——洛克·伍德构建的叙述框架放在文本中的重要位置,从而形成一种稳定性。可见正如道利莫尔所主张的那样,虽然颠覆能被权力自身的目的所挪用,但颠覆一旦产生,也可以用来反对权力。[2]

无论是统治阶级还是被统治阶级都会在权力与稳定性中生产自己的意义,而不是轻易地诉诸暴力。在意义生产的过程中,统治阶级与被统治阶级都分别维护了权力和稳定性之间的平衡关系,权力能指的缺场与稳定性能指的在场总是处在一种微妙的协商中,共同生产出双方的意义。当然有的时候,统治阶级也会采取暴力镇压,被统治阶级也会发动暴力革命。这种平衡关系一旦遭到破坏,权力就不得不被重新分配从而建立起新的稳定关系。

莫里森在《天堂》中建构了两个世界,第一个是鲁比镇,这是一个几乎完全由黑人构成的世界。这个世界用肤色来衡量一切,但与主流文化相反,这个

---

[1] Joan N. Radner, Susan Lanser. "The Feminist Voice: Strategies of Coding in Folklore and Literature". *The Journal of American Folklore*, Vol. 100, No. 398, "Folklore and Feminism", 1987, pp. 420−421.

[2] 张昕:《关于新历史主义的文学意识形态功能论》,载《西南民族大学学报》2005年第10期,第149页。

世界以黑色作为衡量标准，以黑人认同的意义项为正项，肤色浅的成为标出项，而白人在这个黑色世界中更是成为为数不多的异项。可以说这个黑色世界就是白人世界的翻版，只是出现了标出项的翻转。在这个世界中，祖先的、男性的故事成为父权制社会毋庸置疑的官方史，而女性和新一代的声音则被边缘化和抹杀。

小说中构建的另一个世界是一个以女性为中心的女修道院，这个世界的人来自各个不同的社会背景，种族、肤色、阶级、年龄等不同。她们的生活方式和价值观由于与黑人世界不同而成了标出项。任何一种主流文化都要划出异类，并将其边缘化，以捍卫自己的权力和主流地位；但任何文化也都要容忍标出项，从而达到权力与稳定性的平衡，维系社会稳定。然而小说中的黑色世界由于感受到女性世界的威胁，采取了极端的手段，完全消灭了这个代表异项的女性世界。失去了异项，权力与稳定性之间的平衡遭到破坏，正项与中项之间的联合因失去异项这个参照而被打破，正项所代表的主流价值所捍卫的权力也必然受到破坏。这样一来，权力必须重新划分，因为只有在原有的正项与中项中划分出新的标出项，才能恢复权力与稳定性的平衡。因此在女修道院消失以后，鲁比镇发生了翻天覆地的变化，以前只能听到一种声音，现在人们却对该事件产生了各种猜测与阐释，出现了各种声音。而该镇官方代表人物摩根兄弟之间的关系也彻底破裂，从而象征着他们所代表的旧的社会秩序的崩塌。自此，那种维护单一父权制声音权威的人成了异项，权力重新分配，社会恢复稳定。

从以上的讨论，我们可以看到文化中的权力与稳定性是互为表里的。社会政治标出异项，从而把非标出的各种意义立场组织成"社会主流"；统治阶级为了维护自己的统治和社会的稳定，必须划出异类，必须边缘化异类，但又必须容忍异类。[1] 小说作为社会权力和稳定性的表征，通过自己的体裁特点和言说方式，成为统治者和被统治者斗争的场所。它让统治阶级可以实现权力的再生产，也可以让被统治阶级挪用和改造统治话语。小说本身所具备的解构与建构权威的双重特性，使得任何一方掌握它都能够使其成为意义争夺的利器。

---

[1] 赵毅衡：《符号学：原理与推演》，南京：南京大学出版社，2011年，第294页。

第三节　文学史叙事的虚构与真实：
评乔国强教授的《叙说的文学史》

　　乔国强教授的《叙说的文学史》是首部用叙述学方法讨论"文学史叙事的一些带有本质性的问题及其属性和特点的学术专著"①。这个讨论不仅仅是"建立在对西方学者文学史观梳理的基础上"②，更是建立在作者本人长期从事文学批评、文学史研究和叙述学研究的基础上。

　　本书共分为七个章节。第一章，作者全面梳理了20世纪50年代至今的西方学者对文学史的研究，其中着重介绍了勒内·韦勒克（Rene Wellek, 1903—1995）的文学史观，讨论韦勒克对"新批评"派的基本主张和观念的继承与发扬，作者肯定了其对文学史研究的贡献：他"注意到了'结构'与'价值'的相对性和相互之间的依存关系"③；同时对其局限性也进行了批评："其落脚点最终还是回到了'新批评'派所谓审美价值体系与社会价值体系无关的框架中去"，"总体上没有超出'新批评'对文学的认知范围"。④ 第二章，作者从符号学、叙述学、历史学和伦理学等跨学科角度对文学史叙述中的述体、时空及其伦理关系进行了讨论。在第三章中，以顾彬《二十世纪中国文学史》为例，作者重新界定并阐释了叙事中的"秩序"这一术语。第四章，作者借用荷兰历史学家弗兰克林·安克斯密特（Franklin Rudolf Ankersmit, 1945—　）提出的"历史表现"这一概念，从认识论的角度出发，得出文学史的表现叙述不同于一般历史表现叙述的一元论，而呈现出多元化，并就文学史表现叙述的本质及其独特属性进行了讨论。第五章，作者从文学史也是文本化的过程这一事实出发，探讨了文学史的虚构性，并得出文学史的"虚构"即文学史的"真实"，而认清文学史的虚构性本质，可以帮助人们最大限度接近真实，回归历史。第六章，作者进一步探讨文学史的虚构与真实，从"可能世界"理论出发，得出"文学史写作并非是单一价值层面的写作，而是一种由三个价值层

---

① 乔国强：《叙说的文学史》，北京：北京大学出版社，2017年，第5页。
② 乔国强：《叙说的文学史》，北京：北京大学出版社，2017年，第5页。
③ 乔国强：《叙说的文学史》，北京：北京大学出版社，2017年，第90页。
④ 乔国强：《叙说的文学史》，北京：北京大学出版社，2017年，第90页。

面，即'虚构世界''真实世界'和'交叉世界'共同构建而成的综合体"[1]。最后一章，作者集中讨论文学史中的叙事主题、叙事的话语时间以及叙事的故事话语，从这三个方面来看文学史的叙事性以及文学史的叙述策略，以更好地处理文学史写作中所不可缺少的两个价值维度，即过去的文学史实和当下的审美体验之间的关系。[2]

朱光潜在西方美学史的研究中提出：美学史所研究的是过去美学思想的发展，主要是文艺方面美学思想的发展。美学史与美学只有一点不同：美学更多地面对现在，美学史更多地面对过去。但是这个分别也只是相对的：美学固然不能割断历史的联系，美学史也必须从现实出发。[3] 朱光潜对美学史研究的这一点心得体会放在文学史研究中也一样适用，文学史的研究及写作也是文学史家以自己的文学史观与过去的文学家及文学史家的文学史观进行一番较量的结果。在《叙说的文学史》中，乔国强教授也就文学史及写作中如何处理好"古老的史实"与"当下的审美体验"之间的关系，文学史中的"虚构"与"真实"的关系以及文学史中体现的文学的"社会价值"与"审美价值"之间的关系进行了讨论。这些关系都是文学史及写作中必然要面对，却相互对立、相互冲突的关系。而在对立中见出统一、在冲突中见出和谐，正是文学史家力图做到的事情，这也恰恰是该书写作的一个目的：希望从叙述学角度来看文学史及其写作，可以让我们像外科医生一样，进入文学史文本肌体的内部探测个究竟；也可以让我们借助这种审视，厘清文学史文本内、外之间的关联和互动关系，窥见一些深层结构所具有的意蕴，并借此找出一些带有普遍性和规律性的东西。[4] 文学史作为一种叙事，如何看待其虚构性，是正确认识文学史的一个关键性问题，这也是贯穿全书的一条主线。

文学史作为一种叙事，其虚构性的本质是研究文学史无法逃避的话题，虽然国内外对文学史的研究众多，从叙事的角度讨论文学史，并且讨论文学史的虚构性问题的却是很少的。原因有两点：首先也是主要的是"因为多数学者对

---

[1] 乔国强：《叙说的文学史》，北京：北京大学出版社，2017年，第235页。
[2] 乔国强：《叙说的文学史》，北京：北京大学出版社，2017年，第288页。
[3] 朱光潜：《朱光潜美学论文集》（第三卷），上海：上海文艺出版社，1983年，第399页。
[4] 乔国强：《叙说的文学史》，北京：北京大学出版社，2017年，第5页。

第三章 符号叙述学

文学史叙事的研究理念还不够理解"①；其次，"这与体制或文化氛围、意识形态也有一定关系，因为文学史以'史'的名义高高在上的，它是权威的象征"②。任何对于历史的研究，除了探寻历史的真相，最主要的目的就是做到"古为今用"，对过去的研究的出发点和落脚点都必然是现实。因此，对于文学史的虚构性问题的研究绝不是宣扬历史虚无主义，而文学史作为一种叙事，充分认识、研究其虚构性的本质，不单有助于人们更好地认识历史、回归历史，更有助于文学史研究及其写作的进一步发展。为了更好地研究文学史叙事的虚构性问题，在《叙说的文学史》中，作者借用了叙述学、符号学、历史学等其他学科的若干术语，并对这些术语进行了重新的界定与阐释。第二章"述体"，第三章"秩序"，第四章"表现叙述"以及第六章"可能世界理论"都是这方面的尝试。此处以第二章"述体"与第六章"可能世界理论"为例，对该书中理论的借用与创新做简单探讨。在第二章中，作者将法国符号学家高概（Jean-Claude Coquet，1928— ）和法国结构主义语言学家 E. 本韦尼斯特（Émile Benveniste，1902—1976）两人分别提出的"二重述体"结构合并、修改为一个"三重述体"结构③：文学家本人的身体存在、文学家投射到文学史文本中的叙述者以及文学史文本，并以王瑶的《中国新文学史稿》文本中出现的前后矛盾、冲突为例充分讨论了在不言说的身体与书中言说的叙述者之间出现的对撞与分裂乃至悖论。④ 同时作者也对"时空"和"伦理"两个概念进行了重新界定与阐释，并讨论了文学史的"三重述体"性质如何影响文学史叙事的"故事时空""话语时空"，同时"决定了文学史叙事时空的伦理关系及其规约"。⑤ 在第六章中，作者首次把"可能世界"理论运用于文学史研究。文学史不同于一般意义上的历史，两者的区别主要在于文学史研究及写作要面对大量虚构的文学文本，而"可能世界"理论作为一种开放式的理论，其目的是认识世界本质及其属性，同时探讨世界的真实性与虚构性两个方面。因此，从"可能世界"理论出发，作者论证了"文学史写作并非是单一价值层面上的写

---

① 乔国强：《叙说的文学史》，北京：北京大学出版社，2017年，第7页。
② 乔国强：《叙说的文学史》，北京：北京大学出版社，2017年，第7页。
③ 乔国强：《叙说的文学史》，北京：北京大学出版社，2017年，第98页。
④ 乔国强：《叙说的文学史》，北京：北京大学出版社，2017年，第103页。
⑤ 乔国强：《叙说的文学史》，北京：北京大学出版社，2017年，第123页。

作，而是一种由三个价值层面，即'虚构世界''真实世界'和'交叉世界'共同构建而成的综合体"①。

对一些已有的叙事学、历史学、符号学等学科的术语进行重新界定与阐释，使之成为我们在面对新的叙事体裁和研究新的叙事问题时更有力的武器。这种做法一方面无疑具有十分重要的认识论和方法论上的意义，作者在书中也指出：西方叙事学研究为我们提供了很好的认识论和方法论，对认识叙事的本质、机制、意蕴等有很大的帮助。不过，西方学者提出的叙事理念和研究方法并不足以完全涵盖日益多样化和复杂化的各类叙事以及随之产生的各类问题。因此，我们还需要在已取得的研究成果的基础上有所改进，有所创新。通过修改一些叙述学术语、概念，重新界定其内涵和属性，扩大其外延或应用范围，我们面对丰富多变的叙事时，能够更多地和有效地进行解读。② 路程在《文学史的内部解剖：评乔国强教授〈叙说的文学史〉》一文中也引用了这一段，并认为这种做法"避免大而化之、悬空的意识形态或者审美审判，这对文学史的研究来说无疑具有巨大的方法论意义"③。另一方面，这种做法具有更重要的现实意义与理论意义。理论意义体现在，利用原有的其他学科术语进行重新界定与阐释，在为文学史研究开辟方向、摸索新的道路的同时，也是对原有的理论术语的研究领域的拓展；现实意义就在于《叙说的文学史》书中进行的若干术语的改造，由此取得了研究上的突破，这对后续的文学史研究及写作具有十分重要的启发性意义，对相关学科的研究者也起到一定的示范作用，并使文学史及相关研究呈现出更大的丰富性。其实，这种做法的理论意义与现实意义，作者在第六章的开篇部分有提到：从"可能世界"理论出发，建立全新的文学史观，使得"为多种文学史写作范式的出现开辟了道路的同时，也丰富了'可能世界'理论的内涵，并拓展了该理论的研究领域"④。在面对新的、陌生的研究领域和问题时，作者善于利用已有的研究成果和研究方法，在其用起来"不顺手"时，敢于对已有的理论、术语进行大胆的改造与创新，这样做不仅

---

① 乔国强：《叙说的文学史》，北京：北京大学出版社，2017年，第235页。
② 乔国强：《叙说的文学史》，北京：北京大学出版社，2017年，第161页。
③ 路程：《文学史的内在解剖：评乔国强教授〈叙说的文学史〉》，载于《中国比较文学》，2019年第2期，第207页。
④ 乔国强：《叙说的文学史》，北京：北京大学出版社，2017年，第236页。

可以在面对新的领域与问题时找到研究的视角、方向和道路,更是对原有理论、术语内涵及应用的极大丰富,是对其研究领域的极大拓展。

《叙说的文学史》讨论的主要内容是文学史叙事的虚构性问题,文学史叙事的虚构是文学史写作必然的结果,是文学史研究无法逃避的问题,可以说,文学史叙事的"虚构"即文学史叙事的"真实"。文学史作为一种叙事,其撰写者——文学史家这一叙述主体的"三重述体"性质决定了文学史叙事的虚构性。文学史家首先作为一个个体或者说作为一个"身体"存在,不是一个抽象的人的概念,而是生活在一定的历史时期、一定的社会环境之中,这也就决定了文学史家的"身体"这一部分无法摆脱历史时代和社会环境的影响,而有时候时代和环境的制约恰恰是影响文学史家写作的决定性因素。因此,哪怕是以个人的名义撰写的文学史看起来与"集体"没有关系,其实还是有着密切关系的,因为他/她都是生活在具体的时代和具体的环境中的,不知不觉中就会受到集体意识的影响,这都会导致以个人名义写就的文学史其实最终反映的主要还是那个时代的共鸣。[①] 这是导致文学史的虚构性的一个根本原因,文学史家写作的视角往往被限制在当时具体的历史时代和社会环境之中,只能以有限的视角进行写作,导致了文学史写作中必然存在大量的"偏见",而这些"偏见"又是任何人都无法避免的。但是,从另一个角度来看这个问题,当文学史叙事的虚构性本质被了解以后,在阅读文学史的时候人们就会有意识地注意那些来自作者的评价和介绍,因为这些地方恰恰是文学史家本人的文学史观和理论体系的反映与呈现,也就是文学史叙述者的述体作为一个介质,既处于物质的时空,又处于文本这一隐喻时空中。因此,作为叙述者的他/她或如镜子般地折射,或如种子般地反映了处于物质时空中的述体。[②]《叙说的文学史》利用叙述学理论、术语对文学史及其写作进行更加细致入微的分析,从"述体""时空""秩序"以及"叙述主题"等诸多方面对文学史及其写作进行解剖,其目的绝不止于将文学史叙事的虚构性本质暴露于众,而是进而探寻虚构的根本原因,从"隐喻时空"追溯到"物质时空",在回答了"为什么虚构是文学史本质"这一问题之后,由虚构重新回归真实,回归历史。书中举了大量这样的文

[①] 乔国强:《叙说的文学史》,北京:北京大学出版社,2017年,第95页。
[②] 乔国强:《叙说的文学史》,北京:北京大学出版社,2017年,第114页。

学史文本的例子，仅以王瑶的《中国新文学史稿》和夏志清的《中国现代小说史》为例做简要说明。王瑶和夏志清两位文学史家，都存在着"不言说的身体和言说的叙述者两者之间的矛盾和冲突"①，反映在其文学史著作中就表现为"文本中出现前后不一致，甚至前后矛盾的问题"②。两个人都同时面临文学史写作要体现文学作品的审美价值和社会价值两方面的要求，而自身的审美体验与当时社会的意识形态又往往冲突、矛盾，这些冲突矛盾又反映为文本的前后不一致。而在认清了文学史叙事的虚构性本质后，从文本中体现矛盾的地方，利用叙述学理论方法，可以进而追溯到这些矛盾产生的根本原因，从而帮助读者了解到文学史家自身的文学史观和理论体系，最终在了解到这些"偏见"并尽量减少这些"偏见"之后，读者可以看到一个更加真实的文学史。

文学史叙事的虚构性本质还有另外一个重要原因，除文学史家之外，文学作品、文学家、文学事件以及文学流派等，也不是纯然生活在虚空里的概念，也是诞生于一定的历史时代和社会背景之下的，而在经过长期的历史进程和社会环境发展变化之后，其本身的内涵与外延都会发生变化。因此，关键的问题是我们能否把握住文学的历史进程，而我们又将如何把握这一历史进程？面对这样的问题，很多文学史家或者文学批评家都会滑向两个极端，这两个极端在勒内·韦勒克和奥斯汀·沃伦（Austin Warren，1899—1986）主编的《文学理论》中都有详细的论述。第一个极端就是所谓的"文学重建论"，其目标就是还原历史，将历史和现实割裂开来，把历史当作静止的世界来看，这也是韦勒克坚决反对的一种倾向，认为"文学史有其特殊的标准与准则，即属于所在时代的标准与准则"③，并要求批评者应当"站在古人的视角，接受古人的内心世界并接受他们的标准，竭力排除我们自己的先入之见"④。另外一些"文学重建论者"主张文学的重要目的在于重新探索出作者的创作意图。⑤ 这些

---

① 乔国强：《叙说的文学史》，北京：北京大学出版社，2017年，第106页。
② 乔国强：《叙说的文学史》，北京：北京大学出版社，2017年，第106页。
③ 勒内·韦勒克、奥斯汀·沃伦：《文学理论》，刘象愚等译，南京：江苏教育出版社，2005年，第37页。
④ 勒内·韦勒克、奥斯汀·沃伦：《文学理论》，刘象愚等译，南京：江苏教育出版社，2005年，第37页。
⑤ 勒内·韦勒克、奥斯汀·沃伦：《文学理论》，刘象愚等译，南京：江苏教育出版社，2005年，第34页。

"文学重建论者"一方面将历史与现实割裂,从片面静止的角度看待历史,另一方面,完全无视读者在文学的审美接受过程中,在文学批评和文学阐释中发挥的积极主动作用。忽视了读者在文学史建构中的地位,文学史就会成为一个脱离社会现实的"虚构"产品。文学的历史不仅仅是一个审美生产的过程,也是一个审美接受的过程;缺乏了读者的参与,这个过程就不完整。[1] 韦勒克对"文学重建论"进行了有力的反驳,他提出"一件艺术品的全部意义,是不能仅仅以其作者和作者同代人的看法来界定的。它是一个积累过程的结果"[2],但是他反对的理由却是不尽如人意的,即他认为"文学重建论者"的工作是"不必要也不可能成立的说法。我们在批评历代作品时,根本就不可能不以一个20世纪人的姿态出现……我们不会变成荷马或乔叟时代的读者……想象性的历史重建,与实际形成过去的观点,是截然不同的事"。[3] 韦勒克因为"文学重建论者"的工作不切实际而彻底地放弃这项工作,这就使得自身滑向了另一极端,实际上是延续了"新批评"的传统,即将文学作品与创作者乃至读者完全分开,认为艺术作品有其独立的生命价值,进而将文学艺术作为一个独立的系统,将其原有的审美价值与社会价值完全割裂开来,只关注文学艺术作为独立的系统自身的发展,只关注其审美价值。这种只关注文学体系的"内部研究"实际上是将原本复杂的问题简单化,"尽管文学的发展有其自身的规律和特点,但是,作为人类的一种精神活动和社会实践,文学并不单独存在,无法从与之相互依存的诸多关系中完全彻底地抽离出来"[4]。一方面,我们无法还原历史的原貌,这一点正如韦勒克所说:"我们不会变成荷马或乔叟时代的读者",但是这不意味着我们无法了解历史,同时,我们不需要也并没有把整个文学史与文学批评建立在想象的基础上,"文学批评者不可能,也没有必要成为该作品出版时代的读者,但是我们有可能从相关史料中或多或少地了解该时期的读者,而后者正是文学史写作所应努力克服的方向"[5]。面对不可能还原

---

[1] 乔国强:《叙说的文学史》,北京:北京大学出版社,2017年,第232页。
[2] 勒内·韦勒克、奥斯汀·沃伦:《文学理论》,刘象愚等译,南京:江苏教育出版社,2005年,第36页。
[3] 勒内·韦勒克、奥斯汀·沃伦:《文学理论》,刘象愚等译,南京:江苏教育出版社,2005年,第36页。
[4] 乔国强:《叙说的文学史》,北京:北京大学出版社,2017年,第83页。
[5] 乔国强:《叙说的文学史》,北京:北京大学出版社,2017年,第87页。

的历史，人们很容易陷入历史相对主义，试图用自己的想象来重建历史，与此同时，也很容易将历史的进程片面化，将复杂的问题简单化，但是文学史家应在能收集到的真实的历史资料和能证实的史实的基础上开展自己的工作，文学史写作的困难性也正是文学史家努力的源头之一。

《叙说的文学史》把叙述学理论作为手术刀，像医生解剖一样深入文学史内部，力图分析讨论文学史本质及其相关属性。本节仅就文学史叙事的虚构性问题进行了简单的探讨。文学史叙事的虚构性本质主要来源于两个方面：其一是文学史家无法摆脱时代与环境的制约，在文学史写作中不可避免存在大量的"偏见"；其二是文学自身的意义与价值也要随着自身和社会发展进程而发生变化。运用叙述学理论对文学史叙事的虚构性本质进行剖析，有助于人们在了解文学史写作中存在的"偏见"之后，努力消除"偏见"，在面对无法把握的历史进程时尽量基于真实的历史资料和可证实的历史事实，最大限度地还原历史。"换句话说，承认文学史的虚构性，是为了让文学史写作能最大限度地接近真实，至少能让人们意识到那份难以言传的真实。"[①]

第四节　梦叙述研究

从古至今，梦之于人类都有着特殊的意义与作用。在东西方的各类典籍中均有关于梦的记录。梦本身神秘莫测、光怪陆离，似乎是在人类社会的逻辑、伦理、秩序之外建构了一个不同的世界，但是梦同时又与人类社会的每一个个体密切相关，不可分割，因此人类一直钟情于探索梦的奥秘与作用。梦就如哈姆雷特所描述的那般神秘莫测，如死亡的世界一样，充满了不确定，没有人能够真正认识它，人们既向往它却又因其充满了未知而敬畏它。

古代的详梦认为人类可以通过梦境来了解神的旨意，同时梦还可以预知未来，甚至到了科学技术高速发展的今天，依然有人相信梦可卜吉凶。从心理学上讲，弗洛伊德认为梦是某种愿望幻想式的满足，它是通过幻觉式的满足来排除干扰睡眠的心理刺激的一种经历。[②] 也就是说，人类压抑的各种欲望可能产

[①] 乔国强：《叙说的文学史》，北京：北京大学出版社，2017年，第234页。
[②] 西格蒙德·弗洛伊德：《精神分析导论讲演》，周泉等译，北京：国际文化出版公司，2000年，第115页。

生某种心理刺激从而影响人类的睡眠,而梦则通过幻觉体验的方式满足了人类的某些欲望,从而保证了人类的睡眠不受干扰。从叙述学上来讲,龙迪勇认为梦是一种"为了抗拒遗忘,追寻失去的时间,并确认自己身份,证知自己存在"[①]的叙述行为。而赵毅衡则主张"人类在十多万年的进化中之所以没有淘汰梦的原因,是梦有力地加强了人的叙述能力……帮助人类……成为一个能靠讲故事整理经验,并且能够用幻想超越庸常的动物"[②]。

从心理学方面来研究梦,自弗洛伊德开始历经一个多世纪,取得了很多重要的成果。而从叙述学角度来研究梦却一直未受到学界的重视,其中一个最大的原因可能是梦叙述的合法性问题,即梦是否是叙述。普林斯(Gerald Prince)认为梦不具备叙述的特征,完全否认梦是叙述[③];吉尔罗(Patricia Kilroe)一方面主张"正在做的梦是经验,不是文本",另一方面认为不是所有的梦文本都是叙述。[④] 梦叙述的研究在中国也长期被忽略,早期关注梦叙述的仅有龙迪勇的《梦:时间与叙事》,他主张"梦实质上是在潜意识中进行的一种叙事行为",主要通过案例分析的方式,讨论梦文本所具备的叙述特征,认为梦叙述包含叙述所应有的基本元素:"人物、事件、空间、开端、发展、突变、结局",从而肯定梦是一种为了抗拒遗忘、寻找时间的叙述行为。龙迪勇在国内率先肯定了"梦作为叙述"这个命题,但遗憾的是他研究的对象已经被再次媒介化,通过某人讲述的梦,仅剩下了梦的部分内容,而失去了梦的形式,也就是说他研究的并不是此时此刻的梦本身。

梦叙述的研究一度陷入僵局,直到赵毅衡《广义叙述学》把梦看成是"潜意识的一种意义文本"[⑤],才让梦叙述名正言顺地回到了叙述学的怀抱。赵毅衡认为,梦"是媒介化(心像)的符号文本再现,而不是直接经验;其次它们大都卷入有人物参与的情节,心像叙述者本人,就直接卷入情节。因此,它们

[①] 龙迪勇:《梦:时间与叙事》,载《江西社会科学》2002年第8期,第22页。
[②] 赵毅衡:《广义叙述学》,成都:四川大学出版社,2013年,第56页。
[③] Gerald Prince. "Forty-One Questions on the Nature of Narrative", *Style*, Vol. 34, No. 2, 2000, pp. 317–318.
[④] Patricia A. Kilroe. "The Dream as Text, The Dream as Narrative", *Dreaming*, Vol. 10, No. 3, 2000, pp. 125–137.
[⑤] 赵毅衡:《回到皮尔斯》,载《符号与传媒》(第9辑),成都:四川大学出版社,2014年,第5页。

是叙述文本"①。梦叙述满足叙述的底线定义。在《广义叙述学》中,赵毅衡集中讨论梦本身的文本性与叙述性,不仅为梦之为叙述提供了有力证据,同时也从叙述学的角度探讨了梦的形成、作用及意义等重大问题,从而为梦叙述的研究打开方便之门。然而该书尚未对梦作为叙述文本的各要素系统展开讨论。本小节详细分析了梦叙述作为叙述所具备的基本特征,也开创性地探讨了梦叙述自身的特殊性,针对过去被学界忽略的梦叙述的隐含作者与叙述可靠性问题,提出了笔者独到的看法,同时也从叙述学角度进一步提出了梦叙述的治愈功能。②

梦叙述的（文本）虚构世界与（文本外）经验世界

梦叙述与小说、戏剧等叙述形式同属于虚构型体裁。正在做的梦并非经验,因为经验面对的是世界,而梦者面对的是被心像再现的世界,同时梦叙述很难是纪实型的,接受者无权将文本与实在世界对证。③ 任何一个虚构型叙述文本都通过叙述建构起一个完整的文本内虚构世界。这个虚构世界虽然独立于经验世界,却也与之有着千丝万缕的联系,它可以无限地靠近经验世界,却永远无法与之重合。弗洛伊德认为,睡眠中我们将自我同整个外部世界隔离开来。④ 做梦的人入睡隔断清醒思想,从而进入叙述的二度区隔。⑤ 也就是说我们的梦世界与外部世界是处于两个不同的世界。然而,梦的内容却又与真实世界分不开。无论梦是真实世界人类本能欲望的满足,还是只是对个人过去经历、记忆的重新组织,可以肯定的是梦跟所有虚构型叙述一样锚定于经验世界。我们可以通过梦世界去建构各种可能世界,从而更好地认识经验世界。

当然梦叙述与其他虚构型叙述相比又具有不同的特点。梦叙述似演示类叙述一般,总是此时此刻感知当场发生的事件。但梦叙述作为心像叙述又无法被分享,一旦分享就改变了媒介,破坏了梦的此刻性,从而"此梦"也就不同于

---

① 赵毅衡：《广义叙述学》,成都：四川大学出版社,2013 年,第 47 页。
② 关于梦叙述的隐含作者与梦叙述可靠性的部分是笔者与赵毅衡先生讨论的结果,特此表示感谢。
③ 赵毅衡：《广义叙述学》,成都：四川大学出版社,2013 年,第 48 页。
④ 西格蒙德·弗洛伊德：《精神分析导论讲演》,周泉等译,北京：国际文化出版公司,2000 年,第 121 页。
⑤ 赵毅衡：《广义叙述学》,成都：四川大学出版社,2013 年,第 78 页。

"彼梦"了。梦被转述使梦的媒介由心像转为文字，使梦的时态由此时此刻变为过去时。梦的无法分享不仅体现在形式会被破坏，事实上梦的内容被再次分享时，也无法完整保留。

首先，叙述都具有高度的选择性，没有一个人能够事无巨细地将梦中发生的一切完完全全再现。

其次，梦中大部分的经历为视觉形象，对梦进行再叙述时，部分困难在于我们将用语言描述这些形象。① 也就是说当梦者醒时，心像媒介发生了变化，梦已经变为过去时。而梦者在对梦进行转述时也需要将图像文字化，这使得媒介又一次发生变化。

再者，从心理学来讲，梦的审查机制使得我们在清醒后，在回忆梦中发生的一切时会出现一些模糊不清、不明确的成分，让梦者无法记起梦中的一切，当然也许是梦的该部分内容无法通过"审查"进入人的意识层面，所以当我们清醒时梦中的某些细节早已忘记。

最后，如果梦真是本能欲望的满足，没有任何人可以坦然地分享自己的所有梦的一切细节。也许梦叙述所构筑的世界是一个比任何一类虚构叙述都更丰富、更具有想象力的世界，因为它是个人的、私下的，可以充满奇思妙想、荒诞不经、逻辑混乱，甚至各种有违伦理纲常……这个梦的世界无需向任何他人负责，也不会因此而受到任何处罚。就算是醒来以后的自己如何觉得厌恶、羞愧或是震惊……那也是经验世界的事了。

从梦叙述与其他虚构叙述的对比可以看出梦叙述以及其所建构的虚构世界的特殊性。构成梦叙述的各个基本要素既具有各种虚构叙述中各要素的共同特点，又具有自己不同的特点。下文将着重讨论梦叙述虚构世界内的叙述者、受述者、人物、隐含作者、隐含读者等主要叙述要素及梦叙述的叙述可靠性问题。

叙述者、受述者与人物合一

本小节将叙述者、受述者与人物放在一起讨论，一方面是由于这三个因素

---

① 西格蒙德·弗洛伊德：《精神分析导论讲演》，周泉等译，北京：国际文化出版公司，2000年，第71页。

在任何叙述文本中都缺一不可。任何一个叙述文本都是某个主体把有人物参与的事件组织进一个符号文本,而此文本可以被接收者理解为具有时间和意义向度。① 叙述的底线定义说"主体"即叙述者,"接收者"即受述者,可见任何一个满足底线定义的叙述都必须包含叙述者、受述者与人物,三者缺一不可。另一方面,与其他的虚构叙述文本相比,梦叙述文本中的叙述者、受述者与人物之间有着更为特殊而密切的关系,三者可以说是统一于同一个整体。

"任何叙述都是一个主体把文本传送给另一个主体。"② 在虚构叙述中,虚构世界的叙述者将一个有人物卷入的故事讲给受述者听。叙述者可以是虚构世界的人物,也可以隐藏于叙述框架之后,而受述者在虚构世界中可显身作为虚构世界的人物,也可以完全隐身。值得注意的是在普通的虚构叙述中叙述者与受述者必然是两个独立的主体,两者是相互交流的关系。受述者对叙述者可以产生影响,受述者也会对叙述者讲述故事的方法、讲述的内容等产生影响,甚至可以打断或叫停叙述。事实上在一些叙事文本中也出现了对受述者重要性的强调,例如在《一千零一夜》中,受述者才是终极意义的阐释者,拥有至高无上的权威,叙述者试图用叙述来推迟自己的死亡时间,但最终能否成功不仅取决于其叙述,更依赖于受述者是否接受其叙述。受述者对叙述者的影响在一些现场表演、即兴表演中更为明显,相声艺术中经常出现的"现挂"则是较为突出的例子。

然而在梦叙述中情况却有所不同,梦者并不是梦叙述的叙述者而是受述者。梦者在梦中犹如看电影一样被动地接收着梦。梦叙述的叙述者与受述者是同一个主体分裂后的产物。梦叙述是"主体的一部分,把叙述文本传达给主体的另一部分"③,即是说大脑分裂出了两个部分:孕育梦的部分和接收梦的部分。梦叙述就是人体孕育梦的部分向接收梦的部分讲述故事。在这个信息传输的过程中,梦叙述的叙述者永远躲在叙述框架背后不显身,却掌控着整个叙述;而梦叙述的受述者永远显身,却"无主体性,他是梦叙述的被动接收者"④。受述者只能"观看""经历"梦中的一切,既不能影响叙述者讲故事的

---

① 赵毅衡:《广义叙述学》,成都:四川大学出版社,2013年,第7页。
② 赵毅衡:《广义叙述学》,成都:四川大学出版社,2013年,第52页。
③ 赵毅衡:《广义叙述学》,成都:四川大学出版社,2013年,第52页。
④ 赵毅衡:《广义叙述学》,成都:四川大学出版社,2013年,第52页。

方式，也无力对故事叫停，更没有选择不听的自由，即使是经历噩梦也只能被动地等着被惊醒。在梦叙述中受述者永远显身，同时"观看"和"经历"着叙述者讲述的故事，因而成了梦世界不可缺少的人物之一。梦者作为梦的接收者，也同时作为人物被卷入了梦世界。

作为叙述者那部分的"我"讲述了梦却没有看到梦，而作为受述者那一部分的"我"看到了梦，在大多数情况下，当时却不知道自己在做梦。在虚构叙述中，虽然经验世界中的读者明白该叙述为虚构叙述，但虚构世界中的叙述者、人物和受述者却不会认为自己所生活的世界是虚假的。虚构世界自成体系，虚构世界中的叙述者、受述者及各个人物按照虚构世界中的逻辑与规约来行事。弗洛伊德认为梦常常是无意义的，混乱的和荒唐的，但是有些梦也有意义，符合实际以及合理。[①] 龙迪勇认为"梦里活跃着一系列难以用理性和逻辑去框定的事件"[②]。而大多数人也都认为"梦的情节光怪陆离，神秘莫测，不符合人类文明生活的逻辑与常识"[③]。值得注意的是，这些论断的来源都是清醒后经验世界的我们。我们有这样的论断是因为我们用经验世界的逻辑去对证梦的虚构世界。事实上梦世界与任何的虚构世界一样自成一体。对于经验世界的人来说，梦世界是虚构的，而且大都是非逻辑的。然而对于梦世界内的叙述者、受述者和人物来说，所有被经验世界认为离奇的、非逻辑的一切却自有其逻辑。正如前文所说，梦者并不知自己在做梦，梦中发生的一切都是其正在体验和看见的，都是真实的。在梦中的"我"即使觉得梦境离奇，也极少质疑它的真实性。只有清醒过来，回到经验世界后，"我"才发现梦中的一切不符合经验世界的逻辑和标准。

当然我们需要看到，从心理学上来讲，梦者（受述者）并不能完全获悉叙述者的所有信息。弗洛伊德认为梦具有显意和隐意。梦的显意会清晰地呈现给梦者，而梦的隐意却只有通过梦者的联想才能得到。[④] 从叙述学上来讲，弗洛伊德所说的获得梦的显意的"梦者"其实就是梦世界的受述者，而能够展开联

---

① 西格蒙德·弗洛伊德：《精神分析导论讲演》，周泉等译，北京：国际文化出版公司，2000年，第77页。
② 龙迪勇：《梦：时间与叙事》，载《江西社会科学》2002年第8期，第29页。
③ 赵毅衡：《广义叙述学》，成都：四川大学出版社，2013年，第49页。
④ 西格蒙德·弗洛伊德：《精神分析导论讲演》，周泉等译，北京：国际文化出版公司，2000年，第93—104页。

想去获得梦的隐意的"做梦者"却属于经验世界。由此可见，在梦世界里的受述者只能获得梦叙述的显意，而梦叙述文本的隐意（隐含作者的意图）只有文本的"理想读者"才能够获得。笔者将在接下来的部分对梦叙述的隐含作者与隐含读者进行系统讨论。

隐含作者、隐含读者与梦叙述的阐释

隐含作者与隐含读者是一对构想出的概念，在文本内无实体可依托。再加上梦叙述本身的特殊性，因此这一对概念至今无人问津。热奈特认为隐含作者是"作者在文本中的一个形象"[1]，查特曼也认为隐含作者是"文本意图的体现"[2]。申丹同意布斯的观点，指出隐含作者是作者的第二自我，是处于某种创作状态，以某种立场来写作的作者，可见隐含作者代表了文本中真实作者的某种立场与观点。然而这种观点与立场又要依靠读者的解码来完成，因此就解码而言，"隐含作者"则是文本"隐含"的供读者推导的这一写作者的形象。[3]那么在讨论梦叙述的隐含作者和隐含读者之时，梦叙述的作者和读者似乎也是无法规避的问题。与一切虚构文本一样，梦叙述的作者和读者也理应属于经验世界。然而与其他虚构文本不同的是，梦叙述的作者和读者也合而为一：做梦前清醒的"我"与梦醒后清醒的"我"。经验世界的清醒的"我"，入睡后分裂出一部分来讲述故事，又分裂出另一部分来接受故事和经历故事。因此入睡后不清醒的"我"就犹如虚构文本的执行作者，而这一作者在梦中通过叙述要表达自己的某个立场，即梦的隐意。然而这个立场并不是直接显示给接收者，而是经过各种伪装变形，只让受述者接收到显意；隐意则需要清醒过后，再次回到经验世界的读者"我"通过对梦进行阐释才有可能获得。

任何叙述都具有高度的选择性，梦叙述的叙述者也不例外。构成梦世界的材料极为丰富，不可能一一进入梦叙述。梦叙述的叙述者则需要根据自己要传达的隐意来筛选组成梦世界的材料。为了让受述者能够有效接收到梦文本的信

---

[1] Gerard Genett. *Narrative Discourse Revisited*. Ithaca：Cornell University Press，1988，p. 141.

[2] Seymour Chatman. *Coming to Terms：The Rhetoric of Narrative in Fiction and Film*. Ithaca：Cornell University Press，1990，p. 104.

[3] 申丹、王丽亚：《西方叙事学：经典与后经典》，北京：北京大学出版社，2010年，第75页。

息，叙述者则需要选择受述者所熟悉并能理解的材料。因此梦叙述相当大的部分来自个人过去经历的记忆，特别是最近的、最显著的材料相对优先。[①] 这些材料都是梦的叙述者和受述者共享的材料。此外，梦本身所具有的审查机制也使得梦叙述者在讲述某些故事时，为了让梦文本的意义能够传达到梦者那里而不得不采取特殊的策略，进行隐喻式的叙述。由于受到某种刺激，如本能欲望被压抑，遭遇某种压力或紧张情绪等，叙述者通过对相关素材的高度筛选，再结合自己的想象力，将自己的故事讲述给作为受述者的梦者听，一方面通过叙述可以获得幻想式的满足或是释放自己的情绪，另一方面也通过显梦的展示，将梦叙述的意图传达给梦者。

梦叙述的意图，即隐含作者的立场，并非任何一个处于清醒状态的读者都能够获得，只有理想读者，即梦的隐含读者才能读取。笔者认为梦叙述的理想读者很难成立，若有可能，也只能是那位经验世界的梦者本人。一方面是因为梦的材料来源几乎都与梦者以往的记忆有关，另一方面也是因为梦无法分享。梦的隐意大都需要通过专业的精神分析才能获得，然而即使是具有精神分析专业知识的专家进行自我梦的阐释时，也会遇到下面两个难题。

首先，梦是作为一个复杂结构进入意识层的，这个结构由许多元素混合而成，而各个元素间的连接是无意识的。我们对梦进行阐释是借助意识对比去想象无意识，然而并不是梦的所有部分都具有可认识的性质，都能从它推论出意识的特征。[②] 梦是无意识的产物，它的形式与内容均复杂多变。而无意识依然是人类尚未完全认知的领域。这个领域有自己的标准和逻辑，而清醒后的梦者只能处于意识层面，也就是只能用意识（经验）世界的逻辑去理解、想象无意识世界，这之间总有无法跨越的障碍。然而处于梦中的梦者虽具备无意识逻辑，却苦于不知道自己在做梦，无法展开梦的阐释活动，因此我们的意识层面不仅无法在此时此刻分享我们无意识层面的梦境，同时用意识层面的逻辑也并不能够认识无意识或是潜意识的全部内涵。梦世界让我们相信另一个世界的存在，也相信另一种逻辑的可能。在电影《催眠大师》和《盗梦空间》中，一方面是经验世界试图入侵梦的虚构世界，强行使虚构世界与经验世界对证；另一

[①] 赵毅衡：《广义叙述学》，成都：四川大学出版社，2013年，第51页。
[②] C. G. 荣格：《性与梦——无意识精神分析原理》，梁绿琪译，北京：中国国际广播出版社，1989年，第61页。

方面也是人类试图在此时此刻分享梦者的梦境，企图用人的意识去经验、感知和认识无意识，并同时在无意识逻辑中植入意识逻辑，从而改变梦叙述者的思想和行为，并让梦叙述者将被植入的观念和逻辑通过梦境传递给梦者，从而改变经验世界梦者的决定。

其次，梦的审查作用时常通过修饰、暗示和影射来伪装并替代真正的表达。梦者在醒来过后记忆可能会出现模糊不清的状况，这些无法通过审查的梦的成分根本到达不了意识层面，梦者甚至都无法忆起构成梦的显意的一切内容。如若梦者无法记起梦的内容，要通过分析梦的显意来获得梦的隐意就更是难上加难，梦叙述的隐含作者的意图也相应难以确认。

梦叙述的隐含作者与其他叙述中的隐含作者相比也有一个突出的不同点。赵毅衡认为所有叙述的隐含作者原则上都比作者本人要高尚，但笔者认为梦叙述是个特例。叙述大多是一种"社群文体"，必须承担一定的社群责任，要让听者得出伦理结论，遵从社群的规范与期待。[①] 这是作者与读者之间的共识，所以作者在写作时要对群体负责，建构一个高尚的隐含作者，否则该书可能无法通过审查；从读者方面来看，读者在阐释时也会相应地根据社会的规范与期待来解读出一个高尚的隐含作者。梦叙述则不然，首先梦叙述完全是个人的，无法分享也无需共享，因此不需要承担任何群体责任，梦者即使在梦中烧杀抢掠也与人无尤，梦者无须担责。梦世界有自己的一套规则和逻辑，它不受到经验世界的管辖，因此无须遵从经验世界的规范与期待，那么隐含作者就不一定需要比作者高尚。从心理学上来讲，梦叙述的隐含作者甚至比作者品质更为低下，因为我们的梦都是对"本能欲望的满足"[②]。从我们的文化规约来看，我们的本能是比我们的自我要品德低下的。

梦叙述的隐含作者与隐含读者的特殊性，也使得梦叙述文本的意义阐释具有特殊性。从符号学的角度来讲，符号的发送者意图意义、符号文本意义、接收者的解释意义，三者常不一致，梦叙述尤为如是。梦叙述的符号发送者（孕育梦的那部分头脑）的意图是要发送梦的隐意，即隐含作者的意图，梦叙述文本（梦境）包含显意和隐意，但梦的接收者（梦者）在梦中只能看到显梦。要

[①] 赵毅衡：《广义叙述学》，成都：四川大学出版社，2013 年，第 54 页。
[②] 参见西格蒙德·弗洛伊德：《精神分析引论》，高觉敷译，北京：商务印书馆，1984 年，第 167 页。

获得梦的隐意，则需要梦者醒后对梦境进行分析。然而醒来后的梦者已经回到经验世界，梦境的媒介已发生改变，内容也无法完全还原，因此即使是梦者自己也已经无法完全分享接收梦时的自己所看到的显梦。当然也正是由于梦叙述的特殊性，人类对该类叙述的阐释相对自由。首先，由于梦叙述是纯粹私下的、无需向公众问责的特殊叙述，那么在阐释梦叙述时也无须拘泥于要读出一个"高尚"的隐含作者。其次，梦境是由人类潜意识或是无意识的活动构成的，它的世界有一套自己的逻辑方式，并不受人类意识层面的控制。因此我们在对梦文本进行阐释时，需要打破我们的逻辑常规，自由发挥我们的想象力。而对拥有不一样逻辑的梦文本的认识，也可以启发我们打破陈规，重新认识和建构我们的现实世界。

梦叙述的叙述可靠性

讨论隐含作者必然要涉及叙述的可靠性问题，因为隐含作者与不可靠叙述是叙述学中很关键的问题，学界对此一直争论不休，然而梦叙述的可靠性问题至今无人提及。在讨论了梦叙述中的隐含作者问题后，笔者也尝试探讨一下梦叙述中的叙述可靠性问题。叙述可靠性是指叙述者与隐含作者价值观之间的距离问题。当叙述者与隐含作者的价值观一致时，叙述判定为可靠，反之则判定为不可靠。

在虚构叙述中，叙述可能是可靠的也可能是不可靠的。当虚构型文本中的叙述者与隐含作者价值观不一致时，叙述就会不可靠。而在纪实性叙述中，隐含作者与叙述者重合，叙述者与隐含作者之间无距离，价值观一致，因此纪实性叙述中叙述绝对可靠。叙述是否可靠是一个文本内的形式问题，我们所考察的是叙述者与隐含作者间的关系；而是否可信却是跳出了文本，是读者对作者的质疑。正如新闻本身是可靠叙述，因为叙述者表达的意思就是隐含作者的意思，又因为新闻中隐含作者与作者重合，所以叙述者表达的意思也是作者的意思。而新闻是否可信，则是新闻的读者对作者（对其道德、品质、诚实度等）的质疑。因此这是新闻读者对新闻作者的质疑。新闻、广告是否讲述了事实并非"不可靠叙述"这个概念应涵盖或解决的问题，因为它主要涉及叙述者和隐含作者之间的价值距离。新闻不讲述事实，虽不可信，却可靠，因为作者（隐含作者）的目的就是要让大家将"非事实"当作事实来看。当然我们可以说他在欺骗,但是由于作者(隐含作者)、叙述者都是一条心,诚心诚意欺骗大家,因此他们之间并无间隙,被视为可靠。一般的广告也如此,我们可以不相信他们对商品的承诺,却不能质疑叙述者、隐含作者(作者)团结一致共同欺骗我们的"真心"。

从上面的分析我们可以认为,虚构叙述可以可靠,也可以不可靠,只有纪实性叙述才绝对可靠。那么也就是说理论上作为虚构叙述的梦叙述也会出现有的文本叙述可靠,有的文本叙述不可靠的现象,但是作为虚构性叙述的梦叙述却是绝对可靠的叙述。在梦叙述中,孕育梦的那一部分头脑就是梦叙述的叙述者。孕育梦的那一部分主体的意图是要向接收梦的那一部分主体传达人本能的或是潜意识的欲望、需求及想法等。梦的叙述者则通过高度的选择,将这个意图经过变形,以显梦的方式发送给梦者,以期待梦者能够通过显梦获得隐梦的意义。因此梦叙述中叙述者与主体中发出梦信息的那一部分人格合一,梦叙述者的价值观等于隐含作者的价值观。与纪实性叙述一样,梦叙述的叙述者与隐含作者的价值观之间无距离,是叙述者绝对隐身的可靠叙述。

梦叙述的治愈功能

上文结合叙述学和心理学相对系统地讨论了梦叙述中的叙述者、受述者、隐含作者与隐含读者及叙述可靠性的问题。梦叙述作为虚构叙述,具有构成虚构叙述的最基本特征,同时梦叙述的各要素也有各自的特点。从古至今,梦都被人类阐释为具有各种功能和作用的神秘现象,心理学认为梦能够通过幻想式的经历满足人的某种愿望,从而通过释梦可以更好地窥探人的主体精神与心灵;而叙述学则认为梦作为一种叙述可以通过讲故事整理经验,从而保存人类记忆,证知人类的身份与存在。

梦世界锚定于现实生活,人的某些记忆由于受到现实生活中的某种刺激而被激活,从而构成梦境的内容。梦不仅与一个人的童年经历有关,同时与我们应对困难、压力以及欲望的方式也息息相关,对梦境的正确解读能够帮助我们更好地了解自己。"梦境是表达智慧、恢复力量的渠道",它让我们能够明白自己的秘密和渴望,解读身边的压力源,恢复平静心绪。[①] 梦作为一种虚构型叙

---

① 吉莉恩·霍洛韦:《解梦书》,刘子彦译,济南:山东文艺出版社,2011年,第3页。

述，就是一种帮助人类释放压力、恢复力量的方式，因为叙述本身就具有释放压力、疗伤的功能。精神分析师对患者进行治疗时，一方面是通过患者的叙述找出患者存在的问题，另一方面"讲述"本身就是一种治愈方式。人类面对压力、遭遇不幸时，将发生在自己身上的故事通过文学创作、日记、书信或倾诉的方式呈现出来，事实上都是通过"叙述"的方式在自我治疗。然而以上没有任何形式能够像梦境一样经济、安全和方便。

吉莉恩·霍洛韦在她的《解梦书》中通过对 28 000 个真实梦境的探讨，总结出了梦者的一些共享经历。人类共享的梦似乎大都为噩梦，均是因为各种压力得不到释放、各种欲望得不到满足而导致焦虑的情绪，从而产生梦境。她在作品中分析了 27 个梦者的难以忘怀的梦以及 21 个反复出现在梦中的要素，几乎无一例外地与梦者所承受的压力及焦虑情绪有关。梦通过叙述一方面可以将自己的压力与焦虑讲述出来，另一方面通过讲述也可以让我们的意识接收到相关信息，从而做出相应的回应。

人类对叙述的渴望首先就体现在了梦叙述上。从梦叙述的构成可以看出，人类的大脑分裂成了两个部分：由孕育梦的部分将梦讲述给接收梦的部分听。梦的叙述者在梦者进入睡眠时，可以任意讲述任何故事，不愁找不到倾诉的对象，因为作为受述者的梦者只是被动地接收叙述者的故事。无论梦者醒来以后是否还记得叙述者的故事，叙述者通过叙述本身已经达到倾诉目的。

梦叙述不仅经济、方便而且十分安全。梦叙述的叙述者绝对隐身，充满了神秘性，没有任何人能够完全真正了解他的真实意图，隐含作者的立场由于各种原因难以确认。从梦叙述的叙述结构来看，梦者绝对显身，是梦世界的一个人物。那么叙述者就是对梦世界中的一个人物讲述故事，从叙述理论上来说属于私下叙述（Private Narration）。[1] 而这个私下叙述没有任何人可以偷听到，因为梦无法在此时此刻被别人分享。从前面的讨论中我们也可以看到，梦叙述甚至是在梦者醒后也无法与别人完全分享，因此叙述者可以放心大胆，任意妄为。

通过对作为虚构叙述文本的梦叙述各因素的探讨，笔者在这里也斗胆提出

---

[1] Susan S. Lanser. "Toward a Feminist Narratology", *Style*, Vol. 20, No. 3, 1986, pp. 341–363.

一个看法：也许梦正是人类通过"叙述"这种方式，让我们压抑的欲望、郁积的压力、无处宣泄的痛苦等得以释放，获得一种幻觉式的满足，从而通过倾诉使心灵得到清理、净化与治愈。叙述本身就是一种救赎。这是一种独属于个人的、私下的、方便的、安全的、经济的，不需要对任何人负责的有效方式。

第五节　伴随文本：《第二十二条军规》的前文本语境压力

评论界普遍认为海勒的《第二十二条军规》是黑色幽默小说的代表作，跟其他黑色幽默小说一样，它从不同的角度表现了共同的主题：人在荒谬、疯狂、异化和绝望的生存环境中，出于无可奈何的心情来嘲弄自己的厄运，同时也嘲讽西方社会的种种弊端。[1] 为了反映这个疯狂、异化、荒谬的世界，海勒在小说中也采取了类似疯狂的人物、情节和结构。有学者通过互文阅读认为《第二十二条军规》是史诗性的巨著，因为它从结构等因素方面戏仿了史诗《伊利亚特》，同时有学者将《圣经·创世纪》与《第二十二条军规》进行互文阅读，通过对《第二十二条军规》的解读反窥《创世纪》中上帝与人类的关系[2]，由此可见《第二十二条军规》主题的严肃性。海勒是介于现代与后现代转型期的小说家，笔者认为，其作品《第二十二条军规》的目的并非只是反映世界的荒诞与混乱，更重要的是要在这片荒诞与混乱中为人们寻找一种秩序，探寻生命的意义。该小说中出现了对《荒原》《失乐园》《瑞普·凡·温克尔》《睡谷的传奇》等文学作品的参照，这些作品构成了《第二十二条军规》阐释上的前文本语境压力。海勒在《第二十二条军规》中想要通过华盛顿·欧文的方式在荒原中为人类寻找一座新的伊甸园。这也是美国文学恒久不变的主题：伊甸园的重建。

华盛顿·欧文、约翰·弥尔顿、T.S.艾略特

在《第二十二条军规》中，海勒笔下的人物主要提到了三个文学名家。约瑟林在他审查的信件上签了华盛顿·欧文的名字，之后这个名字就贯穿了全

---

[1] 程锡麟：《虚构与现实：二十世纪美国文学》，成都：四川人民出版社，2001年，第27页。
[2] Marcus K. Billson. "The Minder-binding of Yossarian: Genesis Inverted in 'Catch-22'", *CLC*, Vol. 63, pp. 193—197.

书,共出现了 43 次(包括欧文、华盛顿)。后来梅杰上校又在自己签署的文件上签了华盛顿·欧文的名字,当他觉得厌倦了,他又改签为约翰·弥尔顿的名字。约翰·弥尔顿共出现了 9 次(包括弥尔顿、约翰)。而 T.S.艾略特则由温特·格林首先提出。他恶作剧般地给佩克姆将军打了电话,"只说了句:T.S.艾略特连自己的姓名也没给对方留下,便砰地挂上了电话"①。接下来这个名字就困扰了佩克姆和德里德尔将军良久。T.S.艾略特名字出现了 11 次。按照常理来说,作家在写作时都应经过精心的设计。像华盛顿·欧文这样一个贯穿了全文,发挥了重要作用的名字一定不可能是随便选择的。那么约翰·弥尔顿和 T.S.艾略特也必然如此。作者为什么要选择这三个作家,而不选择别的文学名家呢?这其中一定有他的道理。提到华盛顿·欧文,我们自然会想到他的作品《睡谷的传说》和《瑞普·凡·温克尔》,而约翰·弥尔顿自然会让人联想到他的《失乐园》,T.S.艾略特与其作品《荒原》更是密不可分。

　　首先这三个作家及作品与海勒及其作品有着相似的历史背景。他们的主要作品都有一个战争的历史背景。在其作品所反映的时期,人们都普遍存在一种精神和信仰的危机,而这四位作家分别以自己的方式去探索人类的精神世界。约翰·弥尔顿的《失乐园》创作于英国资产阶级革命之后。在"人文主义用人性反对神权,用个性解放反对禁欲主义,用理性反对蒙昧"②的时期、人们产生了对上帝的信仰危机,而弥尔顿用自己的基督教人文主义思想将对上帝的信仰与人文主义理念和谐地结合了起来,强调上帝赋予人的自由意志。华盛顿·欧文的《见闻札记》出版于美国独立战争之后,其中最有名的两篇则为《瑞普·凡·温克尔》《睡谷的传奇》。虽然独立战争已经过去多年,欧文却将《瑞普·凡·温克尔》与独立战争联系起来,跟海勒一样,他的目的不是描写战争,而是揭示这一社会大变革对现代文明的影响及由此带来的人类精神危机。艾略特的《荒原》则是对第一次世界大战后人类精神荒原世界的反映。海勒的《第二十二条军规》以第二次世界大战为背景,目的并非描写战争,而是通过战争来隐喻西方现代文明和人类的精神危机。这几位作家都能跳出意识形态的束缚,以一种先进的思想看到人类浮华背后的危机,并采用自己的方式来揭示

---

① 约瑟夫·海勒:《第二十二条军规》,张永华译,广州:广州出版社,2007 年,第 40 页。
② 张伯香、曹静:《〈失乐园〉中的基督教人文主义思想》,载《外国文学研究》1999 年第 1 期,第 49 页。

这种危机。

由于小说中不断提到这些作家的名字,同时作家的作品中又有一些质的相通之处,因此读者对小说的互文阅读有利于以一种新的视角来解读《第二十二条军规》。笔者认为海勒在《第二十二条军规》中,吸取了艾略特、欧文及弥尔顿的方式来探索人类的文明与精神危机,最终他选择了一种欧文式的对自然的回归。然而他的回归并不是简单的逃避,而是为人类寻找一个新的伊甸园。在这个伊甸园里,吃了智慧果,明白了善恶的人们可以身着遮羞的衣服,自由地居住在乐园里。

人类失乐园坠入精神的荒原

艾略特的《荒原》是对混乱的现实世界和精神世界的自然写真。第一次世界大战以后,整个西方社会遭遇了前所未有的危机。"人们的精神处于一片荒原和混乱的状态,极度空虚的人们在走向堕落。"[1] 然而荒原人"是一个无意识的群体,完全没有感觉到他们自己空虚堕落、精神死亡的现实,甚至对自己的生活状况心满意足"[2]。艾略特最终用其基督教思想,通过对上帝的信仰展望了荒原人获得上帝拯救的希望。他的创作目的并非单单反映荒原,更重要的是救赎荒原人。

《第二十二条军规》中同样为我们展示了一个人类社会的荒原。在小说的第39章"不朽之城"中,跟随约瑟林的目光,海勒向我们展示了一个地狱般的荒原。罗马城在战争中成了一片废墟,在暴力、罪恶和死亡的阴影下呻吟。同时,约瑟林在那些昏暗阴沉的街道上穿行,进而向我们展示了一个人类精神的荒原。

想起这个世界上更多令人不寒而栗、惨不忍睹的人和事。

除了那些擅长玩弄权术又卑鄙无耻的一小撮人外,这世上还有几人能得到温饱和公正的对待呢?即使在自己那个繁荣的国度。在同一个夜里,有多少家庭忍饥挨饿、衣不蔽体、房屋四面漏风?有多少丈夫烂醉如泥?

---

[1] 陈才忆:《艾略特的传统秩序与基督教拯救观》,载《四川外语学院学报》2005年第1期,第10页。

[2] 陈才忆:《艾略特的传统秩序与基督教拯救观》,载《四川外语学院学报》2005年第1期,第14页。

有多少妻子惨遭毒打？有多少孩子被欺侮、辱骂、遗弃？有多少人伤心、发疯、自杀？有多少奸商欣喜若狂？有多少富人变穷人，赢家变输家，成功变失败？有多少美满婚姻其实十分不幸？有多少圣徒道德败坏，聪明人愚昧无知？有多少老实人其实是骗子，勇敢者其实是胆小鬼，好人其实是坏人？有多少忠诚被背叛践踏？有多少达官显贵向恶魔出卖灵魂？又有多少人根本就没灵魂？[1]

在约瑟林的眼中，这个世界充满了罪恶。然而和艾略特的《荒原》中一样，除了约瑟林，《第二十二条军规》中的"荒原人"也意识不到自己处于精神的荒原中。而人们之所以意识不到自己所处的状态，是因为他们失去了自由意志，受到了别人的操控，而无意识地满足于自己的生活。而操控他们的这些人则是小说中提及T.S.艾略特的温特格林这一伙话语权的掌控者。小说中提到"整个战区，最有影响的人物大概非温特格林莫属"[2]。"作为第二十七空军司令部最优秀的邮件收发兵"，他总是丢弃佩克姆将军的书信，直接导致佩克姆总是得不到重用，而他的死敌，德里德尔将军的信件由于被温特格林发送出去了，因此意见总是得到重视。[3] 另外，他的一句"T.S.艾略特"就让两位将军坐立难安，状况百出。一个小小的邮件收发兵却掌握了两个将军的命运，可见他的权力之大。究其原因则是他掌握了话语的力量，用话语操控着身边的人。小说结尾处"米洛让卡思卡特上校当上副总裁""温特格林和格米洛和伙了"[4]，则可隐射现代社会中掌握了政治权力和经济权力的人拥有话语权力。是卡思卡特、米洛、温特格林这一伙撒旦式的人物使人类陷入了精神的荒原，他们为了自己的个人利益，以"为了国家"为幌子，用暴力、欺骗、诱惑等一系列手段束缚了人们的自由意志，让人们生活在精神的荒原中却不自知，就算是有所觉悟也无力反抗。

《第二十二条军规》中荒原的世界是一个疯狂的世界，小说重复使用最多的词就是"crazy"一词，一共出现了约115次。在这个疯狂的世界里，人们

---

[1] 约瑟夫·海勒：《第二十二条军规》，张永华译，广州：广州出版社，2007年，第516—517页。
[2] 约瑟夫·海勒：《第二十二条军规》，张永华译，广州：广州出版社，2007年，第376页。
[3] 约瑟夫·海勒：《第二十二条军规》，张永华译，广州：广州出版社，2007年，第36—37页。
[4] 约瑟夫·海勒：《第二十二条军规》，张永华译，广州：广州出版社，2007年，第562页。

也难逃疯狂的命运。军队剥夺了人的自由意志。在其监管下，军人成了单向度的人，处于精神危机中而不自知，无意识地自觉服从这个疯狂系统，适应这个系统，就算是有所觉悟也无法反抗。小说以此来隐射现代社会对人的监管，使人们成为单向度的人，自觉服从国家和社会疯狂的体制。

小说一开篇就向我们展示了一个疯狂世界中的空心人。这个世界真假不分、善恶难辨、黑白颠倒，一切都像浑身雪白的士兵床上挂的输液瓶，可以任意相互颠倒，相互调换。而士兵"全身上下都绑着石膏和纱布，双腿双臂也绑得紧紧的，根本没法动弹"[1]，由始至终，他一点声音也没有发出过。邓巴后来发现"里面没有人！……完全是空的。他们偷走了他！就这样偷走了，只留下这些绷带"[2]。

浑身雪白的士兵是典型的现代人的隐喻。现代人被外界力量紧紧束缚，无法动弹，毫无自由意志可言。他们像木乃伊一样被保存起来，外面缠满了绷带，里面却是死的。正如约瑟林所发现的斯诺登的秘密："人是物质。把他扔下窗口，他就会摔下去；把他点燃，他就会烧起来；把他埋在地下，他就会像垃圾一样腐烂。灵魂远去，人就成了垃圾。"[3] 当现代人失去了自由意志，只剩一个任人摆布的躯壳时，他们就是没有灵魂的垃圾。

海勒在现代化大生产背景下，批量生产了一大批没有灵魂的荒原人。《第二十二条军规》中人物众多，名字被提及的人就有八九十个。而小说中比较重要又重复出现的人物也有26个（括号中的数字为人物重复出现的章节序数）：约瑟林（40），卡思卡特（30），科恩（25），丹尼卡（22），邓巴（22），亨格利·乔（21），麦克沃特（21），米洛（21），内特利（21），布莱克（19），奥尔（18），阿费（17），随军牧师（16），德里德尔将军（16），温特格林（16），内特利的妓女（15），斯诺登（15），梅杰·梅杰（14），阿普尔比（13），丹比（13），哈尔福特（13），佩克姆（13），克来文杰（12），多布斯（12），哈佛迈耶（11），达克特（10）。[4] 虽然这26个人物在小说中重复出现，然而除了约瑟林，其余人物

---

[1] 约瑟夫·海勒：《第二十二条军规》，张永华译，广州：广州出版社，2007年，第4页。
[2] 约瑟夫·海勒：《第二十二条军规》，张永华译，广州：广州出版社，2007年，第456—457页。
[3] 约瑟夫·海勒：《第二十二条军规》，张永华译，广州：广州出版社，2007年，第552页。
[4] Clinton S. Burhans. "Spindrift and the Sea: Structural Pattern and Unifying Elements in *Catch-22*", *Twentieth Century Literature*, Vol. 19, No. 4, 1973, p. 248.

都没有什么发展变化，都是一些扁平人物。另外由于人物众多，读者很难对谁有很深刻的印象。然而，我们可以记住他们的一个共同特点——"crazy"。生活在这个疯狂的系统下，人们相信这个系统，按照这个系统办事，自然也成了疯子。他们本该有不同的性格结构，却全被打上了疯子的标签。他们是一批没有自我、被定义的人。海勒在介绍这些人物时基本都采用了同一个模式。他们在这个疯狂的系统监管下都成了一类人，是用同一个模具制造出来的：

McWatt："He was a short-legged, wide-shouldered, smiling young soul."[1]

Clevinger："He was a gangling, gawky, feverish, famish-eyed brain."[2]

Major Major："He grew awkwardly into a tall, strange, dreamy boy."[3]

The C. I. D. man："He was a brisk, pudgy, high-strung person."[4]

"Wintergreen was a snide little punk."[5]

Captain Black："He was a tall, narrow, disconsolate man."[6]

"Major-de Coverley was a splendid, awe-inspiring, grave old man."[7]

"Colonel Korn, a stocky, dark, flaccid man."[8]

"Colonel Korn was an untidy disdainful man."[9]

Piltchard & Wren："They were shifty, cheerful, subservient men."[10]

"The leader of this team of doctors was a dignified, solicitous gentleman."[11]

"Colonel Cathcart was a slick, successful, slipshod, unhappy man."[12]

---

[1] Joseph Heller. *Catch-22*. Dell Publishing Co., Inc, 1973, p. 59.
[2] Joseph Heller. *Catch-22*. Dell Publishing Co., Inc, 1973, p. 67.
[3] Joseph Heller. *Catch-22*. Dell Publishing Co., Inc, 1973, p. 84.
[4] Joseph Heller. *Catch-22*. Dell Publishing Co., Inc, 1973, p. 92.
[5] Joseph Heller. *Catch-22*. Dell Publishing Co., Inc, 1973, p. 103.
[6] Joseph Heller. *Catch-22*. Dell Publishing Co., Inc, 1973, p. 110.
[7] Joseph Heller. *Catch-22*. Dell Publishing Co., Inc, 1973, p. 130.
[8] Joseph Heller. *Catch-22*. Dell Publishing Co., Inc, 1973, p. 136.
[9] Joseph Heller. *Catch-22*. Dell Publishing Co., Inc, 1973, p. 196.
[10] Joseph Heller. *Catch-22*. Dell Publishing Co., Inc, 1973, p. 144.
[11] Joseph Heller. *Catch-22*. Dell Publishing Co., Inc, 1973, p. 179.
[12] Joseph Heller. *Catch-22*. Dell Publishing Co., Inc, 1973, p. 185.

"Colonel Cathcart was a very large, pouting, broad-shouldered man."①

"General Dreedle, the wing commander, was a blunt, chunky, barrel-chested man."②

Nately's old man: This sordid, vulturous, diabolical old man reminded Nately of his father.③

"Natley was a sensitive, rich, good-looking boy."④

"The chaplain's wife was a reserved, diminutive, agreeable woman."⑤

Nurse Sue Ann Duckett was a tall, spare, mature, straight-backed woman.⑥

"Orr was an eccentric midget, a freskish, likable dwarf."⑦

Peckem: "He was a perceptive, graceful, sophisticated man."⑧

海勒对人物的介绍主要采取了以上的模式:"主语＋be动词＋多个前置定语＋人物（man，woman）。"在通常情况下，英语中更常用的是后置定语，或是将多个形容词放在表语的位置。按英语的习惯，采用一个前置定语是符合语法规范的，而使用大量的前置定语却是极不寻常的。在小说中，海勒却采用了如此之多的形容词作为前置定语，应当有特殊的寓意。

小说将人物放在冗长的修饰语后面，将读者的注意力转移到这些形容词上，这些形容词如白绷带一样将人层层包围，让我们看不到真正的人。这些形容词就像标签一样，人是被它们定义的。人被这些外部的定义层层包裹，内部的灵魂已经变得不重要，也许他们已经失去了自己的灵魂，只剩下一个躯壳。

那么人是怎样变成这样一种没有灵魂的躯壳的呢？小说中，海勒用战争中军队疯狂的体制来讽喻了现实生活中的国家机制和社会体制。就是这些机械化

---

① Joseph Heller. *Catch-22*. Dell Publishing Co., Inc, 1973, p. 185.
② Joseph Heller. *Catch-22*. Dell Publishing Co., Inc, 1973, p. 212.
③ Joseph Heller. *Catch-22*. Dell Publishing Co., Inc, 1973, p. 239.
④ Joseph Heller. *Catch-22*. Dell Publishing Co., Inc, 1973, p. 243.
⑤ Joseph Heller. *Catch-22*. Dell Publishing Co., Inc, 1973, p. 265.
⑥ Joseph Heller. *Catch-22*. Dell Publishing Co., Inc, 1973, p. 288.
⑦ Joseph Heller. *Catch-22*. Dell Publishing Co., Inc, 1973, p. 306.
⑧ Joseph Heller. *Catch-22*. Dell Publishing Co., Inc, 1973, p. 313.

的体制让人们变成了如机器一样没有灵魂的人。如前文所说,卡思卡特、米洛和温特格林这一批人就是荒原人的制造者。卡思卡特代表政府在政治上对人的控制,米洛代表经济上对人的控制,而温特格林则代表话语权的控制。

卡思卡特这批军方政要是国家的代表,他们打着一切为了美国的幌子,实际却是为了自己的利益。军队里充满了明争暗斗,军官们为了自己的利益,将同一个军队的人当作敌人,可见政治官僚体制内部的黑暗与腐败。科恩质问约瑟林时说:"你怎么就不愿为你的祖国而战,不愿为卡思卡特上校和我而献出生命呢?""你要么对抗祖国,要么为我们而战。"[1] 他们将自己等同于国家,认为自己是最高权力的象征,因此要求其余士兵绝对服从,不允许有不同的意见。为此,他们制定了法律条文,进行意识形态宣传,同时还采取一系列欺骗、诱惑的手段。总之为了达到将人民"整齐划一"的目的无所不用其极,在此海勒暗讽了现代社会国家对人民的控制。

首先,第二十二条军规无处不在,无时不在行使着自己的权威。它的实质就是让人绝对服从,任何无理的事,只要搬出第二十二条军规,都会合理化。正如小说中所说,"第二十二条军规规定他们有权做任何事,人们绝对不能阻止"[2]。因此,卡思卡特上校为了自己能升官发财,无数次增加飞行任务,士兵们却无力反抗。沙伊斯科普夫将自己的兵训练成一批手都不用摆动的机器人。佩克姆将军让士兵穿着礼服去作战。部队不容纳不同的意见,因此只有那些从来不提问的人才被允许发问。人们在这种强行管制下渐渐失去了自己,不敢发出自己的声音,同时也失去了自由选择的权利,因为不被允许。

国家除了采取强制的方式将人民去个性化,同时还采取意识形态宣传的方式潜移默化地麻痹大众,将他们变为单一向度的人。马尔库塞认为,国家除了用暴力统治人民,更重要的是行使意识形态国家机器的功效,特别从媒体、家庭和教育等方面来控制人们的思想,让人们无意识地接受国家的监管,使其成为单向度的人。卡思卡特上校要让随军牧师在战斗前领着士兵们做祷告,是因为他看到《星期六日报》上登载了别的军队祷告的新闻。劳军联合组织的人一到晚上就给士兵们放映战争题材的电影,士兵们被强行要求去观看,因此剧场

---

[1] 约瑟夫·海勒:《第二十二条军规》,张永华译,广州:广州出版社,2007年,第532页。
[2] 约瑟夫·海勒:《第二十二条军规》,张永华译,广州:广州出版社,2007年,第510页。

也成了官兵们每日必到的"娱乐"场所。① 《星期六日报》以及剧场电影的播放，毫无疑问就是为了向士兵们宣传他们正在进行一场正义的战争，上帝会保佑他们，他们为了国家而战，最终将会取得胜利。内特利跟妓院中老头的对话，就体现了这种宣传的成功："内特利满怀激情、神色庄严地说：'不！世界上最强大繁荣的国家只能是美国，美国军人无与伦比，我们绝不会失败！'"②"你说的一切我都不信。我唯一相信的，就是这场战争的胜利将属于美国。"③"用生命为自己的国家去冒险，一点也不荒唐！"④ 可见内特利"中毒"何其之深，他已经完全被国家意识形态所同化。梅杰上校在小说中是一个极其规矩的人：

> 对长辈一向很尊敬，只要长辈吩咐，他什么都做。他们对他说凡事要谨慎，他就对任何事都很谨慎；他们提醒他当天该做的事决不能拖到第二天，他果然当日事当日毕；他们要他尊敬父母，他就尊敬父母；他们要他入伍前不杀人，他的确做到了不杀一个人。入伍后，他们要他杀人，他就大开杀戒；他逆来顺受，心甘情愿被人奴役。⑤

由此可见他对权威的盲目服从。另外当他决定主修英国历史时，遭到了参议员的训斥："你学英国历史！美国历史不好吗？和世界上任何一个国家的历史相比，美国历史同样悠久，一点也不逊色。"⑥ 因此，他立马就改修了美国史。梅杰上校一生做的唯一一件可能越轨的事情就是在文件上仿照约瑟林签了华盛顿·欧文的名字，后来签了约翰·弥尔顿。弥尔顿把自由意志和理性抉择看作上帝创造天使和人时所能给予人的最好礼物，拥有自由意志使人类成为万物之灵长。⑦ 海勒在这里让梅杰上校来签约翰·弥尔顿的名字，正好形成了一种强烈的对比，暗示读者自由意志的重要性，因为梅杰上校是一个完全失去自

---

① 马尔库塞：《单向度的人》，张峰译，重庆：重庆出版社，1988年，第26页。
② 约瑟夫·海勒：《第二十二条军规》，张永华译，广州：广州出版社，2007年，第300页。
③ 约瑟夫·海勒：《第二十二条军规》，张永华译，广州：广州出版社，2007年，第303页。
④ 约瑟夫·海勒：《第二十二条军规》，张永华译，广州：广州出版社，2007年，第305页。
⑤ 约瑟夫·海勒：《第二十二条军规》，张永华译，广州：广州出版社，2007年，第104-105页。
⑥ 约瑟夫·海勒：《第二十二条军规》，张永华译，广州：广州出版社，2007年，第105页。
⑦ 齐宏伟：《论弥尔顿〈失乐园〉中的撒旦形象及长诗主题》，载《南京师范大学文学院学报》2009年第1期，第111页。

由意志的人，他最终完完全全融入了第二十二条军规的系统：他在办公室的时候不让人来见他，只有他不在的时候，才允许别人来拜访。梅杰上校最终消失了。

同时国家还用经济利益来麻痹大众。米洛建立了强大的辛迪加系统，四处宣扬人人都有份，连死人都有份。他无耻地跟德军签订协约帮他们轰炸自己的部队，只需拿出账本说服大家这是为大家的经济利益服务，随即就被原谅了。他将飞机上的救命药品取走，只留下一张"有利于 M&M 辛迪加联合体即有益于国家"的纸条，用经济掩盖了罪恶，但这一切却都显得如此顺理成章。

最后国家还用话语权力来控制人民，把他们完全控制在意识形态的话语范围内。话语权利的掌控者用语言作为武器，将语言直接等同于事实，强迫人们对权力话语的绝对服从。马德上尉没有来得及去中队办公室报到，所以他牺牲后军方不承认他死了，甚至不承认他来过中队，因此，他的东西始终放在约瑟林的帐篷里。麦克沃特的飞机坠毁，由于记录显示丹尼卡医生在飞机上，因此就算丹尼卡医生活生生地站在人们面前，人们也对他视而不见，因为在军方的记录里他已经是一个死人。在这种情况下，人们也开始将文字直接与现实等同起来。梅杰上校因为知道自己的真名从此迷失了自己；约瑟林躺到谁的病床上就变成了那个人；丹尼卡太太收到军方的信件就确定自己活着的丈夫已去世；随军牧师因为没有签效忠宣誓，因此克来文杰等机组人员在空中神秘失踪一事就推到了他头上。小说中相似的例子随处可见。

在这样的系统下，人被麻痹，无意识地服从权威。正如约瑟林所认识到的，世上根本不存在什么第二十二条军规，纯粹是他们胡作非为的幌子和遮羞布，可问题在于人人都相信它的存在[①]，就算是有所觉悟也无力反抗。人已经完全失去自由意志，成了国家的提线木偶，陷入了人类荒原的精神危机。海勒面对这样的危机，在弥尔顿自由意志论的指引下，采用了华盛顿·欧文回归自然的方式，试图为人类寻找一个新的伊甸园。

乐园中穿着衣服的亚当

张隆溪认为《失乐园》这部史诗的核心问题是：善与恶的问题，知识和自

[①] 约瑟夫·海勒：《第二十二条军规》，张永华译，广州：广州出版社，2007 年，第 71 页。

由的困惑,乐园的概念和对乐园的追求。① 如果说在《失乐园》中,弥尔顿证明了上帝赐予人的自由意志,那么笔者认为小说《第二十二条军规》中,海勒是试图去捍卫人类的自由意志。因为拥有自由意志,人才能成其为人。同时,他想通过对人自由意志的探索为人类寻找一个新的伊甸园。

在《失乐园》中亚当和夏娃因偷吃禁果,被上帝赶出了伊甸园。然而评论界认为正是这个举动让亚当成了一个真正意义上的人并证明了上帝的公正,因为上帝允许亚当拥有自我选择的权利,而"亚当在被创造出来以后第一次真正运用了自己的自由意志"。这样看来,人类的堕落乃是幸运的堕落,它不仅使人成为真正意义上的人,而且会最终为人类带来远比伊甸园更为幸福的乐园。②

可见在《失乐园》中弥尔顿对人类自由意志的重视。在《第二十二条军规》中海勒对此同样重视。在大批量生产了一群疯子的同时,他也精心地设计了约瑟林这样一个亚当式的圆形人物。与小说中的大多数人不同,约瑟林是一个自我意识极强的人物,只有他才可以算得上是一个活生生的人。我们可以从文本中看出约瑟林跟小说中的大多数人不是同一类人。如前面所说,小说一共出现了115次"crazy",其中有47次都在说约瑟林,也就是说约瑟林身边的几乎每一个人都认为他疯了。而他们之所以认为约瑟林疯了是因为约瑟林的想法和行为都超越了所处的系统的允许。他的疯狂是对他生活于其中的病态世界的抗议。他不仅在思想上意识到自由意志的重要性,更重要的是他在行动上也反抗这种对人的绝对控制。

首先,约瑟林在思想上意识到军方剥夺了他们的自由意志,他不迷信权威,对任何事都有自己的主意。温特格林自动将约瑟林和其他人的关系划分为"我们"和"你"③。斯塔布斯医生说:"这发了疯的混蛋,或许只有他一个人才是清醒的。"④ 约瑟林意识到战争的残酷,"不过,好像除了约瑟林和邓巴之外,没人注意到这一点。每当约瑟林想提醒大家注意的时候,人们总是纷纷躲

---

① 张隆溪:《论〈失乐园〉》,载《外国文学》2007年第1期,第38页。
② 肖明翰:《〈失乐园〉中的自由意志与人的堕落和再生》,载《外国文学评论》1999年第1期,第76页。
③ 约瑟夫·海勒:《第二十二条军规》,张永华译,广州:广州出版社,2007年,第71页。
④ 约瑟夫·海勒:《第二十二条军规》,张永华译,广州:广州出版社,2007年,第136页。

开,觉得他是个疯子"[1]。他清醒地认识到"那婊子养的卡思卡特为了升官,要我们主动去送死"[2],不被军方的谎言迷惑,轻易就识破了他们的阴谋。他有一种强烈的求生本能,清醒地认识到他既要打赢这场仗又要活着,同时他也清醒地认识到米洛"是在为自己赚钱"。[3] 于是他满不在乎地说:"让使命见鬼吧!让辛迪加也见鬼去吧!我才不管有没有我的一份呢!"[4] 另外他对权威也极其蔑视,甚至挑战上帝的权威。他希望人人都成为拿但业,包括自己[5],"他对怎样去死心甘情愿,唯独不甘心做天命的牺牲品"[6]。可见他想做自己的主人,主宰自己的命运。他认为"上帝真是个制造大错误的不朽罪人!""我会让他血债血偿。我知道是哪一天!对,就是世界末日那天。我那天会离他很近,可以伸出手去抓住这个小乡巴佬的脖子,然后……"[7] 可见他不把权威放在眼里。正如桑德森少校所说,约瑟林不尊重至高无上的权威,又蔑视传统,自以为了不起,不遵守任何社会习俗,目无法纪。[8]

其次,约瑟林不仅思想上有所觉悟,行动上也做出了反抗。他做的一切反抗几乎都出自本能,都是为了保命:小说中只有他一个人无数次地反对增加飞行次数;当反对无效时,他每次执行任务,只要炸弹一扔完,就疯狂逃命。[9] 为了躲避战争,他经常借故躲到医院里不出来。他无数次地想要找人证明自己疯了,目的就是停飞。为了不执行任务,他甚至还偷偷移动了轰炸路线,在士兵的食物里下毒,最后他拒绝再飞。总之什么办法都想到、做到了,即使没有成功。

随着身边的战友一个个消失,约瑟林在战争中慢慢成长起来,真正意识到自由意志的重要性。他认为他应该有自由选择的权利,对自己的选择负责,并最终找到了出路。小说中有一个片段让人印象深刻,即在斯诺登的葬礼上,约

---

[1] 约瑟夫·海勒:《第二十二条军规》,张永华译,广州:广州出版社,2007年,第12页。
[2] 约瑟夫·海勒:《第二十二条军规》,张永华译,广州:广州出版社,2007年,第151页。
[3] 约瑟夫·海勒:《第二十二条军规》,张永华译,广州:广州出版社,2007年,第286页。
[4] 约瑟夫·海勒:《第二十二条军规》,张永华译,广州:广州出版社,2007年,第288页。
[5] 约瑟夫·海勒:《第二十二条军规》,张永华译,广州:广州出版社,2007年,第18页。
[6] 约瑟夫·海勒:《第二十二条军规》,张永华译,广州:广州出版社,2007年,第82页。
[7] 约瑟夫·海勒:《第二十二条军规》,张永华译,广州:广州出版社,2007年,第223页。
[8] 约瑟夫·海勒:《第二十二条军规》,张永华译,广州:广州出版社,2007年,第374-377页。
[9] 约瑟夫·海勒:《第二十二条军规》,张永华译,广州:广州出版社,2007年,第58页。

瑟林赤裸着身体坐在树上与米洛的对话。约瑟林说那是生命之树，也是识别善恶之树。①赤裸着身体的约瑟林和从头到脚被一件不祥的黑袍严严实实地包裹着的米洛，不禁让人联想到伊甸园中的亚当和撒旦。然而此处，当"撒旦"想要骗约瑟林吃下裹了一层巧克力的棉花——禁果，约瑟林没有上当。因为《失乐园》中的亚当吃下禁果，是行使了自己的自由意志，从此知道什么是自由意志，之后人类将能够拥有自由选择的权利，而约瑟林如果吃下禁果，就会失去自己的自由意志。同时"撒旦"的同伙卡思卡特也用相同的方式来诱惑约瑟林。他想把约瑟林送回美国去，因为约瑟林的反抗在军营里引起了骚动，让士兵们意识到他们还有另一种选择。但是约瑟林最终也没有上当。如果他接受了卡思卡特的提议，那么他就会失去自己，成为被他们摆布的人，失去自己的自由意志。

那么约瑟林最终找到怎样的出路呢？其实小说一开篇海勒就给我们交代了约瑟林的结局。在小说的第一章，约瑟林在检查信件时那一象征性的行为已经告诉了我们答案。"他很快宣布'处决'所有信函里的修饰语。这一来，那些信中的副词和形容词便在他的审查中统统消失了。次日，他将目标转向冠词。第三天，他将创意发挥到极点，除冠词外，把信中的其他修饰语全部删除。"②因此他象征性地拆掉了裹在人类身上的白绷带，留下了人类最实质的灵魂。最重要的是他签上了华盛顿·欧文的名字。提到华盛顿·欧文，人们自然联想到他的名作《瑞普·凡·温克尔》和《睡谷的传奇》。在《瑞普·凡·温克尔》中，欧文刻画了美国文学中的第一个遁世者形象。温克尔"对现实的逃离，就是对于现代文明社会的否定与冷漠"。美国经过独立战争之后，工业带来了经济繁荣，一部分人富裕起来，而另一部分人还在原地徘徊，同时拜金主义盛行，人们渐渐变得冷漠。③因此温克尔的逃离是一种自我的边缘化，不愿与现代文明同流合污。而在《睡谷的传奇》中，欧文为人们提供了一个逃离的地方，他虚构了一个乌托邦世界。当整个外部世界急速发展，整个国家躁动不安，人们充满纷扰和烦恼时，睡谷却静谧安宁，人们依然过着悠闲自得的生

---

① 约瑟夫·海勒：《第二十二条军规》，张永华译，广州：广州出版社，2007年，第324页。
② 约瑟夫·海勒：《第二十二条军规》，张永华译，广州：广州出版社，2007年，第2页。
③ 翟敬美：《逃跑的亚当：谈美国19世纪浪漫主义文学中以温克尔为代表的男性主人公的向往与反抗》，载《语文学刊》（外语教育教学）2009年第9期，第28页。

活。可见欧文对回归自然的渴望,对自由生活的向往。这与欧文所受的超验主义影响是分不开的。超验主义强调个人、自然,推崇人的至高无上。他们对"工业发展所带来的负面影响——个性和人性的丧失,人们对物质生活的过分追求、人与自然疏远等深恶痛绝"①。因此海勒为约瑟林设计了一个华盛顿·欧文式的逃离,让他逃到瑞典这个远离战争的乌托邦。他的逃离没有背弃职责,相反,正是冲它奔去。②选择逃离意味着他开始真正行使自己的自由意志,从此以后他将做自己的主人,为自己的选择负责。约瑟林前面一直不愿意穿制服,赤裸的形象不断在书中出现,然而在逃离之前,约瑟林让牧师将他的衣服拿来,他穿上衣服才走。恰如亚当在知善恶以后,穿上遮羞的衣服奔向了人类新的乐园。正如米加勒告诉亚当:"在你内心另有一个远为快乐的乐园。整个大地都将变成乐园,那比伊甸园更为幸福,日子远为美好!"③ 因为人类现在明白了善恶,学会了行使自由意志。

华盛顿·欧文、T.S.艾略特、约翰·弥尔顿几个文学巨匠的姓名在小说中重复出现,但至今都没有引起学界的关注,笔者通过对《瑞普·凡·温克尔》《睡谷的传奇》《失乐园》《荒原》《第二十二条军规》等作品的前文本语境压力的解读,认为这几个名字的出现并非偶然,而是作者的精心设计。海勒不仅向我们展示了一个混乱疯狂的世界,更重要的是在这个疯狂的荒原世界中为人类寻找了一个新的精神家园。在这个乐园中,人类拥有自由意志,可以自由选择自己的生活和决定自己的命运,同时也为自己的选择承担责任。

第六节 区隔:形式"犯框"与伦理"越界"

本节在进入论题之前,要先提出一个看似荒谬的问题:虚构叙述的创作者是否可以任意杀死人物?这个问题看起来荒谬,首先是因为创作者和人物是属于不同层面的两个概念:创作者是经验世界真实的人,而人物却是文本世界或

---

① 翟敬美:《逃跑的亚当:谈美国19世纪浪漫主义文学中以温克尔为代表的男性主人公的向往与反抗》,载《语文学刊(外语教育教学)》2009年第9期,第29页。
② 约瑟夫·海勒:《第二十二条军规》,张永华译,广州:广州出版社,2007年,第566页。
③ 引自肖明翰:《〈失乐园〉中的自由意志与人的堕落和再生》,载《外国文学评论》1999年第1期,第76页。

说是虚构世界的构想物,"杀死"无从谈起。但是,如果人物走出虚构世界,或者创作者走进虚构世界呢?

还可能有这样一种理解:如果说"杀死"只是一个隐喻,创作者是否可以任意操控虚构世界的人物、各种关系,是否是有着生杀大权的那个至高无上的存在?可能在很多人看来,创作者是上帝一般的存在,因为整个虚构世界都是由作者创造的,自然全由他决定,安排谁生谁死都在他一念之间,"杀死"任何人物都是他的自由选择,更何况,虚构世界中杀死人物与现实中杀人不同,前者是虚拟的,并不构成事实。所以,这个看似荒谬的问题乍一看答案可能确定无疑:作者能够杀死人物。

然而仔细想来,观众或读者常常会在读完一本小说或看完一部电影时,深深感到遗憾,认为某某不应该死;就连作者本人也会为某个人物的死亡而伤心落泪,但又不得不"杀死"他。大家最为熟悉的例子,可能要数金庸"杀死"乔峰。观众每每说到乔峰死亡的情节,无不捶胸顿足,而金庸每每提及此也是老泪纵横。可见,无论是"杀"还是"不杀",都不能完全取决于创作者的自由意志,似乎有一股无形的力量在影响作者的选择。本节试图结合文学伦理批评和叙述学的相关理论来讨论并回答以上提出的问题。

叙述转向与伦理转向

本节之所以把伦理与叙述结合起来讨论,是因为它们可以说是一个问题的两个方面。从 20 世纪 80 年代开始,许多学者认为批评界出现的一个重要趋势是"伦理转向"[1]。从西方世界来看,布斯认为文学中必然包含伦理因素,那么文学批评必然要关注文学作品的伦理因素[2];玛莎·努斯鲍曼则倡导伦理批评中价值观的多元性[3];西方对伦理批评的关注不仅关注作者、作品,同时也关注读者的阅读伦理。费伦在接受唐伟胜的采访时提到读者的伦理判断是阅读

---

[1] Michael Mateas, P. Sengers, eds. *Narrative Intelligence*. Amsterdam: John Benjamins Pub., 2003.

[2] Wayne C. Booth. "Why Banning Ethical Criticism is a Serious Mistake". *Philosophy and Literature*, Vol. 2, 1998, pp. 366−393.

[3] Martha C. Nussbaum. "Exactly and Responsibly: A Defense of Ethical Criticism". *Philosophy and Literature*, Vol. 2, 1998, pp. 343−365.

中必然的部分[1]，而希利斯·米勒也同样认为阅读过程必然含有伦理因素。杨革新认为80年代是西方伦理批评的分界点，80年代后西方伦理批评获得了复兴，也即是西方学者所认为的伦理转向。但是他同时也指出西方，特别是"美国伦理批评没有形成系统的批评框架"。[2] 上面所举之例中的布斯、费伦、米勒几位关注文学伦理批评的学者均是美国非常有代表性的叙述学家，他们不约而同地讨论叙述与伦理的关系，探讨读者、作者、与文本之间的关系及责任，可见伦理批评与叙述存在着内在联系。

文学伦理学批评同样也引起了中国叙述学家的关注，除了前面提到的唐伟胜与费伦的对话，赵毅衡、乔国强、尚必武等叙述学家也纷纷撰文讨论文学伦理学的相关理论或进行相应的文本实践。在西方发生伦理转向的同时，也正是叙述转向大行其道之时。70年代海登·怀特的《元史学》开始了西方真正的叙述转向，这个运动在80年代开始渗入各个学科——历史学、社会学、心理学、政治学、教育学甚至医学，等等，叙述成为文科的普遍对象。

然而在这个过程中传统的以小说为原型的叙述学研究的问题也随即凸显出来。80年代的叙述转向使得叙述突破了小说的阈限，进入了不同媒介。传统以小说为原型的研究已经无法适应叙述理论的发展，然而西方叙述理论由于长期受到叙述定义的限制，将叙述定义为重述，难以突破小说研究。赵毅衡广义叙述学的建立，将叙述学与符号学相结合，真正实现了跨媒介、跨学科的叙述研究，同时使叙述学研究真正摆脱了以小说为原型的约束。因为叙述底线定义的提出，赵毅衡重新定义了叙述，大大扩展了叙述学的研究对象，同时也为研究广义的叙述奠定了基础。前文虽已提及，但它如此重要，此处不妨再述，根据先生的叙述的底线定义，一个叙述包含两个叙述化过程：

1. 某个主体把有人物参与的事件组织进一个符号文本中；
2. 此文本可以被接收者理解为具有时间和意义向度。[3]

这个定义明确提出第二次叙述化，并将其置于最重要的位置。一个文本要

---

[1] Tang Weisheng. "The Ethical Turn and Rhetorical Narrative Ethics"，载《外国文学研究》，2007年第3期。

[2] 杨革新：《文学研究的伦理转向与美国伦理批评的复兴》，载《外国文学研究》，2013年第6期，第24页。

[3] 赵毅衡：《广义叙述学》，成都：四川大学出版社，2013年，第7页。

称为叙述，必须要能够被理解为具有时间和意义向度。所谓的时间向度，笔者认为是指文本内的逻辑融贯、因果联系；而所谓的意义向度则首先是指一部作品的伦理意义。

在《广义叙述学》中，赵毅衡首次提出"表面上看，叙述转向是个文本形式问题，而伦理转向强调内容或意识形态。实际上，它们是一个问题的两个方面"[①]。这一论述将伦理批评与叙述研究在理论上结合在一起。事实上文本的形式变化（叙述）与文本的内容和意识形态的变化（伦理）从来都是不可分的。叙述文本的形式变化不仅服务于内容或说文本的伦理意义，事实上叙述形式变化本身就包含了伦理意义，所谓形式即意义，其中首要的也是伦理意义。

从叙述的底线定义来看，"正是因为叙述化，才彰显了伦理问题。叙述化不仅是情节构筑，更是借叙述的情节化彰显伦理目的"[②]。叙述必须要将生活中的各种细节进行挑选和重组，通过挑选和重组经验细节来寻找规则与意义，从而将这些细节编排成具有意义的情节。可以说将处于各种纷乱关系的细节构筑成一个意义的整体（文本）就是情节化，也就是文本的叙述性。赵毅衡明确指出，"叙述的目的是意义，首先是道德意义"[③]，即伦理意义，也就凸显了叙述的教诲功能是第一位。

这一点与文学伦理学批评有所契合。聂珍钊也提出"文学的根本目的……在于为人类提供从伦理角度认识社会和生活的道德范例，为人类的物质生活和精神生活提供道德指引，为人类的自我完善提供道德经验"[④]。可见，两位专家虽然研究对象各有不同，但都认为叙述或文学最重要的目的是其伦理意义，是为社会提供道德教诲。事实上，任何公开发表或出版的艺术作品都必然要承担一定的社群责任。因此除了文学文本，其他各类叙述，特别是对社会影响巨大的电影或电视剧等这类叙述，更是必然要发挥其伦理功能。

在以上讨论的基础上，本节试图结合文学伦理学的批评方法和叙述学的分析方法，将文学伦理学这种有效的批评方法应用到演示类叙述中，尝试从伦理

[①] 赵毅衡：《广义叙述学》，成都：四川大学出版社，2013年，第14页。
[②] 赵毅衡：《广义叙述学》，成都：四川大学出版社，2013年，第15页。
[③] 赵毅衡：《广义叙述学》，成都：四川大学出版社，2013年，第15页。
[④] 聂珍钊：《文学伦理学批评：基本理论与术语》，载《外国文学研究》，2010年第1期，第17页。

的立场解读、分析和阐释叙述作品，探讨作品的伦理意义，研究作者的伦理责任，同时也回答前面提出的问题：作者能不能任意杀死人物？事实上影响作家选择的那个无形因素就是艺术作品必须要传达的"伦理意义"，那么作者必然要做出伦理选择，而读者在阅读和阐释中也无法摆脱伦理规则。叙述形式或技巧的选择不仅有助于更好地传达伦理意义，叙述形式的变化或转换本身也会传递出伦理意义。正如乔国强所说："从作者采用的叙事技巧中，我们也能窥见作者在伦理道德方面的价值取向。"[①]

本节选择的主要研究对象是几个非常有特色的文本：《楚门的世界》（*The Truman Show*）、《笔下求生》（*Stranger than Fiction*），以及曾经非常流行的电视剧《W-两个世界》。之所以选择这几个文本，是因为它们都是以电影或电视这种流行的艺术形式，来探讨艺术的产生以及艺术创作者的伦理责任，可以说是一种关于艺术的艺术，或是"元艺术"。这几个作品分别探讨了关于电视、小说及漫画的创作。同时，这几个文本都选用了类似的叙述策略，是本文题目中所说的"犯框"。艺术形式可以犯框，但是艺术中所传达的伦理意义却不能越界，这就是本节所要讨论的核心论点。

区隔与犯框

本文所说的"框"首先是形式论中所说的"框架"（frame），同时也喻指"规则"，那么犯框即是指越过框架或是违反规则。赵毅衡先生在《广义叙述学》中提出了"双层区隔"这一重要原则，用以区分纪实型叙述与虚构型叙述。在他看来，"区隔框架是一个形态方式，是一种作者与读者都遵循的表意-解释模式"[②]，区隔目的是隔出一个再现世界，其最大的特征就是媒介化。赵毅衡的"双层区隔"以作者和读者遵循的"表意-解释"模式，首先，在一度区隔中将经验世界媒介化为符号文本构成的世界，从而代替被经验的世界。原理是经验世界被符号化，也就是用符号媒介再现经验世界。其次，二度区隔是二度媒介化，是在符号再现的基础上设置第二层区隔，也就是再现中的进一步再现。由于是二度媒介化，与经验世界隔开了双层距离，因此接收者不问虚构文

---

① 乔国强：《"文学伦理学批评"之管见》，载《外国文学研究》，2005 年第 1 期，第 26 页。
② 赵毅衡：《广义叙述学》，成都：四川大学出版社，2013 年，第 74 页。

本是否指称"经验事实"。① 二度区隔建立在一度区隔之上，也就意味着二度区隔是被包裹在一度区隔之内的区隔世界。一度区隔和二度区隔属于不同的区隔框架，原则上两个区隔世界相互不通达，因为处于区隔内的人物看不到自身所处的区隔框架。但是也有我们所说的例外情况，即区隔框架痕迹暴露，人物破框而出或是而入，构成犯框。下面我们就来讨论这三部作品中的区隔犯框。

我们首先以电影中的"楚门秀"为研究对象。导演克里斯托弗及其主创团队是该作品的创作者，他们属于经验世界。楚门的生活被拍下作为纪实电视片播出，是经验世界的一度媒介化，属于一度再现。但在这个区隔中，楚门与周围的人物不一样。他周围世界的各个人物和环境构筑了一个虚构世界，而他在不知情的情况下被设定为这个虚构世界的主人公。事实上《楚门的世界》是伪装成纪实的虚构。楚门作为唯一一个被设定的人物完全处于虚构二度区隔，准确地说，他周围的人是由演员扮演的角色。这些人物与楚门同处在虚构区隔中，因此楚门看不出他们只是角色。但对于电影中的观众来说，由于该虚构伪装成纪实，他周围的所有人事实上是作为演员处于纪实一度区隔。赵毅衡先生在《广义叙述学》中也讨论了《楚门的世界》的犯框问题。他认为该片正是虚构框架区隔痕迹暴露，主人公楚门发现了再现痕迹②：他家附近的路上每天都有相同的人和车反复往来，多年在医院工作的妻子身份可疑，甚至儿时死去的父亲突然出现，最后楚门找到区隔框架（摄影棚的边界），迎面与总导演对抗，最终破框而出，走出媒介化的世界，走向经验世界。

《笔下求生》也如此，哈罗德是凯伦小说中的人物，处于二度区隔框架内。当他发现自己的生活是被叙述出来的时，也就发现了二度区隔框架的痕迹。破框而出的哈罗德找到经验世界的作者凯伦，从而与凯伦出现在同一个世界。《W-两个世界》原理类似，但相对复杂。女主角和父亲处于经验世界，而姜哲却属于二度虚构区隔的漫画世界中。父亲和女主角先后被拉入漫画世界，他们可以说只是被一度媒介化，处于一度区隔，他们能够看到二度区隔框架，知道姜哲是二度框架内的人物。但姜哲由于处于框架内而不自知，直到女主角告诉他，他只是个被画出来的故事人物，从而向二度虚构框架中的人物暴露了框

---

① 赵毅衡：《广义叙述学》，成都：四川大学出版社，2013年，第76页。
② 赵毅衡：《广义叙述学》，成都：四川大学出版社，2013年，第83—84页。

架痕迹。后来漫画主角破框而出走到经验世界，要求漫画家为他画一个圆满的结局。

从以上分析可以看出，三部作品中二度虚构区隔中的人物最终均发现了区隔框架的痕迹，最后走出区隔世界，跨越了区隔框架。这种犯框的形式如我们所说，是违反常规的形式变化，那么创作者意欲何为，我们在下一部分来探讨。

"框"内的横向真实与伦理的"边界"

对叙述形式的描述最终还是应该落实到叙述的根本目的——意义，特别是作品的伦理道德意义。从创作论来看，既然艺术是一种伦理观念和道德的表达形式，那么创作者通过伦理选择，在其作品中表达自己的伦理价值；从接受论来看，读者在阅读过程中可以阐释出作品中反映的作者之伦理价值，窥探作者的伦理选择。同时在阅读过程中，在发掘作品的伦理意义的过程中，读者自己也做出了伦理选择。

《楚门的世界》《笔下求生》及《W-两个世界》这三个我们所说的"元"创作，都有意识地探讨作者及艺术作品的根本目的或是功能。其创作者用了颇为极端的方式，让虚构世界的人物与创作者面对面，从而让创作者不得不反思创作目的及其伦理选择。因此这几个作品之所以犯框，目的就是要更为有效地传递作品的伦理意义。犯框某种程度上是打破规则，艺术形式可以通过突破规则来求创新，伦理意义却不能犯框。可以说，形式的犯框正是为了守卫伦理的边界，让伦理意义不越界。正如聂珍钊所说，社会业已形成和为社会所认同的伦理秩序必然制约生活于其中的个人，一旦违反这些伦理规则，就会受到惩罚。[①] 一个社会的伦理规则需要用一定的形式保存和固定下来，而某个特定时期的伦理规则相对稳定并已然得到社会的认可，因此即便是艺术创作也必须要符合这一伦理规则，不能越雷池一步。或者更准确地说，任何形式的艺术创作，其首要目的是储存和传递伦理意义，用形式来保存内容，而形式的犯框，正是为了伦理意义不犯框。

---

① 聂珍钊：《文学伦理学批评：基本理论与术语》，载《外国文学研究》2010年第1期，第19页。

形式犯框之所以会引起观众对伦理边界的思考，是因为当人物犯框走入另一个区隔世界时，各个区隔世界横向真实，人物的伦理身份在不同世界就发生了变化，从而人与人之间的伦理关系发生混乱，那么维持人与人之间关系的伦理规则就会遭到挑战。但是由于艺术形式的首要意义是伦理意义，无论是小说还是电影，通常在结尾时，都会以某种形式恢复或重建被这个社会认可的伦理秩序。本节所讨论的三个文本有一个共同点：三个文本中虚构的二度区隔世界所体现出的伦理规则违反了社会所认可的伦理规则，因此主人公不得不犯框来对抗作者赋予文本的伦理价值取向。因此犯框是为了恢复伦理秩序，守住伦理边界。

前文我们提到，三部作品中的人物均发现了区隔框架的痕迹，从而破框而出。所谓的区隔框架痕迹即再现痕迹。人物本来以为自己处于经验真实世界，结果发现自己是被叙述出来的，也就是发现自己是被媒介化地再现。那么人物为何从一开始不知道呢？这就涉及我们所说的区隔与文本内真实问题。

赵毅衡认为"在同一文本区隔中，符号再现并不仅仅呈现为符号再现，而是显现为相互关联的事实，呈现为互相证实的元素"[1]。也就是说，在同一个区隔框架内，各个人物、场景及人与人之间的关系等彼此构成相互关联的事实，彼此相互证实，构成一个横向真实的世界。人物处在这个横向真实的世界中，看不到区隔框架，彼此互为真实存在。对于同一个区隔世界内的人物来说，虚构并不呈现为虚构，而是呈现为这个区隔世界内经验的真实存在。只有区隔框架外的人才能看到区隔框架，而区隔内的人物却看不到。观众和读者因为能看到区隔框架，所以能够分辨再现、虚构，但是虚构世界的人物由于在区隔框架内，所以看不到框架。因此"犯框"就是打破以上的原则，即在区隔框架内的人物发现了自己所处区隔世界的框架痕迹。而所谓"破框而出"，是指人物看到区隔框架后，跳出自己所在的世界，来到另一个区隔世界。

无论是发现区隔框架痕迹还是破框而出，在形式上都是违反了常规，但是此处所讨论的三个文本创作者都不得不做出这个违反常规的形式创新，因为形式犯框就是为了伦理不犯框。接下来将会结合具体的例子来讨论犯框、框内的横向真实与伦理意义之间的关系，同时也回答开篇提出的问题。

---

[1] 赵毅衡：《文本内真实性：一个符号表意原则》，载《江海学刊》2015年第6期，第23页。

《楚门的世界》开头，总导演在接受采访时说："我们看戏，看厌了虚伪的表情，看厌了花巧的特技。楚门的世界可以说是假的，楚门本人却半点不假，这节目没有剧本，没有提场，不是杰作，但如假包换，是一个人一生的真实记录。"楚门的世界为假，因为这是一个虚构的世界，楚门本人不假是因为楚门不知道他是被设定的角色。观众知道桃源岛是一个虚构的世界，但生活在这个虚构世界中的楚门却不知道，因为他看不到区隔框架，这个世界对于经历其中的人来说横向真实。本来这是一个娱乐事件，但是当楚门发现区隔框架的痕迹后，该事件演变成了对作者（该秀的创作团队）以及观众的伦理考验。

前30年中，观众可能都希望楚门永远不要发现自己的身份，这样他们所喜爱的真人秀就可以继续下去。但是当楚门识破区隔框架时，他不断试图闯出这个框架，获得自己人生的自由，大家才开始反思观众与创作团队事实上剥夺了另一个人的生命和人生的自由。在最后一场戏中，楚门驾船试图冲出虚构二度区隔，总导演为了留住他，让剧组人员在海面掀起狂风巨浪，并不断加大力度，这一行为受到了观众和剧组同仁的一致谴责。这也是区隔犯框带来的结果。当楚门发现区隔框架时，对于观众来说该作品的体裁发生了变化，从虚构作品变成了纪实作品。纪实作品的体裁要求是指称事实，作者要对事实负责。当楚门与其他演员处在同一个世界时，他的伦理身份发生了变化。这个世界对于每一个人来说都是真实的，那么主创团队用暴风雨的形式试图留住他就不再是虚构的行为，而是真实发生的"谋杀"。楚门经历了暴风雨，闯出了虚构世界，最终证明了艺术作品守住社会伦理的边界远比娱乐观众更重要。从虚构到纪实的犯框不仅让作者对真实性负责，同时也让作者对其伦理价值负责。可见如果没有楚门的犯框，导演及创作团队的伦理价值取向就不会遭到质疑，伦理规则将继续遭到破坏。可以说楚门的犯框正是为了恢复伦理的秩序。

同样的情况也发生在《笔下求生》中，小说中的人物哈罗德发现区隔痕迹，跨出虚构区隔框架去找到小说的作者凯伦时，他与观众和凯伦就处于同一个区隔世界，这个世界横向真实。凯伦本来是在设计虚构区隔中人物的死亡，但是当人物犯框，与她同属于一个世界时，对于她来说就不再是虚构，而是一个真实的存在。本来作者已经设计好了主人公的完美死亡方式，让他在马路上为救一个小孩而被车撞死，让这样一个平淡无奇、生活乏味的小人物最后成为一位悲剧式的英雄，从而完美谢幕，但当哈罗德找到她时，她犹豫了。

177

凯伦将小说初稿交给哈罗德，哈罗德自己不敢阅读，便将初稿转交给朱尔斯·希尔伯特，请他帮忙阅读，判断自己是否有机会逃脱死亡。从小说文本来讲，哈罗德是希望通过对小说情节发展和逻辑关联等方面的评估，来找到一个可以逃脱死亡的方式。可惜读完后，希尔伯特对他说："哈罗德，很遗憾，你不得不死。这是一部文学巨著，可能是她已经很辉煌的写作生涯中最重要的小说。如果你不在结局中死掉，就不完美了……这是所有悲剧的规律，英雄死了，故事永久流传下去。"哈罗德从头至尾细读了一遍小说后，将小说还给凯伦，并对凯伦说："我看了，我真的非常喜欢它，它只能有一个结果。我喜欢这本书，我想你应该写完它。"哈罗德鼓励凯伦完成小说，意味着他认可了小说中自己死亡是唯一结局。可见从美学效果来看，小说中的哈罗德必须要死，小说才能算是完美谢幕，才能成为杰作。当然，凯伦也展开了艰难的选择，质问自己是否可以"杀掉"无辜的人。

　　哈罗德的犯框，使他与凯伦的伦理身份发生了变化，从而让两者都陷入了艰难的伦理困境与伦理混乱。从美学角度来讲，凯伦改变小说的结局让她的作品从伟大的巨著变为只是教授口中的"还可以"，让小说的结尾与其他部分不协调。但是凯伦宁愿重写小说也要让哈罗德活下来，因为"这个人如果知道自己快要死亡，知道自己可以阻止，但仍然愿意赴死，这样的人应该活下去"。正是因为哈罗德犯框，与凯伦出现在同一个世界，凯伦才被迫重新展开对创作目的的思考。也正是哈罗德的犯框才使他这样一个平凡人物的英雄行为显得尤为伟大。哈罗德犯框，读了小说，实际上已经知道了自己的死亡方式。但是在看到小男孩遭遇危险的时候，他明知自己会死，依然选择救他，这使他的英勇行为更加伟大。可见，形式犯框是在守护伦理的边界。

　　任何公开发表的艺术作品都要承担社群功能，因此这个社会所能认可的艺术作品通常都要以一个惩恶扬善的结局收尾，这样才算是传达了正确的伦理价值观。《W-两个世界》可以算是一个悬疑题材的作品。事实上该类体裁总是以主角人物找到凶手，坏人得到应有的惩罚为结局。体裁形式如此，其实也是为伦理意义服务。这样的体裁要求正是要守住惩恶扬善的伦理价值。然而在《W-两个世界》中画家试图"杀死"主人公姜哲打破了体裁期待，同时也就违反了这种体裁形式所建构的伦理秩序，因此主人公姜哲必须要犯框阻止画家，才能够守住体裁形式，守住伦理意义。

姜哲成功犯框，跑出漫画世界，从而与画家及其女儿成为同一个区隔世界的人。姜哲找到画家，要求他必须画出的结局是找到凶手。但漫画家却说，没有凶手。在这个故事中，杀手只是一个设定，这个设定就是为了让主人公能够强大起来。故事中根本没有凶手。姜哲无法接受这个结果，他控诉作家把自己那卑鄙的手当作神之手，毫无责任感，但主人公自己却记得每一次痛苦，他经历了全家被杀、含冤入狱的惨痛，一直在痛苦中追查那个不存在的凶手。漫画家辩护，这是剧情，这是作家的工作。但姜哲指出，"你看到我是活生生的人，却还是想杀我，这就是你的本质。你残忍、暴力。你只是把刀换成了笔"。

漫画家辩护这是剧情，是因为他是虚构世界之外的人。而姜哲的愤怒来源于他属于虚构世界，所以对他来说漫画世界横向真实，他所经历的一切痛苦、冤屈都真实。所以可以说姜哲和漫画家对此的解释发生了元语言冲突。他们属于不同的区隔框架，采用的是两套不同的元语言规则。犯框使事件性质发生了改变。吴成务在经验世界通过漫画"杀死"姜哲，与他跨入虚构区隔框架杀死姜哲，完全是两种性质。作为漫画家，他只是在创作虚构的作品，但是当他进入虚构世界，对于虚构世界的人物来说，彼此都真实。那么他捅了姜哲一刀即是"谋杀"。这也是姜哲为什么要质疑他的本质。

姜哲犯框来到真实世界，他与漫画家就属于同一个区隔框架内，彼此都是真实的。但是可惜，漫画家显然不懂叙述学，因此差点丢了性命。他不断挑衅："你是虚构的，你什么都不是，你只是我设计出来的一个角色而已。"他坚信姜哲只是一个人物，这个人物的设定就是一个不会杀人，生活在法律和良心下的英雄，所以不可能开枪。漫画家作为创造者的自负让他看不清跟他属于同一个区隔世界的姜哲现在是一个有血有肉的人，而不再是角色，从而被主角开枪击中。

主角人物的犯框，正是为了纠正漫画中的伦理犯错，同时也警示了创作者的责任。然而人物在盛怒之下向作者开了枪，虽然情有可原，却于法不容，因此电视剧又陷入了新一轮的伦理混乱。为了能够恢复伦理秩序，该作品只能重新洗牌，重画漫画，改变最初的故事，从而挽回姜哲杀人的命运。这样作品在形式上只能一次又一次发生犯框，目的就是恢复伦理秩序。

这种形式的电影到现在依然并不是常态，中国甚至到现在尚未出现过这一形式的电影。一个社会的伦理价值需要用形式固定下来，并传递下去。当伦理意义遭到破坏，产生混乱时，形式的变化、犯框正是为了保卫伦理的边界。艺术形式的灵活犯框，正是为了所传达的伦理意义不越界。艺术的根本目的是保留和传递人类共享和认可的伦理道德经验。当然人若不遵守伦理规则，也会受到惩罚。比如，理查德的小说《按钮、按钮》（*Button Button*）中妻子按下"杀人按钮"，杀死的却是自己的丈夫。

结　语

　　西方叙述学的发展主要经历了经典叙述学与后经典叙述学两个阶段。随着叙述理论的发展，西方尝试一步步从传统的结构主义叙述理论中解放出来，不仅突破了单一媒介的叙述模式，也跨越了单一的叙述类型研究。后经典叙述学中的修辞叙述学、女性主义叙述学以及认知叙述学在西方发展壮大，并进一步发展出自然叙述学、非自然叙述学、可能世界叙述学、电影叙述学等；但在今天，叙述学理论的发展并没有止步于借用其他领域的相关理论来嫁接一种新的叙述学理论，叙述学的相关理论与研究方法也走进了历史学、心理学及教育学等领域并发挥了重要作用。中国的叙述学发展在西方叙述学发展的基础上也经历了经典叙述学及后经典叙述学两个阶段。与国外相比，中国早期的叙述学发展更多的是文本实践，理论创新略显不足。然而随着叙述理论研究的推进，中国的叙述学理论研究也蓬勃发展起来，中国的叙述学家们不仅发展和补充了西方的叙述学理论，也建构了属于自己的叙述学理论。

　　本书将理论探讨与文本实践相结合，用理论指导文本实践，又用文本阐释来检验和推进理论的发展。三个章节分别针对经典叙述学、后经典叙述学及符号叙述学中的核心概念或是有争议的概念展开讨论，并尝试将这些概念运用到文本阐释中，赋予文本新的意义。

参考文献

艾布拉姆斯 M H，2004. 镜与灯：浪漫主义文论及批评传统［M］. 郦稚牛，张照进，童庆生，译. 北京：北京大学出版社.

巴尔 M，2003. 叙述学：叙事理论导论［M］. 谭君强，译. 北京：中国社会科学出版社.

巴赫金 M，2010. 陀思妥耶夫斯基诗学问题［M］. 刘虎，译. 北京：中央编译出版社.

巴赫金 M，1998. 小说理论［M］. 白春仁，晓河，译. 石家庄：河北教育出版社.

包丽丽，2006. 冲破囚笼的歌——评《我知道笼中鸟为何歌唱》［J］. 当代外国文学（4）.

北冈诚司，2002. 巴赫金：对话与狂欢［M］. 魏炫，译. 石家庄：河北教育出版社.

北塔，2008. 身份意识：由单一性到多样化——论休斯之后美国黑人诗人身份意识的嬗变［J］. 外国文学（6）.

比弗斯 H，2006. 麦克斐逊与莫里森小说的后现代豪语、误读与反讽［J］. 外国文学研究（5）.

布斯 W，1987. 小说修辞学［M］. 付礼军，译. 南宁：广西人民出版社.

曹威，2009. 给黑色的亚当命名——托妮·莫里森小说中黑人男权批判意识流变［J］. 外语学刊（2）.

陈法春，2004.《乐园》对美国主流社会种族主义的讽刺性模仿［J］. 国外文学（3）.

陈法春，2000. 于迂回中言"惨不堪言"之事——《娇女》叙述手法的心理意义［J］. 国外文学（3）.

参考文献

陈光明，1997a.《她们的眼睛望着上帝》：一部反映性别歧视的黑人小说 [J]. 外国文学（6）.

陈光明，1997b. 佐拉·尼尔·赫斯顿生平与创作述评 [J]. 外国文学（6）.

陈广兴，2005.《他们眼望上苍》的民间狂欢节因素探讨 [J]. 外国文学研究（4）.

陈广兴，2010."真实"的谎言：从《抹除》看美国族裔文学的困境 [J]. 外国文学评论（2）.

陈华，2000. 美国文学中的混血人形象评述 [J]. 外国文学研究（4）.

陈清芳，2008. 研究美国黑人文学的重要参考书——评吉尔亚德、沃迪的《美国黑人文学》[J]. 外国文学研究（4）.

陈晓，1999. 狂欢、反叛的复调：也谈《紫色》的魅力 [J]. 外国文学（4）.

程锡麟，2005. 赫斯顿研究 [M]. 上海：上海外语教育出版社.

程锡麟，2004. 历史、空白、虚构——评《道路上的尘迹》[J]. 外国文学（4）.

程锡麟，2001.《他们的眼睛望着上帝》的叙事策略 [J]. 外国文学评论（2）.

丁文，1997. 奏响生命的新乐章——读艾丽斯·沃克的《紫色》[J]. 国外文学（4）.

董小英，1994. 再登巴比伦塔：巴赫金与对话理论 [M]. 北京：生活·读书·新知三联书店.

都岚岚，2008. 空间策略与文化身份：从后殖民视角解读《柏油娃娃》[J]. 外国文学研究（6）.

杜维，1998. 呐喊，来自124号房屋——《彼拉维德》叙事话语初探 [J]. 外国文学评论（1）.

杜业艳，2010. 影响抑或互文性？——《紫颜色》和《他们眼望上苍》评析 [J]. 淮海工学院学报：社会科学版（7）.

杜志卿，2007. 托妮·莫里森研究在中国 [J]. 当代外国文学（4）.

杜志卿，2004.《秀拉》的后现代叙事特征探析 [J]. 外国文学（5）.

杜志卿，2003.《秀拉》的死亡主题 [J]. 外国文学评论（3）.

杜志卿，张燕，2004.《秀拉》：一种神话原型的解读 [J]. 当代外国文学（2）.

范革新，1995. 又一次"黑色的"浪潮——托妮·莫里森、艾丽斯·沃克及其作品初探 [J]. 外国文学评论（3）.

方红，1995. 不和谐中的和谐——论小说《爵士乐》中的艺术特色［J］. 外国文学评论（4）.

方红，2010. 重新界定与梳理美国非裔文学：《剑桥美国非裔文学史》主编杰瑞·沃德教授访谈［J］. 外国文学研究（5）.

方钰，2008. 伊格尔顿意识形态理论探要［M］. 重庆：重庆出版社.

费伦 J，2002. 作为修辞的叙事：技巧、读者、伦理、意识形态［M］. 陈永国，译. 北京：北京大学出版社.

费斯克 J，2008. 英国文化研究与电视［M］//罗波特·艾伦. 重组话语频道：电视与当代批评理论. 牟岭，译. 北京：北京大学出版社.

弗里丹 B，1999. 女性的奥秘［M］. 程锡麟，朱徽，王晓路，译. 哈尔滨：北方文艺出版社.

傅婵妮，2009. 文化创伤的言说与愈合——解读盖尔·琼斯的小说《科里基多拉》［J］. 安徽文学：下半月（7）.

盖茨 H L，2011. 有色人民：回忆录［M］. 王家湘，译. 北京：北京大学出版社.

宫玉波，梁亚平，2003. 殉难、复仇、融合——试评美国文学中黑人形象的嬗变［J］. 外国文学研究（5）.

谷红丽，2008.《永远的约翰尼》的叙事策略［J］. 当代外国文学（3）.

哈珀 D A S，2008. 迁延的终结：梦在兰斯顿·休斯 20 世纪 60 代诗歌中的使用［J］. 外国文学研究（2）.

赫斯顿 Z N，2000. 他们眼望上苍［M］. 王家湘，译. 北京：北京十月文艺出版社.

洪增流，姚学丽，2008. 为分裂的灵魂找到属于自己的位置——析托尼·莫里森小说中的黑人宗教思想［J］. 国外文学（1）.

胡俊，2007. 托妮·莫里森小说中的姐妹情谊［J］. 当代外国文学（3）.

胡俊，2010.《一点慈悲》：关于"家"的建构［J］. 外国文学评论（3）.

胡蕾，宋文，2003. 多元文化下的多重声音——全国美国文学研究会"美国少数族裔文学"研讨会侧记［J］. 外国文学研究（6）.

胡铁生，1997. 社会存在与心理动机——论《土生子》别格的人格裂变［J］. 外国文学研究（4）.

胡文征，1997．另一个托妮·莫里森？[J]．外国文学评论（3）．

华盛顿 M H，2007．劳依德·布朗：划燃火柴伸向油桶[J]．外国文学研究（4）．

黄晖，2002．20世纪美国黑人文学批评理论[J]．外国文学研究（3）．

黄卫峰，2007．美国黑人小说研究的里程碑——评《20世纪美国黑人小说史》[J]．外国文学（2）．

稽敏，2008．《娇女》的"召唤－回应模式"及其黑人美学思想[J]．外国文学研究（4）．

稽敏，2004．论19世纪美国黑人女性书写的社会性和政治性[J]．外国文学研究（3）．

稽敏，2000．美国黑人女权主义批评概观[J]．外国文学研究（4）．

柯里 M，2003．后现代叙事理论[M]．宁一中，译．北京：北京大学出版社．

兰瑟 S S，2002．虚构的权威：女性作家的叙述声音[M]．黄必康，译．北京：北京大学出版社．

李宏鸿，2008．奶娃能飞多高——解读托妮·莫里森《所罗门之歌》中的飞翔主题[J]．国外文学（4）．

李鸿雁，2006．为詹姆斯·鲍德温辩护——解读埃尔德里奇·克利弗的《冰上魂》[J]．当代外国文学（3）．

李美芹，2009．《天堂》里的"战争"——对莫里森小说《天堂》两个书名的思考[J]．外国文学研究（1）．

李美芹，2007．"伊甸园"中的"柏油娃娃"——《柏油孩》中层叠叙事原型解析[J]．外国文学评论（1）．

李敏，2012．葆拉·马歇尔的《寡妇颂歌》与"单一神话"母题[J]．山东社会科学（12）．

李敏，2011．从葆拉·马歇尔《寡妇颂歌》中的民俗事象说起[J]．山东社会科学（12）．

李喜芬，2005．重构黑人女性的自我——解读莫里森小说《宣叙》的叙事奥秘[J]．外国文学（1）．

李杨，2006．伊什米尔·瑞德的"女性仇视"症及美国黑人的性别纷争[J]．

当代外国文学（3）．

李怡，2007．从《土生子》的命名符号看赖特对WASP文化的解构［J］．外国文学研究（2）．

李瑛，2004．黑人熟悉的河流［J］．国外文学（3）．

里昂斯B，周汶，2000．"我把黑人在美国的全部经历当作我的创作素材"——奥古斯特·威尔逊访谈录［J］．当代外国文学（4）．

林文静，2008．姐妹情谊：一个被延缓的梦——解读格罗丽亚·内勒小说《布鲁斯特街的女人们》［J］．北京第二外国语学院学报（10）．

林文静，2010．玛利亚/夏娃故事的重写——格罗丽亚·内勒小说《贝利小餐馆》的女性主义解读［J］．北京第二外国语学院学报（10）．

林意新，周海霞，2012．托妮·莫里森小说中的哥特元素探析［J］．学术论坛（11）．

林元富，2004．美国后现代的一头黑牛——伊斯米尔·里德其人其作［J］．外国文学（6）．

凌建娥，2004．漂白的世系 不变的枷锁——书写黑人女性命运的《凯恩河》［J］．当代外国文学（2）．

刘风山，2008．奥古斯特·威尔逊与他的非洲中心美学［J］．外国文学（2）．

刘戈，2007．革命的牵牛花：艾丽斯·沃克研究［M］．北京：高等教育出版社．

刘炅，2004．《所罗门之歌》：歌声的分裂［J］．外国文学评论（3）．

刘惠玲，2009．国内托妮·莫里森《秀拉》文学批评和接受的特点及成因研究［J］．外国文学研究（3）．

刘世生，朱瑞青，2006．文体学概论［M］．北京：北京大学出版社．

刘英，2002．赫斯顿与沃克：美国黑人女性文学史上的一对"母"与"女"——兼谈美国女性文学传统的建构、继承与发展［J］．四川外语学院学报（2）．

卢特J，2011．小说与电影中的叙事［M］．徐强，译．北京：北京大学出版社．

鲁特尼克T，2007．动物的解放或人类的救赎：托尼·莫里森小说《宠儿》中的种族和物种主义［J］．外国文学研究（1）．

吕炳洪，1997. 托妮·莫里森的《爱娃》简析［J］. 外国文学评论（1）.

罗良功，2002. 论黑人音乐与兰斯顿·休斯的诗歌艺术创新［J］. 外国文学研究（4）.

罗良功，2008. 论兰斯顿·休斯的人民阵线诗歌［J］. 外国文学研究（2）.

罗良功，2005. 论兰斯顿·休斯的幽默［J］. 外国文学研究（4）.

罗良功，2003. 论兰斯顿·休斯诗歌对民族文化的建构［J］. 当代外国文学（4）.

罗良功，2009. 诗歌形式作为政治表达：索妮亚·桑切斯诗歌的一个维度［J］. 当代外国文学（2）.

罗良功，2007. 走向世界的美国诗人兰斯顿·休斯——兰斯顿·休斯国际学术研讨会综述［J］. 外国文学研究（4）.

马大森，李权文，2005. 评达德利·兰德尔的美国黑人诗歌选集《黑人诗人》［J］. 外国文学（4）.

马丁－奥根 D，2008. 兰斯顿·休斯文学翻译中的文化迁移美学［J］. 外国文学研究（2）.

马丁 W，2005. 当代叙事学［M］. 伍晓明，译. 北京：北京大学出版社.

马克思维尔 W J，2007. 不自由的爱：克劳德·麦凯的"抒情中断"样式［J］. 外国文学研究（4）.

毛信德，2006. 美国黑人文学的巨星：托妮·莫里森小说创作论［M］. 杭州：浙江大学出版社.

米利特 K，1999. 性的政治［M］. 钟良明，译. 北京：社会科学文献出版社.

莫里森 T，2005. 所罗门之歌［M］. 胡允桓，译. 上海：上海译文出版社.

莫里森 T，2004. 天堂［M］. 胡允桓，译. 上海：上海译文出版社.

纽霍尔 E，甘文平，孟庆凯，1997. 思想模式与创造力——论拉尔夫·埃利森为何未完成他的第二部小说［J］. 当代外国文学（3）.

庞好农，2007. 焦虑、抑郁与虐待：评理查德·赖特的《野性的假日》［J］. 外国文学（2）.

秦苏珏，2008.《他们眼望上苍》中的恶作剧精灵意象解读［J］. 国外文学（3）.

热奈特 G，1990. 叙事话语　新叙事话语［M］. 王文融，译. 北京：中国社会科学出版社.

芮渝萍，2003. 文化冲突视野中的成长与困惑——评波·马歇尔的《棕色姑娘，棕色砖房》[J]. 外国文学（2）.

尚必武，2010. 被误读的母爱：莫里森新作《慈悲》中的叙事判断[J]. 外国文学研究（4）.

申昌英，2007. 社会空间的流浪者——评葆拉·马歇尔的"褐姑娘，褐砖房"[J]. 外国文学（6）.

申昌英，2006. 性别·种族·阶级·空间——《莫德·玛莎》的内在空间拓展[J]. 外国文学（2）.

申丹，王丽亚，2010. 西方叙事学：经典与后经典[M]. 北京：北京大学出版社.

申丹，2004. 叙述学与小说文体学研究[M]. 北京：北京大学出版社.

沈建青，1997. 寻找母亲花园的女作家——几位美国少数民族女作家与"母—女"话题[J]. 外国文学（1）.

沈建青，叶琳，1998. 同根不同果：《觉醒》与《紫颜色》[J]. 外国文学研究（1）.

石平萍，2009. 美国少数族裔生态批评：历史与现状[J]. 当代外国文学（2）.

斯摩瑟斯特 J，2007. 非洲裔美国新现代主义、大众阵线与 20 世纪 40—50 年代先锋派黑人文学的兴起[J]. 外国文学研究（4）.

宋志明，2003. "奴隶叙事"与黑非洲的战神奥冈——论沃勒·索因卡诗歌创作的后殖民性[J]. 外国文学研究（5）.

隋刚，2010. 梦的起始、持续与更新——评《梦的蒙太奇：兰斯顿·休斯的艺术与人生》[J]. 外国文学研究（3）.

孙薇，程锡麟，2004. 解读艾丽斯·沃克的"妇女主义"——从《他们的眼睛望着上帝》和《紫色》看黑人女性主义文学传统[J]. 当代外国文学（2）.

孙艳芳，2012. 莫里森小说的修辞艺术[M]. 昆明：云南大学出版社.

谭惠娟，2007a. 黑人性神话与美国私刑——詹姆斯·鲍德温剖析种族歧视的独特视角[J]. 外国文学（3）.

谭惠娟，2007b. 拉尔夫·埃利森的第二部小说《六月庆典》为何难产？[J]. 当代外国文学（3）.

谭惠娟，2004a. 拉尔夫·埃利森[J]. 外国文学（6）.

谭惠娟，2004b. 试论拉尔夫·埃利森早期短篇小说的艺术手法 [J]. 外国文学（6）.

谭惠娟，2007c. 论拉尔夫·埃利森对神话仪式中黑白二元对立的解构——兼论拉尔夫·埃利森文学话语中的祖先在场 [J]. 外国文学研究（4）.

谭惠娟，2008. 论拉尔夫·埃利森的黑人美学思想——从埃利森与欧文·豪的文学论战谈起 [J]. 外国文学评论（1）.

谭惠娟，2010. 是不为也，非不能也：理查德·赖特及其文学创作中的现代主义特征 [J]. 外国文学研究（1）.

谭惠娟，2006. 詹姆斯·鲍德温的文学"弑父"与美国黑人文学的转向 [J]. 外国文学研究（6）.

谭君强，2008. 叙事学导论：从经典叙事学到后经典叙事学 [M]. 北京：高等教育出版社.

唐红梅，2006. 鬼魂形象与身体铭刻政治：论莫里森《蒙爱的人》中复活的鬼魂形象 [J]. 外国文学研究（1）.

唐红梅，2007. 论托尼·莫里森《爱》中的历史反思与黑人女性主体意识 [J]. 当代外国文学（1）.

唐红梅，2004. 《所罗门之歌》的歌谣分析 [J]. 外国文学研究（1）.

唐岫敏，2010. 论 W. L. 安德鲁斯《讲述自由的故事》中的阅读策略 [J]. 当代外国文学（2）.

特雷西 S C，2008. 兰斯顿·休斯与布鲁士在美国文学中的兴起 [J]. 外国文学研究（2）.

田祥斌，1998. 南北美洲交相辉映的两朵艺术奇葩——论《百年孤独》与《所罗门之歌》的成功与魅力 [J]. 国外文学（4）.

托多罗夫 T，2001. 巴赫金、对话理论及其他 [M]. 蒋子华，张萍，译. 天津：百花文艺出版社.

瓦特 I P，1992. 小说的兴起：笛福、理查逊、菲尔丁研究 [M]. 高原，董红钧，译. 北京：生活·读书·新知三联书店.

王成宇，2006a. 《殿堂》对话形式变异及其语用意义 [J]. 外国文学研究（2）.

王成宇，王平，2002. 试析《紫色》的语言策略 [J]. 外国文学研究（3）.

王成宇，2000. 《紫色》的空白语言艺术 [J]. 外国文学研究（4）.

王成宇，2001.《紫色》与艾丽丝·沃克的非洲中心主义［J］. 外国文学研究（4）.

王成宇，2006b. 紫色与妇女主义［J］. 当代外国文学（2）.

王成宇，2003.《紫色》中的词汇拼写变异研究［J］. 外国文学（6）.

王家湘，2006. 20世纪美国黑人小说史［M］. 南京：译林出版社.

王晋平，2000. 心狱中的藩篱——《最蓝的眼睛》中的象征意象［J］. 外国文学研究（3）.

王守仁，1995. 爱的乐章——读托妮·莫里森的《爵士乐》［J］. 当代外国文学（3）.

王守仁，吴新云，2009. 超越种族：莫里森新作《慈悲》中的"奴役"解析［J］. 当代外国文学（2）.

王守仁，吴新云，2004. 对爱进行新的思考——评莫里森的小说《爱》［J］. 当代外国文学（2）.

王维倩，2009. 托尼·莫里森《爵士乐》的音乐性［J］. 当代外国文学（3）.

王湘云，2003. 为了忘却的记忆——论《至爱》对黑人"二次解放"的呼唤［J］. 外国文学评论（4）.

王晓兰，钟鸣，2004.《宠儿》中叙述视角的转换及其艺术效果［J］. 外国文学研究（2）.

王晓路，2000. 差异的表述——黑人美学与贝克的批评理论［J］. 国外文学（2）.

王晓英，2006. 颠覆的艺术——《父亲的微笑之光》的叙事结构与叙事声音［J］. 当代外国文学（2）.

王晓英，2006. 论艾丽丝·沃克短篇小说"1955"的布鲁斯特征［J］. 外国文学研究（1）.

王晓英，2005. 论艾丽丝·沃克短篇小说"日常用品"中的反讽艺术［J］. 外国文学研究（4）.

王玉括，2009. 对非裔美国文学、历史与文化的反思——评《莫里森访谈录》［J］. 外国文学研究（2）.

王玉括，2009. 非裔美国文学中的地理空间及其文化表征［J］. 外国文学评论（2）.

王玉括, 2006. 莫里森的文化立场阐释 [J]. 当代外国文学 (2).

王玉括, 2007. 在新历史主义视角下重构《宠儿》[J]. 外国文学研究 (1).

王育平, 杨金才, 2005. 从惠特莉到道格拉斯看美国黑人奴隶文学中的自我建构 [J]. 外国文学研究 (2).

王元陆, 2009. 赫斯顿与门廊口语传统：兼论赫斯顿的文化立场 [J]. 外国文学 (1).

王娘娘, 2002. 欧美主流文学传统与黑人文化精华的整合——评莫里森的《宠儿》的艺术手法 [J]. 当代外国文学 (4).

王卓, 2006. 艾丽斯·沃克的诗性书写——艾丽斯·沃克诗歌主题研究 [J]. 外国文学评论 (1).

翁乐虹, 1999. 以人物作为叙述策略——评莫里森的《宠儿》[J]. 外国文学评论 (2).

翁乐虹, 2000. 以音乐作为叙述策略——解读莫里森小说《爵士乐》[J]. 外国文学评论 (2).

沃克 A, 2008. 紫颜色 [M]. 陶洁, 译. 南京：译林出版社.

吴兰香, 2005. 论《父亲的微笑之光》中的"暴力"主题 [J]. 当代外国文学 (3).

武月明, 2002. 美国黑人传记作家——安吉鲁 [J]. 外国文学 (1).

习传进, 2003. 论《宠儿》中怪诞的双重性 [J]. 外国文学研究 (5).

习传进, 1997. 魔幻现实主义与《宠儿》[J]. 外国文学研究 (3).

习传进, 2004. 走向文化人类学的批评——斯狄芬·亨德森黑人诗学研究 [J]. 外国文学研究 (5).

肖瓦尔特 E, 2004. 她们自己的文学 [M]. 北京：外语教学与研究出版社.

谢群, 1999.《最蓝的眼睛》的扭曲与变异 [J]. 外国文学研究 (4).

徐颖果, 2009. 族裔与性属：研究最新术语词典 [M]. 天津：南开大学出版社.

许德金, 2002. 美国黑人作家——布鲁克斯 [J]. 外国文学 (4).

许德金, 2001. 叙述的政治与自我的成长——弗雷德里克·道格拉斯的两部自传 [J]. 外国文学评论 (1).

许芳, 1996. 简论美国当代黑人小说中的隐喻性 [J]. 外国文学研究 (3).

许海燕，2001. 黑人·人·个性和自我本质的失落——评艾里森的小说《看不见的人》[J]. 当代外国文学（4）.

许海燕，2002. 西方现代文化思潮与二十世纪美国黑人小说 [J]. 当代外国文学（3）.

杨博华，2000. 把作家置于一定的文化背景下研究——评《性别·种族·文化：托妮·莫里森与二十世纪美国黑人文学》[J]. 当代外国文学（1）.

杨金才，2002. 书写美国黑人女性的赫斯顿 [J]. 外国文学研究（4）.

杨仁敬，1998. 读者是文本整体的一部分——评《最蓝的眼睛》的结构艺术 [J]. 外国文学研究（2）.

杨卫东，2002. "规训与惩罚"——《土生子》中监狱式社会的权力运行机制 [J]. 外国文学（4）.

姚伟红，1997. 政坛杰作 文坛稀珍——剖析《我有一个梦》的文学修辞 [J]. 外国文学研究（3）.

伊格尔顿 T，1999. 历史中的政治、哲学、爱欲 [M]. 马海良，译. 北京：中国社会科学出版社.

易立君，2010. 论《宠儿》的伦理诉求与建构 [J]. 外国文学研究（3）.

应伟伟，2009. 莫里森早期小说中的身体政治意识与黑人女性主体建构 [J]. 当代外国文学（2）.

袁小华，臧华，2007. 论小说《紫色》中人物的视觉形象 [J]. 当代外国文学（2）.

曾梅，2006. 新奇、瑰丽、多彩的乐章——非洲史诗传统 [J]. 外国文学研究（5）.

曾艳钰，2007a. 当代美国黑人剧作家奥古斯特·威尔逊作品中的历史再现 [J]. 外国文学（3）.

曾艳钰，2008a. 记忆不能承受之重——《考瑞基多拉》及《乐园》中的母亲、记忆与历史 [J]. 当代外国文学（4）.

曾艳钰，2004. 论美国黑人美学思想的发展 [J]. 当代外国文学（2）.

曾艳钰，2008b. 美国当代黑人女作家盖尔·琼斯的布鲁斯小说 [J]. 英美文学研究论丛（1）.

曾艳钰，1999. "兔子"回家了？——解读莫里森的《柏油孩子》[J]. 外国文学（6）.

曾艳钰，2007b. 再现后现代主义语境下的种族与性别——评当代美国黑人后现代主义女作家歌劳莉亚·奈勒［J］. 当代外国文学（4）.

张冲，1995a. 当代美国的黑娜拉——评黑人女性问题剧《分手》与《重聚》［J］. 国外文学（4）.

张冲，1995b. 黑人·女人·人——美国当代黑人戏剧中的女性问题研究［J］. 当代外国文学（3）.

张冲，1995d. 面对黑色美国梦的思考与抉择——评彼得逊的《跨出一大步》和汉丝贝里的《阳光下的干葡萄》［J］. 国外文学（1）.

张冲，1995c. 面对黑色美国梦的思考与抉择——评《跨出一大步》和《阳光下的干葡萄》［J］. 外国文学评论（1）.

张军，2008. 美国黑人文学的三次高潮和对美国黑人出路的反思与建构［J］. 当代外国文学（1）.

张立新，2005. 白色的国家黑色的心灵——论美国文学与文化中黑人文化身份认同的困惑［J］. 国外文学（4）.

张秀明，1998. 论《看不见的人》的象征手法［J］. 外国文学研究（2）.

张燕，杜志卿，2009. 寻归自然，呼唤和谐人性——艾丽斯·沃克小说的生态女性主义思想刍议［J］. 当代外国文学（3）.

章汝雯，2005.《所罗门之歌》中的女性化话语和女权主义话语［J］. 外国文学（5）.

章汝雯，2000. 托尼·莫里森《宠儿》中自由和母爱的主题［J］. 外国文学（3）.

章汝雯，2004.《最蓝的眼睛》中的话语结构［J］. 外国文学研究（4）.

赵白生，2002. 美国文学的使命书——《道格拉斯自述》的阐释模式［J］. 外国文学（5）.

周小平，1997. 莫瑞森《秀拉》中的时间形式及其意味［J］. 外国文学研究（1）.

周小平，1998. "我早该想到那些鸟意味着什么了"——读托妮·莫瑞森的《秀拉》［J］. 外国文学研究（2）.

朱刚，2006. 当代非裔美国小说的历史总结——评《当代非裔美国小说：其民间溯源与现代文学发展》[J]. 外国文学研究（5）.

朱琳，2009. 美国当代非裔美国文学的新坐标——论爱德华·P. 琼斯的小说创作[J]. 外国文学研究（3）.

朱梅，2008. 拒绝删除的记忆幽灵——从托尼·莫里森的《宣叙》谈起[J]. 外国文学评论（2）.

朱梅，2007. 托妮·莫里森笔下的微笑意象[J]. 外国文学评论（2）.

朱荣华，2006. 论《紫色》中的"否定互文性"现象[J]. 外国文学评论（2）.

朱姗姗，2012. 非裔美国女作家格罗丽亚·内勒《妈妈·戴》中黑人母亲形象解读[J]. 长春理工大学学报：社会科学版（3）.

朱卫红，2010. 美国非裔文学学术研讨会综述[J]. 外国文学研究（1）.

朱小琳，2009. 托妮·莫里森小说中的暴力世界[J]. 外国文学评论（2）.

朱小琳，2008. 作为修辞的命名与托妮·莫里森小说的身份政治[J]. 国外文学（4）.

朱新福，2004. 托尼·莫里森的族裔文化语境[J]. 外国文学研究（3）.

Alberts, Heike C., 2005. Changes in Ethnic Solidarity in Cuban Miami [J]. *Geographical Review*, 95(2): 231-248.

Andrews, William L., and Frances Smith Foster, Trudier Harris, ed., 2001. *The Concise Oxford Companion to African American Literature* [M]. Oxford: Oxford University Press.

Asante, Molefi Kete, and Ama Mazama, ed., 2004. *Encyclopedia of Black Studies* [M]. Thousand Oaks: Sage Publications.

Awkward, Michael, 1990. Unruly and Let Loose: Myth, Ideology, and Gender in *Song of Solomon* [J]. *Callabloo*, 13(3): 482-498.

Awkward, Michael, 2007. *New Essays on Their Eyes Were Watching God* [M]. Beijing: Peking University Press.

Baker, Houston A., Jr., 1984. *Blues, Ideology, and Afro-American Literature: A Vernacular Theory* [M]. Chicago: The University of Chicago Press.

Baker, Houston A., Jr., 1991. *Workings of the Spirit: The Poetics of Afro-American Women's Writing* [M]. Chicago: The University of Chicago Press.

Baker, Houston A., Jr., ed, 1989. *Afro-Amrican Literary Study in the 1990s*

[M]. Chicago: The University of Chicago Press.

Bal, Mieke, ed, 2004. *Narrative Theory: Critical Concepts in Literary and Cultural Studies Volume III* [M]. London: Routledge.

Barbara, Christian, 1985. *Black Feminist Criticism: Perspective on Black Women Writers* [M]. New York: Pergamon Press Inc..

Barr, Jason, 2011. Viewing Toni Morrison's *Paradise* as A Response to William Carlos Williams's *Paterson* [J]. *African American Review*, 44(3): 421−433.

Baym, Nina, ed, 1998. *The Norton Anthology of American Literature* [M]. New York: W. W. Norton & Company.

Beasley, Chris, 2005. *Gender & Sexuality: Critical Theories, Critical Thinkers* [M]. London: Sage Publications.

Beaulieu, Elizabeth A., ed, 2003. *The Toni Morrison Encyclopedia* [M]. Westport: Greenwood Press.

Bell, Bernard W., 2007. *The Contemporary African American Novel: Its Folk Roots and Modern Literary Branches* [M]. Beijing: Foreign Language Teaching and Research Press.

Benton, Kimberly W., 1975. Architectural Imagery and Unity in Paule Marshall's *Brown Girl, Brownstones* [J]. *Negro American Literature Forum*, 9(3): 67−70.

Birch, Eva L., 1994. *Black American Women's Writing: A Quilt of Many Colours* [M]. New York: Harvester Wheatsheaf.

Bloom, Harold, ed, 2000. *Modern Critical Interpretation: Alice Walker's The Color Purple* [M]. Philadelphia: Chelsea House Publishers.

Bloom, Harold, ed, 2007. *Alice Walker: Bloom's Modern Critical Views* [M]. New York: Chelsea House Pub.

Bobo, Jacquiline, and Cynthia Hudley, Claudine Michal, ed, 2004. *The Black Studies Reader* [M]. New York: Rutledge.

Boccia, Michael, 1988. *Form as Content and Rhetoric in the Modern Novel* [M]. New York: Peter Lang.

Borrego, Silvia D. P. C., 2003. There Is More to It than Meets the Eye: Alice Walker's *The Temple of My Familiar*, A Narrative of the Diaspora [J]. *Revista de Estudios Noreamericanos*, (9):9—22.

Braendlin, Bonni, 1996. Alice Walker's *The Temple of My Familiar* as Pastiche [J]. *American Literature*, 68(1):47—67.

Brannigan, John, 1998. *New historicism and Cultural Materialism* [M]. New York: Macmillan Publisher Ltd.

Braxton, Joanne M. and Andree N. Mclanghlin, 1990. *Wild Women in the Whirlwind: Afra-American Culture and the Contemporary Literary Renaissance* [M]. New Brunswick: Rutgers University Press.

Brenkman, John, 1994. Politics and Form in Song of Solomon [J]. *Social Text* (39):57—82.

Brenner, G., 1987. *Song of Solomon*: Morrison's rejection of Rank's Monomyth and Feminism [J]. *The New England Quarterly*, 15(1):13—24.

Brown, Gillian, and George Yule, 1983. *Discourse Analysis* [M]. Cambridge: Cambridge University Press.

Brown, Susan W., ed, 1996. *Contemporary Novelists* [M]. New York: St. James Press.

Buckmaster, Henrietta. I'm Somebody Now, Recognize Me [J]. *CLC*, 27:310.

Butler, Judith, 1999. *Gender Trouble: Feminism and the Subversion of Identity* [M]. New York: Rutledge.

Butler, Judith, 2004. *Undoing Gender* [M]. New York: Rutledge.

Callahan, John F., 1988. *In the African-American Grain: The Pursuit of Voice in Twentieth-Century Black Fiction* [M]. Urbana and Chicago: University of Illinois Press.

Carr, Darryl D., 2005. *The Columbia Guide to Contemporary African American Fiction* [M]. New York: Columbia University Press.

Carroll, Rebecca, 1994. *I Know What the Red Clay Looks Like: The Voice and Vision of Black Women Writers* [M]. New York: Crown Trade Paperbacks.

Cartwright, Keith, 2002. *Reading Africa into American Literature: Epics, Fables,* and Gothic Tales [M]. Kentucky: The University Press of Kentucky.

Case, Alison A., 1999. *Plotting Women: Gender and Narration in the Eighteenth- and Nineteenth-Century English Novel* [M]. Virginia: University Press of Virginia.

Chancer, Lynn S., and Beverly Xaviera Watkins, 2006. *Gender, Race and Class: An Overview* [M]. Malden: Blackwell Publishing.

Chatman, Seymour, 1990. *Coming to Terms: The Rhetoric of Narrative in Fiction and Film* [M]. Ithaca: Cornell University Press.

Christian, Barbara, 1980. *Black Women Novelists: The Development of a Tradition, 1892 – 1976* [M]. Westport: Greenwood Press.

Christian, Barbara, 1985. *Black Feminist Criticism: Perspectives on Black Women Writers* [M]. Oxford: Pergamon Press.

Christol, Helene. Paule Marshall's Bajan Women in *Brown Girl, Brownstones* in Women and War [J]. *CLC*, 72: 248−252.

Clabough, Casey, 2008. *Gayl Jones: The Language of Voice and Freedom in Her Writings* [M]. Jefferson: McFarland & Company, Inc., Publishers.

Cobb, Michael L., 2003. Irreverent Authority: Religious Apostrophe and the Fiction of Blackness in Paule Marshall's *Brown Girl, Brownstones* [J]. *University of Toronto Quarterly*, 72(2): 631−648.

Cobley, Paul, 2001. *Narrative* [M]. London: Routledge.

Davenport, Doris, 1989. Afracentric Visions: *The Temple of My Familiar* by Alice Walker [J]. *The Women's Review of Books*, 6(12): 13−14.

Davis, Cynthia A., 1982. Self, Society, and Myth in Toni Morrison's Fiction [J]. *Contemporary Literature*, 23: 323−342.

Davis, Todd F., and Womack Kenneth, 2002. *Formalist Criticism and Reader-Response Theory* [M]. New York: Palgrave.

DeLamotte, Eugenia C., 1998. *Places of Silence, Journeys of Freedom* [M]. Philadelphia: University of Pennsylvania Press.

Demetrakopoulos, Stephanie A., and Karla F. C. Holloway, ed, 1987. *New Dimensions of Spirituality: A Biracial and Bicultural Reading of the*

Novels of Toni Morrison [M]. New York:Greewood Press.

Dieke, Ikenna, 1992. Toward a Monistic Idealism: The Thematics of Alice Walker's the *Temple of My Familiar* [J]. *African American Review*, 26 (3):507—514.

Dieke, Ikenna, ed, 1999. *Critical Essay on Alice Walker* [M]. Westport: Greenwood Press.

Diggs-Brown, Barbara, and Leonard Steinhorn, 1999. *By the Color of Our Skin: The Illusion of Integration and the Reality of Race* [M]. New York: Plume.

Du Bois, W. E. B., 1989. *The Souls of Black Folk* [M]. New York: Bantam Books.

Durso, Patricia, 2000. Private Narrative as Public (Ex) Change: Intimate Intervention in Alice Walker's *The Temple of My Familiar* [J]. *A Journal of African American and African Diasporan Literature and Culture*:137—154.

Eagleton, Terry, 1990. *The Ideology of Aesthetic* [M]. Malden: Blackwell Publishing.

Eagleton,Terry,1991. *Ideology: An Introduction* [M]. London:Verso.

Eagleton,Terry,2004. *Literary Theory: An Introduction* [M]. Peking:Foreign Language Teaching and Research Press.

Evans,Elliott B,1989. *Race,Gender and Desire: Narrative Strategies in the Fiction of Toni Cade Bambara, Toni Morrison and Alice Walker* [M]. Philadelphia: Temple University Press.

Felton,Sharon,and Michelle Loris, ed, 1997. *The Critical Response to Gloria Naylor* [M]. Westport:Greenwood Press.

Fisher,Jerilyn, and Ellen S. Silber, ed, 2003. *Women in Literature: Reading through the Lens of Gende* [M]. Westport,C. T. :Greenwood Press.

Fleming,John E., and Gerald R. Gill, David H. Swinton, 1978. *The Case for Affirmative Action for Blacks in Higher Education* [M]. Washington, D. C. :Howard University Press.

参考文献

Fletcher, Judith, 2006. Signifying Circe in Toni Morrison's *Song of Solomon* [J]. *The Classical World*, 99(4):405—418.

Flint, Holly, 2006. Toni Morrison's *Paradise*: Black Cultureal Citizenship in American Empire [J]. *American Literature*, 78(3):585—612.

Fludernik, Monika, 1993. *The Fictions of Language and the Languages of Fiction* [M]. London:Routledge.

Fowler, Virginia C., 1996. *Gloria Naylor: In Search of Sanctuary* [M]. New York:Twayne Publishers.

Fraile-Marcos, Ana M., 2003. Hybridizing the "City upon A Hill" in Toni Morrison's *Paradise* [J]. *MELUS: The Journal of the Society for the Study of the Multi-Ethnic Literature of the United States*, 28 (4):3—33.

Freeden, Michael, ed, 2007. *The Meaning of Ideology: Cross-Disciplinary Perspectives* [M]. London and New York:Routledge.

Fultz, Lucille P., 2003. *Toni Morrison: Playing with Difference* [M]. Urbana and Chicago:University of Illinois Press.

Furman, Jan, ed, 2003. *Toni Morrison's Song of Solomon: A Case Book* [M]. Oxford University Press.

Gates, Henry L. Jr., 1988. *The Signigying Monkey: A Theory of Afro-American Literary Criticism* [M]. Oxford:Oxford University Press.

Gates, Henry L. Jr., 1990. *Black Literature and Literary Theory* [M]. London:Routledge.

Gates, Henry L. Jr., 1990. *Reading Black, Reading Feminist: A Critical Anthology* [M]. New York:A Meridian Book.

Gates, Henry L. Jr., and K. A. Appiah, ed, 1993. *Gloria Naylor: Critical Perspectives Past and Present* [M]. New York:Amistad.

Gates, Henry L. Jr., and K. A. Appiah, ed, 1993. *Toni Morrison: Critical Perspectives Past and Present* [M]. New York:Amistad.

Gates, Henry L. Jr., and K. A. Appiah, ed., 1993. *Alice Walker: Critical Perspectives Past and Present* [M]. New York:Amistad.

Gates, Henry L. Jr., ed, 1994. *Black American Women Fiction Writers* [M].

New York: Chelsea House.

Gauthier, Marni, 2005. The Other Side of *Paradise*: Toni Morrison's (Un) Making of Mythic History [J]. *African American* Revew, 39(3): 395—414.

Genette, Gerard, 1980. *Narrative Discourse: An Essay in Method* [M]. trans. Jane E. Lewin, New York: Cornell University Press.

Genette, Gerard, 1988. *Narrative Discourse Revisited* [M]. Ithaca: Cornell University Press.

Giddings, Paula, 1984. *When and Where I Enter: The Impact of Black Women on Race and Sex in America* [M]. New York: Bantam Books.

Gilbert, Sandra M., and Susan Gubar, ed, 1996. *The Norton Anthology of Literature by Women: The Tradition in English* [M]. New York: W. W. Norton & Company.

Gillespie, Carmen, 2011. *Critical Companion to Alice Walker: A Literary Reference to Her Life and Work* [M]. New York: Facts on File.

Goldstein, Rhoda L, ed, 1971. *Black Life and Culture in the United States* [M]. New York: Thomas Y. Crowell Company.

Gottlieb, Annie, 1982. Gloria Naylor [J]. *The New York Times Book Review*, August 22.

Grewal, Gurleen, 1996. *Circles of Sorrow, Lines of Struggle: The Novels of Toni Morrison* [M]. Baton Rouge: Louisiana State University Press.

Griffith, Johnny R., 2011. In the End is the Beginning: Toni Morrison's Post-Modern, Post-Ethical Vision of Paradise [J]. *Christianity and Literature*, 60 (4): 581—610.

Harris, Leslie A., 1980. Myth as Structure in Toni Morrison's *Song of Solomon* [J]. *MELUS*, 17: 69—76.

Harris, Trudier, 1983. No Outlet for The Blues: Silla Boyce's Plight in *Brown Girl, Brownstones* [J]. *Callaloo*, (18): 57—67.

Harz, Verena, 2011. Building a Better Place: Utopianism and Revision of Community in Toni Morrison's Paradise [J]. *Current Objectives of Postgraduate American Studies*, 12.

Heczkov, Jana, 2008. Timeless People: The Development of the Ancestral Figure in Three Novels by Alice Walker [J]. *Current Objectives of Postgraduate American Studies*, 9.

Heinze, Denise, and Sandra Adell, 2007. Toni Morrison [J]. *Nobel Prize Laureates in Literature*, Part 3. *Dictionary of Literary Biography*, 331: 282—299.

Hemenway, Robert E., 1980. *Zora Neale Hurston: A Literary Biography* [M]. Urbana and Chicago: University of Illinois Press.

Herman, Luc, and Bart Vervaeck, 2005. *Handbook of Narrative Analysis* [M]. Lincoln: University of Nebraska Press.

Hooks, Bell, 1981. *Ain't I A Woman: Black Women and Feminism* [M]. Boston: South End Press.

Hooks, Bell, 1984. *Feminist Theory from Margin to Center* [M]. Boston: South End Press.

Hooks, Bell, 1990. *Yearning: Race, Gender, and Cultural Politic* [M]. Boston: South End Press.

Hooks, Bell, 1999. *Talking Back: Thinking Feminist, Thinking Black* [M]. Boston: South End Press.

Howard, Lillie P., 1993. *Alice Walker and Zora Neale Hurston: The Common Bond* [M]. Westport: Greenwood Press.

Hurston, Zora N., 1978. *Their Eyes Were Watching God* [M]. Urbana and Chicago: University of Illinois Press.

Hurston, Zora N., 1995. *Zora Neale Hurston: Novels and Stories* [M]. New York: Literary Classics of the United States, Inc.

Jablon, Madelyn, 1993. Rememory, Dream History, and Revision in Toni Morrison's *Beloved* and Alice Walker's *The Temple of My Familiar* [J]. *CLA Journal*, 37: 136—144.

James, Joy, and Sharpley-Whiting, T. Denean, ed, 2000. *The Black Feminist Reader* [M]. Massachusetts: Blackwell.

Jameson, Frederic, 1971. *Marxism and Form: Twenties-century Dialectical Theory of Literature* [M]. Princeton: Princeton University Press.

Jameson, Frederic, 1981. *Political Unconscious: Narrative as Socially Symbolic Act* [M]. Ithaca: Cornell University Press.

Japtok, Martin, 1998. Paule Marshall's Brown Girl, *Brownstones*: Reconciling Ethnicity and Individualism [J]. *African American Review*, 32(2): 305-315.

Johnson, Yvonne, 1998. *The Voices of African American Women: The Use of Narrative and Authorial Voice in the Works of Harriet Jacobs, Zora Neale Hurston, and Alice Walker* [M]. New York: Peter Lang.

Jordan, Shirley, 1993. *Broken Silence: Interview with Black and White Women Writers* [M]. New Brunswick: Rutgeres University Press.

Kamp, Jim, ed., 1994. *Reference Guide to American Literature* [M]. Detroit: St. James Press.

Kelley, Margot A., 1999. *Gloria Naylor's Early Nove* [M]. Gainesville: University Press of Florida.

Kraft, Marion, 1995. *The African Continuum and Contemporary African American Women Writers: Their Literary Presence and Ancestral Past* [M]. New York: Peter Lang.

Krumholz, Linda J., 2002. Reading and Insight in Toni Morrison's *Paradise* [J]. *African American Review*, 36(1): 21-34.

Kubitschek, Missy D., 1987. Paule Marshll's Women on Quest [J]. *Black American Literature Forum*, 21 (1/2): 43-60.

Kubitschek, Missy D., 1998. *Toni Morrison: A Critical Companion* [M]. Westport: Greenwood Press.

Lanser Susan S., 1986. Toward a Feminist Narratology [J]. *Style*, 20(3): 341-363.

Lanser, Susan S., 1982. *The Narrative Act: Point of View in Prose Fiction* [M]. Princeton: Princeton University Press.

Lanser, Susan S., 1992. *Fictions of Authority: Women Writers and Narrative Voice* [M]. Ithaca: Cornell University Press.

Lanser, Susan, and Joan N. Radner, 1987. The Feminist Voice: Strategies of

Coding in Folklore and Literature [J]. *The Journal of American Folklore*, 100(398):412—425.

Lauter, Paul, 1994. *The Heath Anthology of American Literature* [M]. Massachusetts:D. C. Heath and Company.

Leech, Geoffrey N., 1981. *Style in Fiction: A Linguistic Introduction to English Fictional* [M]. New York:Longman Publishing group.

LeSeur, Geta, 2002. Moving beyond the Boundaries of Self, Community, and the Other in Toni Morrison's *Sula and Paradise* [J]. *College Language Association Journal*, 46(1):1—20.

Lester, Neal A., 1999. *Understanding Zora Neale Hurston's Their Eyes Were Watching God: A Student Casebook to Issue, Sources, and Historical Documents* [M]. Westport:Greenwood Press.

Levy, Helen F., and Helen Levy, 1992. *Fiction of the Home Place: Jewett, Cather, Glasgow, Porter, Welty, and Naylor* [M]. Jackson: University Press of Mississippi.

Lyasere, Solomon O., and Marla W. Lyasere, 2009. *Critical Insights: Toni Morrison* [M]. Pasadena:Salem Press.

Macleod, Lewis, 2006. You Ain No Real-Real Bajan Man: Patriarchal Performance and Feminist Discourse in Paule Marshall's *Brown Girl, Brownstone* [J]. *ARIEL: A Review of International English Literature*, 37(2/3):169—188.

Marshall, Paule, 2009. *Brown Girl, Brownstones* [M]. New York: Dover Publishing Inc.

Mayberry, Susan N., 2008. Everything about Her Had Two Sides to It: The Foreigner's Home in Toni Morrison's *Paradise* [J]. *African American Review*, 42(3/4):565—578.

McDowell, Deborah E, 1995. *"The Changing Same"Black Women's Literature, Criticism, and Theory* [M]. Bloomington:Indiana University Press.

Mckible, Adam, 1994. These are the Facts of the Darky's History: Thinking History and Reading Names in Four African American Texts [J]. *African*

American Review, 28(2):223—235.

Mcquillan, Martin, ed, 2000. *The Narrative Reader* [M]. London:Routledge.

Michael, Magali C., 2002. Re-Imagining Agency: Toni Morrison's *Paradise* [J]. *African American Review*, 36(4):643—661.

Middleton, David L., ed, 2000. *Toni Morrison's Fiction: Contemporary Criticism* [M]. London:Routledge.

Miller, J. H., 1998. *Reading Narrative* [M]. Norman: University of Oklahoma Press.

Mills, Fiona, and Keith Mitchell, 2006. *After the Pain: Critical Essays on Gayl Jones* [M]. New York:Peter Lang.

Montgomery, Maxine L., ed, 1996. *The Apocalypse in African-American Fiction* [M]. Gainesville: University Press of Florida.

Montgomery, Maxine L., ed, 2004. *Conversations with Gloria Naylor* [M]. Jackson: Universtiy Press of Mississippi.

Morrison, Toni, 1970. *The Bluest Eyes* [M]. New York:Henry Holt & Co.

Morrison, Toni, 1977. *Song of Solomon* [M]. New York:Alfred A. Knopf, Inc.

Morrison, Toni, 2000. *Beloved* [M]. Beijing: Foreign Language Teaching and Research Press.

Murray, Rolland, 1999. The Long Strut: *Song of Solomon* and the Emancipatory Limits of Black Patriarchy [J]. *Callaloo*, 22(1):121—133.

Myers, Michael M., 1982. *Total, Black, and Hispanic Enrollment in Higher Education, 1980: Trends in the Nation and the South* [M]. Atlanta: Southern Regional Education Board.

Naylor, Gloria, 1983. *The Women of Brewster Place* [M]. New York:Penguin Books Ltd.

Naylor, Gloria, 1986. *Linden Hills* [M]. New York:Penguin Books Ltd.

Naylor, Gloria, 1988. *Mama Day* [M]. New York:Ticknor & Fields.

Naylor, Gloria, 1993. *Bailey's Café* [M]. New York:Vintage Books.

Naylor, Gloria, 1999. *The Men of Brewster Place* [M]. New York:Hyperion.

North, Michael, 1994. *The Dialect of Modernism: Race, Language, and*

Twentieth-Century Literature [M]. Oxford: Oxford University Press.

Ojo-Ade, Femi, ed, 1996. *Of Dreams Deferred, Dead or Alive: African Perspectives on African American Writers* [M]. Westport, CT: Greenwood Press.

Page, Philip, 1999. *Reclaiming Community in Contemporary African-American Fiction* [M]. Jackson: University Press of Mississippi.

Page, Philip, 2001. Furrowing All the Brows: Interpretation and the Transcendent in Toni Morrison's *Paradise* [J]. *African American Review*, 35(4): 637—649.

Page, Ruth E., 2006. *Literary and Linguistic Approaches to Feminist Narratology* [M]. New York: Palgrave Macmillan.

Panda, Prasanta K., 1997. Strategies of Intertextuality in Alice Walker's *The Temple of My Familiar* [J]. *New Quest*, 124: 226—30.

Panill, Linda, 1985. From the "Wordshop": The Fiction of Paule Marshall [J]. *MELUS*, 12(2): 63—73.

Peterson, Nancy J., 1997. *Toni Morrison: Critical and Theoretical Approaches* [M]. Baltimore: Johns Hopkins University Press.

Petry, Ann, 1991. *The Street* [M]. New York: Houghton Mifflin Company.

Pettis, Joyce, and Paule Marshall, 1992. A *MELUS* Interview: Paule Marshall [J]. *MELUS*, 17(4): 117—129.

Pinckney, Darryl, 1976. Eva's Man [J]. *New Republic*, 174: 27—28.

Reames, Kelly, 2001. *Toni Morrison's Paradise: A Reader's Guide* [M]. Continuum: The Continuum International Publishing Grou, Inc.

Rice, Herbert W., and Waltraud Ehrhardt, 1996. *Toni Morrison and the American Tradition: A Rhetorical Reading* [M]. New York: Peter Lang Inc.

Rigney, Barbara H., 1991. *The Voices of Toni Morrison* [M]. Columbus: Ohio State University Press.

Robinson, Sally, 1991. *Engendering the Subject: Gender and Self-Representation in Contemporary Women's Fiction* [M]. Albany: State University of New York.

Romero, Channette, 2005. Creating the Beloved Community: Religion, Race, and Nation in Toni Morrison's *Paradise* [J]. *African American Review*, 39 (3): 415—430.

Ross, Stephen M., 1979. "Voice" in Narrative Texts: The Example of *As I Lay Dying* [J]. *PMLA*, 94(2): 300—310.

Rushdy, Ashraf H. A., 1999. *Neo-slave Narratives: Studies in the Social Logic of A Literary Form* [M]. Oxford: Oxford University Press.

Ryan, Kiernan, ed, 1996. *New Historicism and Cultural Materialism: A Reader* [M]. London: Hodder Education Publishers.

Samuels, Wilfred D., and Clenora Hudson-Weems, 1990. *Toni Morrison* [M]. Boston: Twayne Publishers.

Schur, Richard L., 2004. Locating *"Paradise"* in the Post-Civil Rights Era: Toni Morrison and Critical Race Theory [J]. *Contemporary Literature*, 45 (2): 276—299.

Shi, Xu, 2005. *A Cultural Approach to Discourse* [M]. New York: Palgrave Macmillan.

Shinn, Thelma J., 1996. *Women Shapeshifters: Transforming the Contemporary Novel* [M]. Westport, CT.: Greenwood Press.

Showalter, Elaine, and Lea Baechler, A. Walton Litz, 1991. *Modern American Women Writers* [M]. New York: Charles Scribner's Sons.

Sievers, Stefanie, 1999. *Liberating Narratives: The Authorization of Black Female Voices in African American Women Writers' Novels of Slavery* [M]. Fresnostre: LIT Verlag.

Sigglow, Janet C., 1994. *Making Her Way with Thunder: A Reappraisal of Zora Neale Hurston's Narrative Art* [M]. New York: Peter Lang.

Smith, Valerie, 1987. *Self-Discovery and Authority in Afro-American Narrative* [M]. Cambridge: Harvard University Press.

Smith, Valerie, ed, 2007. *New Essays on Song of Solomon* [M]. Beijing: Peking University Press.

Sol, Adam, 2002. Questions of Mastery in Alice Walker's: *The Temple of My*

Familiar [J]. *Critique*,43(4):393—404.

Stave,Shirley A., ed, 2000. *Gloria Naylor: Strategy and Technique, Magic and Myth* [M]. New York:Universtiy of Delaware Press.

Tate, Claudia, ed, 1983. *Black Women Writers at Work* [M]. New York: Continum.

Taylor,Carole A., 1999. *The Tragedy and Comedy of Resistance: Reading Modernity Through Black Women's Fiction* [M]. Philadelphia: University of Pennsylvania Press Anniversary Collection.

Taylor-Guthrie, Danille, ed, 1994. *Conversations with Toni Morrison* [M]. Jackson:University Press of Mississippi.

Tidey, Ashley, 2000. Limping or Flying? Psychoanalysis, Afrocentrism, and *Song of Solomon* [J]. *College English*,63 (1):48—70.

Walker,Alice,1982. *The Color Purple* [M]. New York:Pocket Books.

Walker, Alice, 1983. *In Search of Our Mother's Gardens* [M]. San Diego: Harcourt Brace & Company.

Walker,Alice,1986. *Meridian* [M]. New York:Pocket Books.

Walker,Alice, 2010. *The Temple of My Familiar* [M]. New York: Mariner Books.

Wall,Cheryl, 1995. *Women of the Harlem Renaissance* [M]. Bloomington: Indiana University Press.

Webster,Ivan,1975. Really the Blues [J]. *Time*,105:79.

White,Deborah Gray, ed, 2008. *Telling Histories: Black Women Historians in the Ivory Tower* [M]. Chapel Hill:The University of North Carolina Press.

Whitt, Margaret Earley, 1999. *Understanding Gloria Naylor* [M]. Columbia: University of South Carolina Press.

William, Raymond, 1977. *Marxism and Literature* [M]. Oxford: Oxford University Press.

Williams, Tyrone, ed, 2009. *African American Literature* [M]. Pasadena: Salem Press.

Wilson,Charles E. Jr., ed, 2001. *Gloria Naylor: A Critical Companion* [M].

Westport: Greenwood Press.

Zamir, Shamoon, 1994. An Interview with Ishmael Reed [J]. *Callaloo*, 17(4): 1131—1157.

Zinsser, William, ed, 1987. *Inventing the Truth: The Art and Craft of Memoir* [M]. Boston: Houghton Mifflin.